Între faimă și onoare se așterne
întunericul

POVESTIRI
AUTOBIOGRAFICE

Andrea
Petković

D1719262

TRADUCERE DIN LIMBA GERMANĂ DE

Alexandru Mihăilescu

p!lot books

Titlul original al acestei cărți este *Zwischen Ruhm und Ehre liegt die Nacht* de Andrea Petković.

Descrierea CIP a Bibliotecii Naționale a României
Petković, Andrea
Între faimă și onoare se așterne întunericul: povestiri autobiografice/ Andrea Petković; trad. de Alexandru Mihăilescu. București: Pilot Books, 2021
ISBN 978-606-95020-7-5
I. Mihăilescu, Alexandru (trad.)
821.112.2

EDITOR	Bogdan Ungureanu
DESIGN	Faber Studio
REDACTOR	Ioana Gruenwald

CARACTERE	Objektiv, Yoga
TIPĂRIT ÎN	România
PRODUCȚIE	Master Print Super Offset

Editura Pilot Books are ca scop dezvoltarea literaturii cu tematică sportivă. Cărțile Pilot Books vă ajută să asimilați mai ușor anumite etape, să cunoașteți mai bine și să îndrăgiți și mai mult sportul preferat. De asemenea, ne alăturăm - prin literatura de specialitate - tuturor celorlalte campanii de conștientizare a importanței mișcării.

WWW.PILOTBOOKS.RO
FB.COM/PILOTBOOKS.RO

CUPRINS

Hajde, Bože, budi drug pa okreni jedan krug unazad planetu
Noć je kratko trajala a nama je trebala, najduža na svetu
(Bajaga)

Hai, Doamne, fii de gașcă
și întoarce planeta o rundă înapoi
Noaptea a fost scurtă, deși nouă
ne trebuia cea mai lungă din lume[01]

---

01   Traducere din limba sârbă de Borco Ilin.

Este o poveste pe care o spune tata ori de câte ori bea un pahar sau două de vin în plus. Se întâmpla în anul 2011, când ajunsesem pentru prima oară în sferturile de finală ale unui turneu de Grand Slam. Trebuia să joc seară de seară în meciurile de noapte şi, după sesiunile de stretching, alergări, conferinţe de presă şi masaje, se făcea de multe ori trei dimineaţa când ne întorceam în apartamentul nostru închiriat. Eu mă duceam direct în camera mea şi stăteam trează, întinsă pe spate, holbându-mă la tavan şi trecând prin minte din nou toate mişcările din joc, plină de adrenalină şi neîncrezătoare că ajunsesem în topul mondial. De obicei, mă lua somnul abia pe la cinci dimineaţa şi aveam un somn neliniştit.

Când am ajuns acasă, după cele două săptămâni la Australian Open, m-am urcat în maşină şi m-am dus la verişoara mea, ai cărei părinţi aveau dormitorul la subsol. La acel moment nu erau acasă. Am ajuns după-amiază şi am coborât. În cameră era beznă ca într-o piramidă. M-am culcat şi a doua zi pe la prânz a bătut la uşă verişoara mea. Dormisem aproape douăzeci de ore.

Dar să ne întoarcem la tatăl meu. Multă vreme nu mi-am dat seama că şi el era sub influenţa adrenalinei. Trăia aceleaşi stări ca şi mine, poate doar nu la fel de intens. Şi, când l-am auzit relatând pentru prima oară povestea asta, am înţeles multe.

Când ajungeam noaptea la trei în micul nostru apartament din Melbourne, nu putea nici el să adoarmă imediat. De multe ori aştepta să se facă linişte în camera mea şi ieşea afară în noaptea caldă. Se plimba fără vreo direcţie anume, explora cartiere noi şi privea luna strălucind deasupra lui Yarra River. De obicei se liniştea abia la orele de început ale dimineţii, când emisfera era încă într-un somn adânc. Într-o noapte, însă, a mers puţin mai departe şi a ajuns într-un parc asemenea unei păduri, care părea să ofere de toate, de la colțuri de junglă, la copaci de eucalipt și până la arbori europeni, cam tot ce și-ar dori un suflet îndrăgostit de natură. Tata s-a oprit și a privit împrejur. Atât de departe nu ajunsese niciodată. Se simțea cam nelalocul lui, dar nu îi era neapărat teamă. A încercat să se orienteze, să-și dea seama din ce direcție venise. Se tot uita în jur. A alergat până în următorul luminiș și s-a întors înapoi. A încercat să țină minte copacii și plantele și să-și dea seama pe care le mai văzuse înainte. Cerul era întunecat, fără stele, fără lună. Și, dintr-o dată, un foșnet. În spatele lui? În fața lui? S-a învârtit pe loc. Încă un foșnet, de data asta, mai tare. Părea să vină din stânga. Tata a grăbit pasul. A auzit un bufnet, apoi un grohăit. Cineva pășea în urma lui și, dintr-o dată, în față îi apăru un animal mare (cel puțin la fel de mare ca el) și necunoscut, care s-a ridicat pe labele din spate, cu blană și dinți, mulți dinți rânjiți, care străluceau gălbui.

Tata a început să țipe și să alerge. A alergat până când plămânii au început să-l ardă, picioarele i-au devenit grele și transpirația i-a năpădit fruntea. Spune că a văzut primele case tocmai când răsărea soarele. Când a ajuns înapoi în apartamentul nostru, tocmai căzusem și eu într-un somn neliniștit.

Il cred pe tata când spune că se rătăcise, îl cred și că a văzut un animal. După descrierea lui ar fi trebuit să fie un urs brun. Dar nu sunt foarte sigură că un urs brun – și încă unul de talia tatălui meu – ar fi reușit să traverseze Oceanul Indian, să alerge apoi neobservat de nimeni prin jumătate din Melbourne, pentru a-l speria pe tatăl meu într-un parc cu o vegetație necunoscută.

Mă uitam la el dintr-o parte, în timp ce relata întâmplarea. Fața, puțin înroșită de la vin, îi lucea. Mă uitam la oamenii care îl ascultau. Îi urmăreau povestea fascinați și la cel puțin unul am putut distinge o spaimă de moarte – până când ajungea la poantă și toți izbucneau într-un râs eliberator.

Poveștile au fost mereu parte din familia noastră și parte a identității noastre. Când mama îl întreba seara la masă cum fusese ziua lui, orice ar fi povestit suna ca o aventură. Când mama se întorcea acasă de la cumpărături, părea mereu că scăpase ca prin minune din ghearele unui joc video. *În spatele fiecărui eveniment cotidian banal, familia noastră găsea mereu o poveste mai mare, o semnificație, un simbol.*

A *șa era viața în casa în care am crescut. Țineți cont de asta, pe măsură ce parcurgeți poveștile mele. Tot ce descriu s-a petrecut întocmai. Dar câteodată e nevoie de câte un urs mare și brun, pentru a ne apropia de adevăr.*

DESPRE COPILĂRIE

Cea mai bună prietenă a mea din şcoala primară era Asli. Îmi amintesc bine pielea ei palidă, lucind albicios, şi unghiile ei roz, părul negru şi zâmbetul larg, melancolic, cu dinţii într-o ordine perfectă.

Familia lui Asli era din Turcia. Locuia după colţ, într-una din acele locuinţe sociale, unde erau cazate multe familii de emigranţi. Familii din Maroc, Turcia, Italia, Grecia şi Afghanistan. Refugiaţi, muncitori sezonieri, din cei care sperau într-o viaţă mai bună. După mai mulţi ani petrecuţi în locuinţe cu mulţi locatari, părinţii mei reuşiseră să închirieze una din casele mai noi, cu o grădină mică în faţă, care se afla lângă acele locuinţe sociale. Vecinul nostru din dreapta era poliţist, cu familie, iar casa de pe colţ, de unde după-amiaza se auzeau sunete de blockflöte şi pian, aparţinea unei perechi de profesori cu doi copii.

Îmi plăcea de Asli, pentru că era tot ce nu eram eu. Era liniştită şi blândă, accepta nedreptăţile zâmbind şi nu se opunea niciodată mamei ei. Eu eram gălăgioasă şi iute la mânie, aruncând cu lucruri peste terenul de tenis. Ea era din altă lume. Nu pentru că era turcoaică, ci pentru că îmi părea o sfântă. Ca şi cum încă de la naştere şi-ar fi cunoscut soarta şi şi-ar fi acceptat-o plină de respect. Ca şi cum ar fi ştiut mereu cine era. În schimb, eu nu ştiam cine sunt – şi nici n-aveam de gând să aflu. Ţelul meu era să creez ceva din eterna luptă cu mine însămi, ceva ce să semene cu un Eu.

Asli m-a învăţat imnul Turciei, care sună îngrozitor de trist. La un moment dat ştiam pe de rost şi un cântec de-al lui Tarkan, pe care îl cântam într-o turcească stâlcită. Am mai învăţat că pe turcoaice nu prea le cheamă Anne, fiindcă aşa se spune în turcă la „mamă".

Tatăl ei nu era mai niciodată acasă, iar mama ei nu vorbea bine germana. Mâncare era mereu în abundenţă – mâncam baclava, castraveţi, roşii şi plăcinte din foietaj umplute cu brânză, în timp ce lucram la referate despre zona Lahn sau despre Masivul muntos Spessart. Asli ştia de obicei mai multe ca mine, dar mă lăsa cu o răbdare infinită să mă dau cu capul în zid, fără să-mi facă vreun reproş.

Am pierdut legătura când m-am mutat la altă şcoală. Dar mă gândesc des la ea şi mă întreb cum şi-o fi modelat viaţa. Ani de zile am fost marcate de acelaşi mediu – şcoală, prieteni, locuri – iar acum nu mai ştiu nici măcar unde e Asli.

Mă aflam între două lumi. Şi eu provin dintr-o familie de emigranţi, şi totuşi locuiesc într-o casă tip cu grădină şi de o bună bucată de vreme nu mai trebuie să împart camera cu sora mea.

Tata a venit în Germania în 1986, ca antrenor de tenis, ca să câştige bani. Planul lui era să se întoarcă cât mai curând înapoi în Bosnia, unde îl aşteptam eu şi cu mama, ca să-şi construiască o viaţă mai bună cu banii câştigaţi în Germania. Tito, longevivul dictator al Iugoslaviei comuniste, care menţinuse federaţia statală cu o mână de fier şi cu metode ingenioase, murise în 1980, iar Balcanii se scufundau încet în haos. Cu cât situaţia se înrăutăţea, cu atât mai nervos era tata în Germania, până când s-a hotărât să ne ia pe mine şi pe mama la el. Asta era în 1988 – trei ani înainte ca Slovenia şi Croaţia să-şi declare independenţa şi să înceapă primele acţiuni războinice în Balcani. Datorită faptului că se afla deja în Germania, tata a putut evita statutul de refugiat şi a putut să ne asigure un permis de şedere permanentă şi, pentru el, un permis de muncă.

»Unbefristete Aufenthaltsgenehmigung«, adică permisul de şedere permanentă şi »Arbeitserlaubnis«, adică permisul de muncă, nu au fost probabil primii termeni germani pe care i-am pronunţat, copil fiind, dar sigur au fost primele cuvinte germane pe care le-am recunoscut ca atare. Părinţii mei vorbeau acasă bosniaca, un dialect al sârbo-croatei care suna destul de bizar, având o sonoritate mai aspră, dar fiind în acelaşi timp mai moale în formele sale de diminutivare şi în capacitatea de a inventa cuvinte noi. Bosniaca sună de parcă ar face mereu haz de necaz şi până astăzi îmi e destul de greu să-mi dau seama dacă un bosniac vorbeşte normal sau face băşcălie (dezvăluire: de obicei face băşcălie chiar de tine).

Am crescut într-un potpuriu de culori. În vecinătate erau copii cu pielea închisă la culoare şi părul creţ, copii albi ca zăpada cu părul negru, alţii de culoare roz şi cu părul blond sau invers, femei cu baticuri colorate pe cap şi fuste lungi pe şolduri, vecinul cu uniforma sa de poliţie care-i venea ca turnată şi copiii profesorilor, în culorile lor pastelate şi cu tenul atât de familiar. Mai era o adolescentă, care de la 14 la 16 ani devenise fana trendului gothic. Atât vara, cât şi iarna, purta cizme înalte, din piele neagră, un palton lung, negru şi părul vopsit la fel. Buzele şi le colorase tot în negru, la fel şi ochii, şi avea o căutătură rea. O chema Gudrun şi mi-era groază de ea. Avea ochii albaştri ca gheaţa, aproape incolori, şi câteodată, când se întâmpla să fim în acelaşi tramvai, se holba la mine fără să clipească şi fără să zâmbească. Sunt sigură că noaptea nu dormea, ci plănuia să mă ucidă.

Şcoala noastră se afla într-o zonă destul de burgheză, la marginea oraşului Darmstadt. În afară de Asli şi de mine, mai aveam în clasă un singur copil de emigranţi: Hakem. Era marocan. În rest, o groază de Michael, Christian, Katharina şi Hanna.

Învăţătoarea mea se numea Doamna Müller şi avea o coamă formidabilă de păr cârlionţat. Era foarte subţire şi foarte severă şi se vedea că pune pasiune în meseria ei, pentru noi. Părea să fie în mai multe locuri, în acelaşi timp. Cu degetele ei lungi şi fine arăta când spre noi, când spre tablă, şi povestea cu gesturi mari şi cu o privire sălbatică şi intensă, iar câteodată izbucnea din senin într-un râs sănătos. Am avut un noroc formidabil cu prima persoană oficială din viaţa mea.

Am fost o elevă model şi respectam toate regulile - pătrunsă de frica de a ieşi în evidenţă. O frică pe care o preluasem de la părinţii mei şi care era tipică pentru familiile de emigranţi. Când am mai crescut şi, la clubul de tenis, am intrat în contact cu copiii din marea burghezie, marele şoc cultural a fost completa lor lipsă de respect pentru reguli şi forme - adevăratul privilegiu al privilegiaţilor.

Focul care mocnea în mine de când mă ştiu se manifesta în revărsări de furie pe terenul de tenis, atunci când ceva nu-mi ieşea cum voiam. Aruncam rachetele cât colo şi plângeam. Problema era că lumea credea că sunt tristă, dar din ochii mei nu ieşea decât mânie.

Într-o zi, Doamna Müller m-a luat de-o parte într-o pauză şi a început să mă descoasă. Părinţii mă părâseră. Ce se petrecea pe terenul de tenis? De unde toată mânia asta? Exista oare un motiv ascuns?

La toată această avalanşă de întrebări nu mi-a trecut nimic altceva prin minte decât să spun adevărul. Care era simplu şi concis: nu eram mulţumită când ceva nu mergea aşa cum îmi doream eu. La şcoală, totul era cum îmi doream, pe terenul de tenis, însă, nu întotdeauna. Îmi amintesc bine discursul lung al Doamnei Müller despre viaţă în general şi despre faptul că nu putem fi cei mai buni în toate domeniile. Aveam probabil nouă ani, dar eram deja sigură că nu avea cum să fie aşa. Nu putea să fie aşa. Iar de Doamna Müller, căreia acest secret nu i se revelase, îmi era milă.

Făceam teme, scriam după dictare şi învăţam să socotim. Eu trebuia să mai rămân suplimentar de două ori pe săptămână la cursul de limbă sârbă, predat de o croată. (Da, ştiu, e complicat, dar pe scurt: ambii părinţi sunt originari din Bosnia şi locuiseră acolo, mama e bosniacă, tata e etnic sârb. La noi în familie s-a impus în mare parte cultura familiei sale - iar după război, familia tatălui meu s-a stabilit în Serbia, la Novi Sad.)

Între timp uitasem o mulțime din cuvintele de bază. Creierul meu începea să se adapteze, transformând propoziții slave în propoziții germane, înlocuind cuvinte din sârba bosniacă în germană, și la scurt timp, „Aufenthaltsgenehmigung" și „Arbeitserlaubnis" nu mai erau singurele cuvinte germane din vocabularul meu, ci majoritatea.

Aceasta era lumea mea, în care funcționam ca un copil normal. Mă rog, pe jumătate normal, dacă ignoram faptul că mă simțeam străină față de toți cei care nu erau părinții mei, sora mea și cele opt verișoare. Cultura copiilor germani, care petreceau nopțile unii la alții, se uitau la Sissi și se jucau de-a calul, îmi era străină. Părinții mei nu mi-ar fi permis niciodată să petrec o noapte altundeva, așa că îmi inventam în fiecare lună pretexte noi și mă temeam mereu de zilele de naștere ale celorlalți.

Cam în aceeași perioadă m-am dezobișnuit de r-ul meu puternic și l-am ascuns undeva în dosul laringelui, unde niciun neamț de pe lume nu l-ar fi găsit. Era o subtilă delimitare socială: de obicei, întrebările despre originea mea erau din pura curiozitate a celui din fața mea. Dar ochii mei confirmau doar că eram altfel, că nu eram de-a lor. Și nu-mi doream nimic mai mult decât să fiu.

Probabil că la majoritatea emigranților, teama de a nu ieși în evidență se scindează într-o dihanie bicefală, care se hrănește din același sol, se manifestă însă în două forme diferite: fie în adaptarea la tot ce se bănuiește a fi german, pentru a nu ieși în evidență, fie în baricadarea în propria cultură, tot pentru a nu ieși în evidență. A nu ieși în evidență era scopul în ambele cazuri.

Și, totuși, eu m-am simțit bine în această lume, nu întotdeauna, bineînțeles, dar de cele mai multe ori. Doar în unele zile, când stăteam în camera mea din mansardă și mă uitam în parcarea din fața casei, simțeam că-mi lipsea ceva. Voiam mai mult și nu știam de unde să iau acel mai mult.

Am ales un gimnaziu din Darmstadt, marele oraș din afara razei mele de acțiune. De acum, viața mea avea să se desfășoare de-a lungul străzii largi care, venind din centru, trecea pe lângă cimitir până sus, la Poarta Böllenfall. Acolo era gimnaziul pe care aveam să-l urmez până la bacalaureat, 300 de metri mai la nord se afla Lilienstadion (de când Darmstadt, în 1998, ajunsese în mod surprinzător în prima ligă, fapt cunoscut în toată Germania și poveste care ar justifica încă o carte), chiar lângă clubul de tenis în care îmi petreceam cea mai mare parte din timp, iar cam 200 de metri spre vest era casa celei mai bune prietene, Marie. O lume considerabil mai mare decât lumea suburbiei mele, dar încă foarte mică.

Încet-încet începusem să mă eliberez de sentimentul că nu eram de-a lor și am început să-mi fac un cerc de prieteni. Pe lângă prietenii adevărați, care împărțeau cu mine sala de clasă și cu care izbucneam împreună în râs adolescentin la tot soiul de lucruri fără sens, am descoperit cărțile. Le citeam, ascunse între caiete, în orele care mi se păreau neimportante, mâncam bezele în ciocolată strivite în chifle albe – o masă cu nutrienți negativi – și mă uitam la prietenii mei, cum fumau primele lor țigări.

După școală alergam câteva sute de metri până la clubul de tenis. Acolo rămâneam și jucam. Jucam până se întuneca. Până când hainele mele albe erau leoarcă de transpirație și de la ploi ocazionale, acoperite de zgura roșie, duhnind a efort. Până când părul mi se lipea de față, unghiile erau negre și genunchii plini de zgârieturi și julituri. Jucam atât de mult și de intens, că adormeam în mașină, după ce tatăl meu termina de antrenat și ducea cărucul cu mingi în mica sa încăpere care mirosea a mingi vechi, aer stătut și praf vechi de ani de zile, după care, asemeni unui rege care părăsește sala de bal, proaspăt dușat și cu pasul vioi, își lua rămas bun, cu un zâmbet, știind că următoarea zi va lua totul de la capăt, se urca apoi în vw-ul Passat roșu și conducea spre casă, unde mama ne aștepta cu cina.

Vara era anotimpul meu preferat. Îmi plăcea libertatea pe care o aducea vara cu ea. Fără săli de tenis pe care trebuia să le rezervi cu săptămâni înainte, fără întâlniri stabilite pentru jocuri, fiindcă vara erau oricum toți aici. Îmi plăcea libertatea de a ieşi din casă în pantaloni scurți, fără să mă gândesc la cum arătam sau dacă eram suficient de gros îmbrăcată.

După şcoală stăteam pe băncile verzi ale clubului de tenis, eram încă destul de mică să-mi las picioarele să se legene, şi aşteptam. Îl aşteptam pe tatăl meu, vreun prieten, oameni străini. Pe oricine care ar fi avut timp şi chef să joace cu mine. În cel mai rău caz stăteam şi băteam mingi la perete şi mă uitam cum din verzi se făceau cenuşii, apoi tot mai rigide.

Zilele de vară din Darmstadt erau lungi şi numeroase. După-amiezele, târziu, mergeam la bazin lângă stadionul universitar, să ne spălăm de praful din timpul zilei, mâncam îngheţată pe băţ de la benzinărie, alergam prin pădure pe bicicletele noastre de la o staţie la următoarea, cu părul în vânt.

Îmi plăcea să stau pc tcrasa puţin înălţată a bazinului, de unde vedeai totul. Urmăream ritualurile de rut ale bărbaţilor şi femeilor. Cum bărbaţii îşi plimbau muşchii pe marginea bazinului, încordându-şi câte un muşchi ceva mai mult, conştienţi de sine şi mândri. Cum femeile, nesigure, tot îşi aranjau marginile bikinilor şi costumelor de baie, ezitant, cu teamă, dar rezistând cu stoicism privirilor. Îmi plăceau clienţii bătrâni care veneau zilnic, cu corpurile lor zbârcite şi frunţile tăbăcite de soare şi care înotau netulburaţi de tineretul dimprejur, imuni la pofte şi cochetării.

Iar îngheţata de la benzinărie era pe vremea aceea încă nevinovată, nestigmatizată de calorii sau zahăr. Marea problemă era să faci rost de bani pentru ea. Strângeam, numărăm, puneam la un loc şi de multe ori tot nu ajungea pentru noua îngheţată Magnum, pe care toţi am fi încercat-o, dar nu ne-o puteam permite. Eu alegeam mereu vafele pline de ciocolată şi cu frişcă pe deasupra; copiii care preferau îngheţata de fructe îmi păreau suspecți. Până astăzi, îi bănuiesc de ipocrizie pe adulții care aleg înghețata de căpșuni sau lămâie în loc de ciocolată și vanilie. Este pentru mine ca și cum ai comanda salată la un McDonald's.

Părinții mei erau oameni simpli, inteligenți, muncitori, care se eliberaseră de sărăcie și de război, care își părăsiseră familiile și trecutul pentru a obține pentru copiii lor mai mult decât putuseră părinții lor. Doar asta și ar fi ajuns pentru mai multe vieți interesante și palpitante, dar pentru mine, dintr-o dată, nu mai era de ajuns. Venisem în contact cu copiii din marea burghezie, copii de avocați, medici și arhitecți care îmi deschiseseră o lume nouă, care până atunci nu contase: o lume a artei și muzicii, a designului și a teatrului, a literaturii și limbilor străine. Eram tânără, eram ambițioasă și m-am lăsat purtată de curent. Într-o lume în care toate spaimele existențiale dispăruseră, nu mă mai preocupa supraviețuirea, ci preaplinul vieții, care le era rezervat privilegiaților societății.

M-am afundat în cărți și muzică, alergam, mă buluceam și gâfâiam în urma unei elite care părea imposibil de ajuns din urmă. O cursă zadarnică împotriva timpului. Pasiunea pe care o pusesem de la bun început în tenis începea să se amestece cu ambiția pe care o avusesem până atunci pentru note mari la școală. Nu voiam decât să aparțin acestei elite.

Și dintr-o dată mi se deschisese o ușă care îmi permitea să sar peste ani de școală, studii și carieră și să ajung prin intermediul tenisului direct în vârf. Trebuia doar să muncesc mult, să fiu disciplinată, să merg pe drumul meu și să nu ascult niciodată de alții. Și asta știam categoric să fac cel mai bine.

Ziua în care mi-am proclamat noul meu țel în viață a fost ziua primului meu meci pierdut. Fiindcă, de multe ori, înfrângerile sunt declanșatoare ale progresului. Până atunci jucasem numai la nivel local. Aveam cam 12 ani și nu-mi aduc aminte să fi pierdut până atunci vreun joc sau nici măcar un set. Eram pur și simplu mult mai bună decât toți ceilalți.

Şi atunci, în cadrul concursului de juniori de la Offen-bach, am jucat de antrenament un set împotriva Christinei Bork. Avea tot 12 ani şi câştiga mereu în faţa unora de optsprezece ani. Câştigase Orange Bowl în America, campionatul neoficial de tineret, iar presa din Germania o considera noua Steffi Graf.

Pentru un copil, însă, asemenea lucruri nu contau. Nu pierdusem niciodată. De ce s-ar întâmpla tocmai acum? Chiar dacă adversara mea câştigase o ladă de portocale la un turneu în America.

Am pierdut. Cu brio. Eram şocată. Când eşti copil, nu eşti capabil să gândeşti multidimensional, cu atât mai puţin să pui ceva în perspectivă, aşa că acum mă gândeam: *wow, am pier-dut, asta înseamnă că nu sunt bună*; a fost o vreme când eram chiar bună şi ar fi fost cazul să mă gândesc la asta. Noile sen-timente pe care le trăiam nu îmi dădeau o stare de bine, ba chiar dimpotrivă.

Aceste lanţuri cauzale simple, din capul meu, au dus la o motivare maximă, dusă aproape la absurd. Am început să fac antrenament pentru condiţie fizică, să alerg, să fac stretching - tot ce îmi închipuiam eu că înseamnă antrenament profesio-nist. Ca în toate filmele bune cu tematică sportivă, în acele clipe eram singură. Mă gândeam la ce abilităţi fizice mi-ar fi utile pentru tenis, inventam exerciţii şi le făceam până când nu mai puteam. L-am înnebunit pe tata sărind coarda în parcarea de lângă locul lui de muncă. Aruncam mingi medicinale la zidul de tenis şi făceam exerciţii de returnat în gol, fără minge. Puneam mingile în diferite poziţii, le adunam în sprint una după cealaltă şi tot în sprint le puneam la loc de unde le luasem. Esenţa unei vieţi de sportiv: să strângi lucruri în sprint şi tot în sprint să le pui la loc, pentru generaţiile următoare. Acţiuni de forţă care se anulau reciproc.

Mereu, când mă antrenam, mi-o închipuiam pe Christin, de cealaltă parte, uitându-se serioasă la mine, concentrată, gata să mă umilească din nou. În visele mele avea şase braţe şi mai multe limbi care râdeau de mine, iar în spatele capului ei se învârteau în cerc mingi de tenis, care se mişcau atât de repede, încât formau o singură linie difuză. Nu ştiam niciodată care va fi mingea pe care o va lovi. Dar i-am ţinut piept şi am triumfat, în ciuda tuturor greutăţilor. Porţile cerului mi s-au deschis şi o lumină sfântă s-a abătut asupra capului meu şi totul era din nou bine. Senzaţia de durere din zona pieptului şi a burţii dispăruse, înlocuită de euforie şi mulţumire.

Doi ani mai târziu, la campionatul de sală de la Essen, şansa mea a devenit reală. În sferturile de finală am întâlnit-o pe adversara de care îmi era groază. Căpătasem paşaport german, abia cu şase luni în urmă, iar ăsta era primul concurs la scară federală la care participam.

Înainte de meci am vomitat de stres în toaleta jucătorilor. Am câştigat relativ simplu, în două seturi, şi lumea tenisului din Germania a fost îngrozită. Christin Bork nu pierduse până atunci în faţa niciunei jucătoare mai tânără de 18 ani, cu atât mai puţin împotriva uneia de aceeaşi vârstă. Pentru mine nu fusese decât un proces natural. Hotărâsem să câştig împotriva Christinei Bork, iar victoria mea a fost doar consecinţa hotărârii mele. Mă gândeam la fosta mea dirigintă, Doamna Müller, care îmi spusese că nu poţi fi mereu cel mai bun şi am scuturat din cap. Mă miram cum adulţii înţelegeau atât de puţin din viaţă.

Am câştigat campionatul naţional de sală al Germaniei şi, anul următor, şi campionatul naţional pe zgură. Viaţa mea căpăta viteză şi eu stăteam pe locul din dreapta, poate chiar pe bancheta din spate. Dintr-o dată eram invitată la cursuri şi eram trimisă în turnee peste hotare. Câteodată plângeam cu faţa ascunsă în mâneca treningului, pentru că îmi era dor de părinţi şi de sora mea. Am pierdut săptămâni în şir de şcoală şi toată nebunia pubertăţii. Trebuia să fiu mereu undeva. Mâncam pe drum spre antrenamente, făceam temele pe drumul spre antrenamente, dormeam pe drumul de întoarcere. Ani la rând. N-am avut niciodată de ales. Însă era în regulă, pentru că știam că ăsta e biletul meu de ieșire, biletul pentru Rai și biletul pentru Iad, biletul pentru tărâmul în care curge lapte și miere.

Când am câștigat primul turneu profesionist – după ce câștigasem cinci meciuri în calificări și cinci pe terenul principal – ședeam pe bancă cu prosopul pe cap, la 16 ani, singură, undeva în Turcia, și plângeam. De fericire și de tristețe în același timp. Câștigasem ceva ce nu crezusem că era posibil, dar probabil că știam deja, cumva inconștient, că și pierdusem ceva. Copilăria mea, bineînțeles, si probabil, odată cu ea, și inocența mea. Drumul către onoruri și faimă se întindea înaintea mea, plin de obstacole.

CUM E TREABA
CU DREPTATEA

Munţii se înălţau ameninţător către cer. Vârfurile erau acoperite de zăpadă. Stâncile se prăvăleau dramatic în toate direcţiile şi, acolo unde te aşteptai mai puţin, pete mici de verdeaţă îşi luau soarta în mâini. Eu însă nu aveam nici timp, nici chef să admir minunile naturii. Adversara mea rusoaică îmi dădea foarte mult de furcă.

Era mai scundă decât mine, mai subţire şi mai slabă. Avea părul strâns într-un coc asemenea unui palmier, în cel mai înalt punct al capului şi purta şosete înalte şi groase, ca pe vremuri. Îmi băgam mâna mereu în buzunarul stâng al şortului meu pentru a freca o monedă pe care o găsisem la ştrand, acasă. Ar fi trebuit să-mi poarte noroc. Peste şort purtam un tricou supradimensionat al tatălui meu şi pe cap aveam o şapcă care îmi ţinea părul strâns. Tenişii erau cu două numere mai mari – era destul loc să mai cresc în ei câţiva ani. Sudoarea mi se scurgea pe tâmple şi tot ridicam ochii către vârfurile munţilor, căutând răspunsuri.

La început, totul a mers strună. Eram mai înaltă decât ea, mai puternică şi mai bună. Tatăl ei, un bărbat solid, cu bicepşi masivi, care într-o altă viaţă ridicau copaci, cu lanţuri de aur la gât şi fără păr, însă cu perle mari de sudoare pe pielea albă a capului, care lucea ca o minge de biliard, alerga de sus în jos şi ni se tot adresa amândurora în ruseşte. Fiica lui părea neimpresionată, probabil că după atâţia ani se obişnuise cu tatăl ei şi era întărită corespunzător. Eu, însă, eram iritată şi încercam să mă concentrez numai la joc. Dar, pe măsură ce se prelungea şi mă detaşam ca scor, tonul lui devenea mai ameninţător. Adversara mea îşi retrăgea tot mai mult capul între umerii sfrijiţi. Mie începuse să mi se facă frică. Carotida îi pulsa şi îşi agita pumnii. Fiica lui începu atunci să lobeze. Arunca mingi înalte şi foarte încete la mijlocul terenului – fără tempo, fără unghi, mingi pe care un jucător adult le-ar fi parat fără milă, dar care, pentru un copil fără muşchi, cum eram eu, erau foarte solicitante.

Aveam amândouă unsprezece sau doisprezece ani. Ea arăta foarte dulce în fustiţa ei plisată şi bluza cu guler – ca dintr-un alt secol. Eu arătam ca un băiat.

Meciul s-a întors împotriva mea. Făceam tot mai multe greşeli şi eram tot mai nervoasă. Tatăl ei, tot mai impacientat. După ce am pierdut setul al doilea, într-un final, am făcut o pauză să merg la toaletă, să mă mai adun.

Pe drumul spre clădirea clubului, m-a oprit arbitrul-şef:

— Te deranjează omul acela, Andrea?

Am dat din umeri şi am scuturat uşor din cap. Imaginea fiică-sii antrenându-se cu capul meu pe post de minge mi se arăta în faţa ochilor minţii, mult prea plastic. Trebuie să fi arătat destul de speriată, totuşi, fiindcă atunci când am părăsit toaleta am văzut cum doi arbitri îl cărau afară, ţinându-l bine de coate, pe rusul care urla şi făcea gălăgie. Am luat-o pe la ieşirea din spate, evitând să-i cad în mâini.

Ajunsă la locul meu, am văzut-o pe adversară şezând pe bancă cu lacrimi în ochi. Îşi ronţăia bentiţa şi în acel moment mi-a părut tare rău de ea.

A început setul al treilea. Mă descurcam acum mai bine cu loburile ei, le prindeam câteodată în aer când le recunoşteam din timp şi aveam mai multă energie să mă concentrez la esenţial. Teama de a ajunge la subraţul transpirat al tatălui ei a dispărut pentru o vreme. Munţii se ridicau către cer.

Era acest gen de tată o excepţie în tenis? Din păcate, nu. Eu nu am copii şi nu pot spune exact cum este. Dar, din ce am observat, cei mai nebuni părinţi de tenismeni îşi vedeau copiii ca pe un soi de prelungire a propriei persoane, iar racheta de tenis ca pe o prelungire a copiilor. Astfel, fiecare victorie şi fiecare înfrângere devenea o evaluare a propriilor calităţi.

Nu întotdeauna trebuiau să fie evacuaţi în interiorul clubului, dar de multe ori i-am văzut făcând tărăboi de pe margine, ţipând la copiii lor, intimidându-le adversarii şi amestecându-se în problemele de pe teren. Dar nu ăsta este subiectul acestei povestiri. Subiectul este întrebarea dacă există ceva numit karma. Şi dacă da, cam cum arată ea, karma asta, pentru a-i descifra intenţiile în întreaga lor complexitate. Oricum, acum mă gândesc că poate ar fi fost mai bine ca tatăl rus să fi rămas şi să se fi amestecat atât de tare în problemele de pe teren, cum doar părinţii buni de tenismeni ştiu s-o facă.

Atunci însă, la 12 ani, era vorba în primul rând despre a-mi menţine loviturile. Mi-a reuşit la 4:4, în setul al treilea, când s-a ajuns la 5:4 pentru mine. Când am schimbat terenurile eram atât de nervoasă, încât cele câteva înghiţituri de apă pe care am încercat să le beau, le-am scuipat în zgura roşie, de parcă ar fi strâns cineva un inel de fier în jurul gâtlejului meu şi nimic nu putea să treacă prin el. M-am pregătit pentru retur. Un etern du-te-vino. Adversara mea nu făcea nicio greşeală şi îmi arunca mingile cu viteză minimă şi înălţime maximă la mijlocul terenului. De fiecare dată când ochii mei urmăreau mingile ei înalte, privirea mea cădea pe vârful ameninţător al celui mai înalt dintre munţi. Loveam cât de puternic puteam la cei doisprezece ani şi fără nici un pic de muşchi pe care să mă bazez. Uneori loveam şi câştigam, rapid şi precis, ca întoarsă cu cheia, şi alteori făceam greşeli, la fel de rapid şi direct la mijlocul fileului. Eram mândră, într-un fel, că măcar încercam să-mi iau destinul în propriile mâini.

Dar în momentul în care chiar conta, destinul s-a hotărât să preia el conducerea. Pe vremea aceea se testa pentru tineret o nouă regulă. La 40:40, următorul punct decidea jocul. La 5:4 în setul al treilea şi egalitate eu aveam o minge de meci, iar adversara mea, în egală măsură, o minge de meci la 5:5. Ca să nu mai spun că eram la capătul nervilor.

A început un nou schimb de mingi, care părea să nu se mai sfârşească. Închipuiţi-vă cei patru spectatori de pe margine care îşi mişcau capetele de la dreapta la stânga într-un semicerc, pentru a urmări mingile înalte şi apoi de la stânga la dreapta, în linie dreaptă, pentru a urmări loviturile mele de atac. Doi dintre ei erau arbitri, un al treilea era preşedintele clubului şi ultimul nimerise acolo din întâmplare şi părea destul de confuz.

Am încercat să intru mai tare în teren, pentru ca la o ocazie prielnică, cu vânt din spate, să prind din aer una din mingile înalte ale adversarei mele şi s-o trimit într-unul dintre colţuri. Gata, ăsta e! Am alergat înainte şi în ultimul moment mi-am dat seama că estimasem greşit lovitura, aşa că am alergat înapoi, făcând o ultimă încercare disperată să mai prind mingea cu vârful rachetei şi... am fost lobată pe linia de fund. Mingea a zburat peste mine - eu am dat capul pe spate, cei patru spectatori urmăreau curba cu ochii - şi s-a lovit de gard, cu un zgomot abia perceptibil.

Lobată pe linia de fund! Cu umerii căzuţi am pornit spre fileu, să iau de jos una din mingi. Fixam cu privirea vârful pantofilor (probabil şi cu ceva lacrimi în ochi) şi de aceea am observat, abia când am ajuns acolo, că şi adversara venise la fileu şi îmi întindea acum mâna. Am clipit confuz. Mă uitam cu încetinitorul la mâna mea care devenise un corp străin, independent, cum se ridica, tremurând - atrasă magnetic de cea mai mică mână din lume întinsă către mine. Am înţeles imediat că adversara mea rusoaică cu şosetele ei lungi şi fusta plisată nu concepea nicicum posibilitatea să fie în stare să lobeze pe cineva pe linia de fund, în lumea ei era ceva de neconceput, convinsă fiind că mingea ei ajunsese în aut. Am strâns mâna, ea bocea, se simţea mizerabil fiindcă pierduse, eu mă simţeam mizerabil fiindcă trişasem - chiar dacă neintenţionat -, şi cei patru spectatori se simţeau mizerabil, fiindcă îşi irosiseră timpul. A fost prima mea noapte nedormită după un meci de tenis - şi nu avea să fie ultima - şi doar munţii erau neschimbaţi în rigiditatea lor şi neatinşi de mărunţişurile omeneşti.

A doua zi au sosit părinţii mei. Erau în drum spre Serbia şi voiau să mă preia de pe drum. Eu eram în finală, nesperat şi, mai ales, nemeritat. În noaptea dinainte nu închisesem ochii. Vedeam într-una mingea înaltă venind drept spre mine. Mă vedeam eschivându-mă şi alergând înapoi, întinzând racheta, ţopăind neajutorată şi lovind alături. Vedeam mai ales cum mingea cade cu cinci centimetri înainte de linie, era deci fără îndoială bună şi cum adversara mea, cu lacrimile şiroindu-i pe faţă şi părul legănându-se ca un palmier se îndrepta spre fileu să mă felicite. Nu încercasem activ să trişez. Dar acceptasem pasiv ce se întâmplase şi nu deschisesem gura.

Adversara din finală era tot rusoaică. Era mai puţin drăguţă decât cea dinainte, cu privire întunecată şi - sunt aproape sigură - cu sprâncenele unite. Făcea cu picioarele chestia aia pe care aproape toate jucătoarele din blocul estic o făceau, un fel de alergare pe loc între lovituri, fără să ridice genunchii. Era absolut înfricoşătoare şi am pierdut primul set în mai puţin de douăzeci de minute.

Şi în setul al doilea eram condusă, când au apărut, în sfârşit, părinţii mei. Când i-am văzut, m-am simţit mai bine. Mă simţeam mai puţin singură, mai puţin neajutorată şi, în afară de asta, mă vedeam deja în maşină, în drum spre Novi Sad, unde mă aşteptau cele opt (!!!) verişoare ale mele - poznaşe şi drăgăstoase, combinaţia mea favorită. Aveam să ne jucăm de-a prinselea în curte, cu uşile din faţă şi din spate deschise, ca să ne putem fugări şi prin casă. Aveam să aruncăm în copiii vecinilor cu bobiţe de hurmuz alb, care cresc peste tot în Europa. Şi când părinţii noştri ne vor da bani de buzunar, cu zece cenţi vom merge cu autobuzul în centru, înghesuindu-ne alături de femei bătrâne cu miros de femei bătrâne, de tineri în pantaloni de trening şi de fete cu cozi. Ajunşi în centru, ne vom comanda douăzeci de clătite pline de Nutella, îngheţată şi frişcă şi ne vom uita la skateboarderi cum îşi rup gâturile în faţa teatrului. La doisprezece ani nu-mi puteam închipui o viaţă mai frumoasă şi numai gândul ăsta elibera în mine energii proaspete.

Dintr-o dată am recunoscut scheme în jocul adversarei mele şi am început să mă înfiinţez din timp acolo unde venea mingea. O prindeam tot mai des pe picior greşit şi sprâncenele ei unite făceau mişcări vălurite şi ameninţătoare. Am ajuns-o din urmă. Câteodată tenisul face tumbe spectaculoase, greu de înţeles. Cu un sfert de oră mai devreme nu vedeam vreo posibilitate să câştig măcar un ghem, mingea era prea mică, viteza prea mare şi eu mereu în dezechilibru. Şi, dintr-o dată, graţie unui gând proaspăt şi al unui nou curaj, mă mişcam într-o euforie prevestitoare la fiecare lovitură, încă înainte ca ea să fi răsărit în mintea adversarei mele.

Conduceam cu 5:1 în setul al treilea şi îi vedeam pe părinţii mei uitându-se nerăbdători la ceas. „Cu cât plecăm mai târziu de aici, cu atât e mai mult trafic" scria cu litere mari pe frunţile lor. Le-am strigat să comande o salată cu piept de curcan şi un suc de mere.

Privind acum în urmă, trebuie să mărturisesc că n-avea nimic de-a face cu aroganţa. Că era mai degrabă o naivitate tinerească, mână în mână cu o lipsă de experienţă pozitivă, care făcea să-mi lipsească capacitatea de a recunoaşte scenarii negative şi fantezia de a mi le imagina. Mă consideram pur şi simplu incredibil de stabilă emoţional – şi la 5:1 în setul al treilea, ce mai putea merge greşit, nu?

Ca să nu vă mai chinui, pe scurt: am pierdut. 7:5 în setul al treilea, după ce condusesem cu 5:1 şi avusesem precis 347 (de fapt, vreo patru?) mingi de meci. Însă aroganţă? Sau naivitate? O clipă.

Poate că nici nu avusese vreo legătură cu mine şi cu deficitele caracterului meu, ci se crease doar un dezechilibru în ceruri, un vacuum în aer, atunci când furasem acel punct care mă adusese în finală, iar eu comandam acum salată cu piept de curcan şi suc de mere, ca şi cum nu numai că aş fi meritat victoria, dar mă şi aşteptam s-o obţin. Planul din ceruri, care se dezechilibrase atunci când nedreptatea câştigase, se îndrepta acum cu un pocnet asurzitor, vidul din aer se închidea, eu pierdeam finala și universul nu era câtuși de puțin mai bun ca înainte. Dar puțin-puțin mai drept.

Am bocit pe bancheta din spate a vechiului vw Passat al părinților mei, tot drumul prin Austria, de-a lungul munților, care mă priveau de sus, cu dispreț. Am bocit tot drumul pe șoselele Ungariei, ale cărei autostrăzi nu erau încă gata, până la granița Serbiei. Am bocit în timp ce grănicerii, cu fețele lor arogante, cotrobăiau mașina părinților mei, iar părinții mei schimbau banii nemțești în bani sârbești. Plângeam la fiecare gaură din drum prin care trecea vw-ul nostru Passat. Și, când am ajuns în sfârșit la poarta casei bunicii mele, dormeam epuizată pe locul din spate, purtând cu mândrie pe față mizeria adunată în timpul zilei.

O legendă austriacă spune că, dacă vântul bate din direcția potrivită și tu te avânți suficient de adânc în interiorul munților, acolo unde rătăcesc sufletele oamenilor, se mai aude încă și astăzi o fetiță de doisprezece ani plângând de (ne)dreptatea lumii ăsteia.

DANICA

A sećaš li se lepi grome moj,
nekada je tlo pod nama pucalo?
(Ceca)

Îți amintești, tunetul meu scump,
cum mai trosnea cândva pământul de sub noi?[02]

02   Traducere din limba sârbă de Borco Ilin.

Şedeam pe o bancă jegoasă, într-un club de tenis din Sofia, şi tocmai îmi legam pantofii, când Danica m-a întrebat în engleză:

— Hei, tu eşti Andrea Petković?

Ridicând privirea, nu vedeam decât cercuri luminoase. Soarele mă orbea. Am făcut ochii mici, încercând să-mi concentrez privirea asupra siluetei care stătea în faţa mea. O fată bronzată, cam de 18 ani, cu şoldurile rotunde şi cu bucle uriaşe, pline de agrafe, mă privea provocator. Faţa îi strălucea.

— Ăăă, da?

— Vorbeşti limba sârbă? mă întreabă ea. Pe sârbeşte.

— Da.

Am trecut aşadar în limba maternă.

— Eu sunt Danica.

Cu ochii încă mici, i-am strâns mâna umedă. A fost prima oară când Danica şi-a arătat zâmbetul ei larg, care dezvăluia trei dinţi şi cam multă gingie. Şi-a pus ambele mâini în şolduri. Încrederea ei de sine mă fascina.

— Joci la dublu?

S-a aşezat lângă mine pe bancă şi a început şi ea să-şi pună tenişii. Şi-a luat cu grijă şlapii şi i-a vârât într-o sacoşă mică, înainte să-i bage în geanta ei de tenis, care era plină ochi cu mingi de tenis, rachete, elastice de păr şi animăluţe de pluş.

— De fapt, nu, i-am spus şi m-am dat mai la o parte, să-i fac loc.

S-a uitat la mine şocată.

— Dar ştii că poţi să faci ceva bani aşa. Nu mulţi, asta e clar, dar, dacă câştigăm aici la dublu, putem să ne plătim în orice caz camera de hotel şi poate chiar şi vreo două cine, dacă economisim şi mai luăm pe cineva pentru câteva nopţi. Eşti singură aici, nu?

Ochii ei verzi-albaştri priveau pe deasupra capului meu.

— Da, singură.

— Okay, perfect. Tu te muţi azi la mine în cameră, aşa că nu mai plătim decât jumătate. Eu ne înscriu la dublu şi poate reuşim să câştigăm turneul. Sunt destul de bună la dublu, ştii tu, mai puţin stres şi aşa. Iar de tine am auzit că nu eşti deloc rea. Chiar foarte ok. Adică pentru 16 ani. Talentată, mi-a zis cineva. Talentată. Te-a văzut jucând săptămâna trecută în Turcia. Mai caut pe cineva care să doarmă câteva nopţi cu noi în pat. Din partea mea, pot să dorm şi pe podea, cu nişte pături, ceva acolo. Atunci economisim chiar o treime din preţ. Ce zici?

În timp ce vorbea, s-a ridicat, a scos racheta şi a făcut câteva exerciţii de rotire, a sărit de trei sau patru ori şi acum ţinea trei mingi de tenis în mâna stângă.

— Trebuie să mă încălzesc puţin, am spus eu, oarecum sfioasă, pentru că altfel ar fi sunat obraznic faţă de o persoană care se vedea că înţelesese despre ce era vorba în viaţă.

— Ah, o nemţoaică veritabilă! a râs Danica.

Am alergat câteva tururi în jurul terenului, încercând să înţeleg cum până acum nu reuşisem să fac decât planuri de bătut mingea la perete şi deodată, în zece minute, aveam parteneră de antrenament, colegă de dublu şi tovarăşă de cameră, toate dintr-o lovitură.

D anica juca tenis exact aşa cum era. Imprevizibil, nedisciplinat şi fantastic. Fiecare a treia minge era un stop sau un slice. Lovea cu o viteză la care eu nu puteam decât să visez, dar nici moartă nu putea să joace trei mingi drepte la rând. Dacă pe adversarele ei le lăsau nervii sau pierdeau firul, atunci câştiga, dar, cu cât erau mai sus în top şi cu cât erau mai disciplinate adversarele, cu atât mai greu era pentru Danica.

Venea din Muntenegru, tatăl ei era poliţist, iar ea îşi croia drum în viaţă prin tenis. Familia ei nu avea destui bani ca să-şi poată permite un antrenor sau să o trimită la o academie, aşa că trăia de la o zi la alta. Se antrena cu oricine îi tăia calea - şi de multe ori treceau zile în care nu se antrena. De la 15 ani începuse să călătorească singură prin Europa - mai exact în ţările unde putea ajunge cu autobuzul sau cu autostopul.

Viața pe drumuri o transformase într-o adevărată artistă. Când ne-am cunoscut, din punct de vedere biologic era doar cu doi ani mai în vârstă decât mine, dar în realitate erau precis zece ani între noi.

Nici părinții mei nu aveau destui bani să mă trimită în turneu cu antrenor și fizioterapeut, așa cum vedeam la alte jucătoare, care ori aveau norocul să aibă părinți bogați, ori aveau o asociație cu bani în spate. Federația Germană de Tenis ajuta cu antrenori în turneele mari și importante, însă turneele mari și importante sunt mai degrabă excepția la începutul unei cariere în tenis. Marea parte a vieții de zi cu zi o umplu turneele mici, care se desfășoară în locuri izolate și unde fiecare jucătoare luptă pentru supraviețuire. Banii din premii sunt puțini, deplasarea costă de obicei mulți bani, iar pentru întreținerea la fața locului jucătoarele trebuie să se descurce singure. Absurditatea vieții e prezentă și în lumea tenisului. Acolo unde premiile oferă mulți bani, toate costurile sunt preluate. Nu însă și acolo unde nu prea sunt bani de luat.

Așa că și eu călătoream singură și încercam să economisesc cât mai mult. Nu trebuia, însă, să-mi fac griji că nu voi avea cum să mă întorc acasă, chiar dacă zburam afară de la prima rundă.

La intrarea în hotelul nostru vechi și dărăpănat, lângă firma cu numele lui atârnau două lămpi în formă de stea, din care una lumina, iar cealaltă pâlpâia. În aceeași după-amiază mi-am strâns catrafusele și m-am mutat cu Danica în camera ei single. Patul era prea mic pentru două persoane, iar eu, care eram considerabil mai mare și mai solidă, mă trezeam mereu dimineața întinsă pe trei sferturi din pat, în timp ce Danica dormea neîntoarsă, în echilibru, pe margine. În baie atârnau păianjeni din toate colțurile și trebuia să lași să curgă o vreme apa împuțită galben-maronie, până se mai curăța și puteai să faci duș. Robinetul chiuvetei picura neîntrerupt și acel zgomot ne însoţea în somn. Am dat repede la o parte standardele mele occidentale de curăţenie, precum şi teama mea de gângănii.

Puneam banii noştri la comun şi mergeam în supermarketuri, unde cumpăram banane şi ciocolată, cu care ne hrăneam în timpul zilei. Seara ne împărţeam câte o pizza. Sau mergeam în restaurante ieftine ori în cârciumi, unde primeam aperitive şi deserturi din partea patronilor, când ne vedeau cum calculam preţurile din meniu şi pe urmă număram banii pe care îi aveam. Tot ce ne cădea în mână, nu contează cum, împărţeam frăţeşte. Danica avea un briceag elveţian cu care tăia bananele în două jumătăţi egale. Cumpăram pâine de la brutărie şi şterpeleam mezeluri şi brânzeturi de la micul dejun, cu care ne făceam sandvişuri.

În fiecare dimineaţă alergam câte o jumătate de oră pe străzile uscate şi prăfuite ale Sofiei, la clubul de tenis. Era o vară fierbinte. Purtam short alb de tenis şi tricouri foarte largi. Eu aveam o şapcă FILA pe cap, iar Danica încerca, de cele mai multe ori fără succes, să-şi îmblânzească coama cu agrafe şi elastice.

Vorbea neîntrerupt. Despre familia ei, despre starurile pop care îi plăceau, despre băieţii care îi făceau curte şi despre cei pe care îi plăcea în secret, pentru că era prea mândră să recunoască asta. La un moment dat am reuşit să-mi dau seama cine era favoritul ei. Povestea despre acel „idiot" care „chiar nu era în stare de nimic" şi că „niciodată nu s-ar fi coborât să iasă cu el". Ridica nasul în aer şi făcea o faţă arogantă, în timp ce îşi trăgea colţurile gurii în jos, semn de dispreţ, credeam eu.

Toate ideile despre lume şi viaţă le preluase de la tatăl ei. Îşi împăturea toate lucrurile super ordonat şi le aşeza la distanţe perfect egale, în linii paralele, în sertarele pline de pânze de păianjen. *Toţi poliţiştii fac aşa.* Îşi scotea pantofii înainte să intrăm în camera de hotel şi mă punea şi pe mine să fac la fel. *Nu vrem murdăria de afară în casă.* Mă uitam în jur şi bănuiam că strada era mai curată decât camera noastră. Nu uita niciodată să arunce câțiva bănuți în căciulile cerșetorilor de pe stradă, deși de multe ori nu știam nici noi ce urma să mâncăm la cină. Îi dădeau lacrimile și mâna îi tremura când scotea cu hotărâre monedele din buzunar și le arunca în căciulă. *Nu am prea mult, dar am pâine de mâncat și apă de băut. Acești oameni*, spunea ea uitându-se fix la mine, *nu au NIMIC.*

Ea nu se considera săracă. Să faci rost de mâncare, să câștigi bani, să organizezi locuri de dormit – toate astea erau provocări pe care le aducea cu ea viața. În lumea ei, ea era regina care strălucea mai tare ca orice, și exact așa o vedeam și eu. Avea un mod distins de a se exprima; nu se cobora niciodată la nivelul celor care îi voiau răul, iar când cineva se comporta urât, strâmba doar din nas. Mai degrabă și-ar fi tăiat limba decât să spună ceva rău despre altcineva. Când am întrebat-o odată, m-a privit cu ochi mari. *Tata a ridicat de două ori mâna la mine, Andrea, de două ori. A ridicat două degete în sus, pentru a sublinia asta. Odată, când am mințit și odată când am vorbit de rău pe cineva. Nu mai fac nici una, nici cealaltă vreodată.*

Mergea legănat ca o rață, iar șoldurile late și rotunde i se mișcau alene, în semicerc, ca la o dansatoare. *Vezi șoldurile mele, Andrea? Uită-te bine la ele. Ești sigură că ești sârboaică? Noi, femeile din Balcani, avem șolduri rotunde și late, ca să nu avem dureri la naștere și să putem să naștem patru-cinci copii fără să ne plângem. Nu e frumos să te plângi.*

Aveam eu o vagă bănuială că nu funcționa totul chiar așa, dar mai exact nu știam cum.

O știi pe Ceca?

Când nu povestea, Danica fredona melodii stranii, languroase. Câteodată, când credea că n-o aud, cânta. Avea o voce grozavă, limpede.

Ceca este cântăreața pur-sânge. S-a măritat cu Arkan. Îl știi pe Arkan? A fost împușcat. Ceca a dispărut. De mai mult de un an n-a mai auzit nimeni de ea. Și dintr-o dată, BUM. Apare din nou și dă un concert în memoria lui. Pentru soțul ei. Pentru Belgrad, pentru Serbia. 70.000 de oameni au venit. 70.000! Nici nu poți să-ți închipui! A cântat hitul ei nou, „Pile", și toți au plâns. Mi se face și acum pielea de găină când îmi amintesc.

Ceca era un fel de eroină națională în Serbia. Fiecare cântec, oricât de jalnic, devenea hit. Contribuise și faptul că în 1999 se măritase cu unul dintre cei mai cunoscuți infractori din Europa și așa apărea mereu pe prima pagină. În timpul războaielor din Iugoslavia, Arkan înființase o unitate paramilitară care ucidea și viola pe unde trecea. A fost dat în judecată la Haga, însă n-a fost niciodată condamnat. Se spune că după război a devenit cel mai mare mafiot din Balcani, până când a fost împușcat împreună cu două gărzi de corp, în 2000, în hotelul Intercontinental din Belgrad. Au circulat tot soiul de istorii, care de care mai alambicate, în legătură cu motivul uciderii. Cel mai plauzibil e cel că ar fi amenințat că va da pe mâna tribunalului de la Haga politicieni sârbi, pentru a scăpa de condamnare.

Cunoști cântecul „Pile"?

Nu-l cunoșteam. Danica se opri pe stradă și începu să cânte: „Nu că cineva s-ar apropia de tine. Iar eu în toate, probabil că am mers prea departe. Dar nu ajungi nicăieri, atunci când ei îți iau tot și-ți distrug viața. Zboară singur mai departe, și nu te uita nici în jos, nici înapoi. Lacrimile mele curg spre tine, lacrimile mele curg la tine, lacrimile mele curg în sus".

E ra kitsch, dramatic și îngrozitor de potrivit, mi s-a făcut pielea de găină. Două fete de vizavi începură să strige spre noi „CECA! CECA!"

Danica s-a oprit din cântat. Cele două fete în haine jerpelite și cu părul nespălat au trecut strada. Ceca era foarte cunoscută și în Bulgaria. Într-o limbă amestecată dintr-o treime sârbâ, o treime bulgară și o treime gesticulație, ne-au explicat foarte agitate că Ceca cânta în seara aia la Sofia. Pe stadionul de fotbal, foarte aproape de hotelul nostru. Au tras pe dos buzunarele goale ale blugilor şi au dat din umeri. N-aveau bani să-şi poată permite un bilet. Danica a ridicat degetul mare şi arătătorul şi le-a frecat între ele. *Nici noi.*

În acea seară am deschis larg geamurile camerei noastre, ne-am aşezat la fereastra care trosnea şi scârţâia şi arunca bucăţi de vopsea uscată şi am ascultat concertul lui Ceca, timp de trei ore, de la noi din cameră. Danica cunoştea fiecare cuvânt din fiecare cântec, iar eu o ascultam mai mult pe ea decât pe Ceca. Luna strălucea pe faţa ei, era fericită.

Aşa am cunoscut eu hăurile turbo-folkului sârbesc.

A doua zi, când am deschis ochii şi mi-am şters saliva care mi se strânsese peste noapte în colţurile gurii, Danica şedea deja pe marginea patului. Avea o pată mare de sudoare pe spatele tricoului şi picioarele îi tremurau. Îşi ascundea faţa cu mâinile şi zulufii ei se agitau de colo colo.

— Ce-i, ce s-a întîmplat? I-am pus cu grijă mâna pe umeri. S-a întors spre mine şi pe faţa ei se citea panică pură. Avea ochii în lacrimi.

— Nu pot să joc astăzi, am dureri de burtă, a spus ea încercând să-şi controleze expresia feţei. Ajunseserăm într-ade-văr în finala de dublu.

— Ţi-a venit ciclul?

— Nu, am mâncat ceva ce nu mi-a priit.

Nu înţelegeam.

— Dar am mâncat amândouă acelaşi lucru, şi mie mi-e bine, Danica.

A dispărut în baie şi am auzit apa de la chiuvetă. Mă uitam neliniştită la uşa băii, a trecut o vreme şi Danica nu mai apărea. M-am ridicat şi am bătut uşor la uşă.

— Danica. Dano. Deschide. Ieşi afară sau lasă-mă înăun-tru. Mă sperii, ce-i cu tine?

A durat câteva minute până când ușa s-a deschis, în sfâr-
șit, și Danica a ieșit ca o furie. Acum plângea de-a binelea, lacri-
mile curgându-i șiroaie pe față, lăsând în urmă dâre palide.

— Așa se întâmplă mereu când devine mai important. Tu
nu poți să înțelegi, tu n-ai nevoie de bani așa de mult cum am
eu. Nu știu cum voi ajunge la următorul turneu, dacă nu câș-
tigăm astăzi. Ce să fac eu în locul ăsta uitat de lume? Știi că nu
mi-am văzut familia de cinci luni? Cinci luni! De fiecare dată
mi se întâmplă asta. De fiecare dată. De asta n-o să fiu niciodată
bună. Asta o să fie viața mea, până când voi găsi pe cineva care
să se însoare cu mine și să-mi facă copii, și atunci voi ajunge din
nou în Muntenegru, ca toate celelalte, și uite așa mi-am irosit
jumătate din viață. Mereu același lucru, mereu.

S-a așezat plângând pe pat, mi se rupea inima, în timp ce
tot repeta „de fiecare dată". M-am așezat lângă ea și am luat-o
pe după umeri. Și eu aveam lacrimi în ochi, dar vocea mea
suna normal.

— Okay, fii atentă. Mă asculți, da, mă asculți? Fac eu
astăzi totul. Tu te așezi pur și simplu acolo și eu o să alerg peste
tot. Dacă nu te simți bine, lasă mingea să treacă. Dacă îți tre-
mură mâna, fă-mi un semn. O să reușim. Iar mâine te întorci în
Muntenegru și tatăl tău vine și te ia de la aeroport. Okay? Nu-ți
face griji, vom reuși.

Rutina noastră în acea zi de finală a fost aceeași ca în fie-
care zi. Am mers vreo jumătate de oră pe străzile prăfuite ale
Sofiei, pe lângă clădiri dărăpănate și câini vagabonzi, până la
catedrala cu cupole rotunde, verzi. De aici mai erau câteva
minute până la clubul de tenis. Am alergat în jurul terenului și
am făcut exerciții de stretching. Apoi am adus mingi de la con-
ducerea turneului și apă. Am jucat puțin ca să ne încălzim și
pe urmă ne-am așezat la umbră, pe terasa de sub acoperișul de
plastic. Am mâncat banane și sandvișurile pe care le făcusem
pentru Danica, căci la micul dejun nu mâncase nimic.

Danica tăcea. Toată socializarea, toţi oamenii pe care îi
învârtea pe degete cu şarmul ei, nu mai existau pentru ea. Am
preluat rolul ei ca o elevă silitoare care privise de pe margine
timp de două săptămâni şi era acum în stare să preia sarcinile
profesoarei. Când o întrebam ceva, dădea doar din cap, absentă.
Nu ştiam ce aş fi putut să zic ca să o scot din starea aia. Aşa că
nu făceam altceva decât să fiu acolo şi să răspund în locul ei,
atunci când i se adresau oamenii care o plăceau atât de mult.

Dublul a fost dur. Danica era ca îngheţată. Mingile ateri-
zau în jurul ei, fără ca ea să mişte vreun muşchi. Stătea pierdută
de parcă n-ar fi jucat în viaţa ei vreun meci de tenis şi dădea
doar din cap, mormăind ca pentru ea. Am încercat s-o ajut cum
puteam, dar nici eu nu prea ştiam cum şi nu aveam nici vreun
antrenor care să ne spună ce aveam de făcut. Singurul lucru
care funcţiona era lovitura ei, astfel încât am reuşit cumva să
rămânem în joc. Eu transpirasem de atâta alergat, încercând
să repar câte ceva. Eram epuizată de la jocul de simplu de mai
devreme şi pierdeam tot mai mult din elan. La 6:5 în primul
set pentru adversare, Danica a avut primul ei serviciu prost. O
dublă greşeală, apoi o greşeală la forehand în plasă, apoi încă o
dublă greşeală şi aveam deja 0:40, trei mingi de set împotriva
noastră. M-am dus la ea.

— Iartă-mă, te rog.

M-am uitat uimită la ea. Erau primele cuvinte pe care le
spunea de dimineaţă. Dădu ochii peste cap. Un gest tipic pentru
Danica. M-a pufnit râsul. Un început de surâs răsări pe faţa ei.

— Cum?

— Nu-ţi cere scuze de la mine, Danica, te rog eu. Câştigăm
împreună, pierdem împreună. Şi de data asta, pierdem, asta e.
Am ridicat din umeri.

S-a uitat la mine furioasă.

— Cine a zis că o să pierdem?

Eram pe vremea aceea prea tânără ca să pot afirma, mai
târziu, că provocasem anume mândria ei slavă.

— Nu ne lăsăm distruse. Dacă e să ne distrugă cineva, atunci noi vom fi acelea.

Şi meciul se întoarse. Puteam să văd cum Danica literalmente se dezgheţa. Vedeam cum muşchii ei se muiau, mişcările erau tot mai elegate şi sprinturile tot mai eficiente. I se deschiseseră ochii şi începea să anticipeze modelele de joc ale adversarelor noastre. Bucuria de a juca, pe care frica şi îndoielile ei o alungaseră într-o pivniţă a conştiinţei ei, îşi făcea din nou loc la suprafaţă. Iar expresia feţei ei îmi amintea tot mai mult de fericirea ei în lumina lunii, din timpul concertului lui Ceca.

Am câştigat finala de dublu. M-am repezit la ea, am ridicat-o în sus şi am început să mă învârt cu ea. Râdea fericită, uşurată. Am strâns mâinile adversarelor noastre şi arbitrului şi aşteptam pe bancă ceremonia. Nu mă opream să tot povestesc seturile şi punctele care întorseseră jocul: lovitura formidabilă la mingea de set; şi ai văzut cum am fugit la stop, recunoaşte, n-ai fi crezut c-o mai prind, şi lovitura ta la 30:40 exact pe linie, bang, voleurile tale în tiebreak, forehandurile mele în setul al doilea, reverurile tale, loviturile mele, picioarele tale, capul meu, curajul nostru...

Danica mă opri. Luă mâna mea în mâinile ei şi spuse încet:

— Mulţumesc.

M-am fâstâcit, dar momentul a trecut imediat şi expresia feţei Danicei a revenit la normal. A dat drumul mâinii mele.

Ne-am luat rămas-bun la aeroport ca două prietene vechi, râzând şi plângând în acelaşi timp. M-am uitat după ea cum se legăna cu uriaşa geantă roşie de tenis pe spate. N-am mai văzut-o niciodată.

Mulţi ani mai târziu, eram într-o cafenea în Belgrad cu câţiva prieteni din tenis, şi cineva a pomenit de o oarecare Danica, care tocmai născuse cel de-al doilea copil şi care pe vremuri jucase şi ea tenis.

Am ciulit urechea.

— Danica? Care Danica?

Ivana scoase mobilul.

— Hm, poate chiar o cunoşti. Născută în '85, doar cu doi ani mai mare ca tine. O jucătoare foarte bună de dublu, dar puţin cam nebună.

Cu câteva swishuri pe display a intrat pe pagina de Facebook a unei tinere al cărei chip radia de pe o mulţime de fotografii cu copiii ei. Era mult mai suplă, şoldurile ei rotunde dispăruseră, iar faţa i se lungise, parcă, aşa cum se întâmplă la oamenii care pierd mult în greutate. Dar ochii ei verzi-albaştri şi cei trei dinţi cu puţin cam multă gingie la vedere când zâmbea erau aceiaşi. Era vechea mea prietenă Danica. Avea ceva trist în părul ei cârlionţat, care, în locul agrafelor obişnuite, era acum prins cu nişte ace foarte şic.

— E fericită?

Ivana tăcu un moment şi îşi încreţi fruntea.

— Acum câţiva ani i-a murit tatăl în urma unui infarct.
Danica a încercat să-l resusciteze şi a chemat ambulanţa, dar era prea târziu. De atunci, nu mai e aceeaşi.

Am început să plâng.

Ivana se uita la mine, şocată.

— Vă cunoşteaţi?

— Nu foarte bine. Dar am fost cu ea atunci când soarta i-a fost pentru o clipă potrivnică.

S-a lăsat o linişte neplăcută la masa noastră. Mi-am dat seama că ceilalţi nu înţeleseseră ce spusesem. Dar eu ştiam că Danica văzuse atunci un univers alternativ. Chiar dacă doar pentru o zi.

PUTEREA DE A CONTINUA

Tot ce ştiu despre viaţă este că seamănă cu oceanul. Vezi doar suprafaţa şi nu o înţelegi în profunzime. Iar când vine valul, ar trebui să ai cu tine o placă de surf (şi să ştii să te dai pe ea). În ziua în care am împlinit 30 de ani şi m-am confruntat prima oară cu vârsta, m-am gândit la tinereţea mea. Dar n-aş fi dat tot aurul, piatra filozofală sau fântâna tinereţii ca să fiu din nou tânără. Când eram tânără, nu ştiam că oceanul nu poate fi controlat. Dar eu tot încercam, cu încăpăţânare inconştienţă sau alteori implorând. Când marea era liniştită, alergam în panică pe mal de colo-colo şi urlam la ea. Când veneau valurile, mă uitam la ele mută şi fără apărare. Nu ştiam că liniştea de care ai nevoie pe timp de furtună se exersează tocmai în linişte.

Arta este să tot încerci şi iar să încerci: să ieşi ameţit din valuri cu părul vâlvoi şi privirea rătăcită şi data viitoare să te arunci înapoi în ele cu capul sus. De câte ori n-am acceptat înfrângeri, le-am înghiţit, digerat, jelit şi apoi am continuat. De câte ori n-am ieşit triumfătoare, euforică ştiind, totuşi, că marele sunt permanente şi că totul se poate schimba. În tenis a trebuit să trăiesc săptămână de săptămână câte una din aceste situaţii. Şi, câteodată, ambele în acelaşi timp. Şi uite aşa, microcosmosul tenisului este şi un macrocosmos al vieţii.

Îmi amintesc prima oară când am intrat în sferturile de finală ale unui turneu de Grand Slam. O învinsesem pe Maria Şarapova, multiplă campioană Grand Slam şi superstar al tenisului feminin, în două seturi, sub luminile arenei Rod Laver din Melbourne şi publicul sărbătorea frenetic victoria unui *looser*. Eram atât de perplexă şi de neîncrezătoare, încât în momentul victoriei, în loc să mă bucur, i-am cerut unui băiat de mingi un prosop. A urmat un interviu pe teren cu Jim Courier şi apoi părăsirea arenei, un culoar lung cu camere TV aliniate, luminate de reflectoare puternice, pe care l-am parcurs cameră după cameră, interviu după interviu. Spuneam mereu aceleaşi propoziţii în germană, engleză, sârbă, franceză. *Nu-mi vine să cred.*

Este una din cele mai frumoase zile din viaţa mea. Un vis din copilă-rie.[03] Et cetera et cetera.

La nici şaisprezece ore după aceea am pierdut, pe acelaşi teren, meciul de sfert de finală împotriva lui Na Li. Nu dormisem în acea noapte nicio clipă, atât de euforizată eram, atât de pline de adrenalină erau gândurile şi visele mele. La ieşire aşteptau aceleaşi figuri de televiziune, asemenea unor măşti, dar de data asta se uitau peste umerii mei, pe lângă mine şi o aşteptau pe Na Li. Am făcut un duş, mi-am golit dulapul, mi-am făcut bagajul şi, în aceeaşi seară, şedeam prost dispusă în primul avion înapoi acasă, în loc să fiu fericită fiindcă ajunsesem pentru prima oară în sferturile de finală ale unui turneu de Grand Slam.

If you can meet with Triumph and Disaster
And treat those two impostors just the same.[04]

Aceste rânduri din vestita poezie a lui Rudyard Kipling, *Dacă*, împodobesc intrarea pe terenul central de la Wimbledon. Le purtam peste tot după mine, scrise de mână pe o foaie A4 mototolită şi ruptă. Dar să le şi urmez, trebuie să recunosc cu toată ruşinea, am fost foarte rar în stare. Cu anii, situaţia s-a mai îmbunătăţit, dar teama că maturizarea înseamnă numai capacitatea de a-ţi stăvili furia sentimentelor nu m-a părăsit până în ziua de azi.

Tot ce ştiu cu siguranţă despre tenis este că aceia care îl iubesc, iubesc şi viaţa. Şi, ca în orice dragoste bună,

---

03   NOTA AUTOAREI: În engleza americană există un cuvânt mimunat - *humblebrag*, compus din *humble* (umil) şi *brag* (a se lăuda). Faptul că am menţionat că am dat interviuri în patru limbi este un *humblebrag* tipic.

04   (...) *De-ntâmpini şi Triumful şi Dezastrul/Tratând pe aceşti doi impostori la fel* (...) Traducere de Dan Duţescu.

jumătate din vreme este marcată de ură, fiindcă altfel n-am ști
că iubim.

Tenisul este cuprins în reguli formale și legi fizice și geo-
metrice. În interiorul acestor parametri mă pot dezvolta liber și
pot să-mi aleg identitatea care mi se potrivește. Și, dacă nu aleg
suficient de repede, identitatea mă va alege ea pe mine.

Sunt multe lucruri de luat în considerare. Ce rachetă și
ce marcă de haine vor face prima impresie asupra oamenilor?
O combinație Babolat-Nike (Rafael Nadal) se deosebește destul
de mult de o combinație Wilson-Adidas (Stefanos Tsitsipas). Cu
această alegere aparent superficială deja arăt cine aș vrea să fiu.
Asta nu trebuie neapărat să corespundă cu persoana care sunt
de fapt.

Și acum ajungem la miezul problemei: cum joc? Nimic nu
trădează mai mult personalitatea, decât felul în care joci
împotriva unui adversar – mai ales în tenis. Sunt o jucătoare
agresivă, care caută mereu decizia finală, vrea să preia răspun-
derea – și câteodată trage dincolo de țintă? Sau sunt o jucătoare
solidă pe zgură, care așteaptă greșelile adversarului, e răbdă-
toare și se bazează pe superioritatea ei strategică? Sau poate o
jucătoare de contre, care întâmpină cu plăcere violența adver-
sarului, o preia, o absoarbe, o transformă și apoi o trimite îna-
poi? Roger Federer, Rafael Nadal sau Novak Djokovic. Serena
Williams, Caroline Wozniacki sau Angelique Kerber. Șase dintre
stelele cele mai mari ale sportului nostru și fiecare un reprezen-
tant al unui alt gen.

Frumusețea în tenis: totul merge, nimic nu trebuie. De
aceea, tenismenii deștepți nu judecă niciodată felul în care joacă
alții. Va avea mereu succes cel care se adaptează respectivei per-
sonalități. Între timp am aflat pe cine reprezint în afară și cine
sunt. Pubertatea în tenis a luat sfârșit și a început viața. Intru
în patrulaterul terenului și îmi este egal la ce categorie joc, ce
vârstă am și unde mă aflu. De îndată ce sunt pregătită pentru

primul punct, lumea se poate nărui peste mine. De la prima lovitură până la ultimul retur: sunt singură și - atenție, spoiler - nu va veni nimeni să mă salveze.

Mă costă inimă, inteligență și capacitate de discernământ. Curg lacrimi, sânge și sudoare. Mă iau la trântă cu soarta și am ghinion. Ghinion ca dracu'. Câteodată am noroc, dar uit asta repede, fiindcă poveștile astea nu sunt atât de bune. Fac greșeli, greșeli grosolane, și mă întreb dacă chiar merit ceea ce alții numesc viață. Joc lovituri câștigătoare, creez mișcări geniale și mă întreb de ce nimeni nu-mi recunoaște geniul. Îmi pare rău pentru mine și îmi asum responsabilitatea. Uneori în ordinea greșită. De multe ori disper și rareori triumf. Asupra adversarului meu, dar mai ales asupra mea. Cad pe zgură, cu fața înainte și mă pufnește râsul, îmi rup ligamentele încrucișate, am dureri de cap și de inimă, iar în nopțile în care este cel mai important să dorm, stau și vomit la toaletă (stresul...). Alerg în direcția greșită. Ajunsă la capătul acestei căi greșite, nu există nicio scurtătură, dar există întotdeauna o cale de întoarcere. Sunt fericită în momentele în care totul merge prost. Nefericită în momentele în care totul merge bine. Și la un moment dat îmi dau seama: în oceanul vieții, în dreptunghiul terenului de tenis, totul este permis - atâta timp cât mai rezist dracului încă o dată, indiferent de ce vine.

A m învățat ceva mai bine să fac față valurilor vieții. Nu mult mai bine, dar puțin mai bine. Văd vremurile de calm ca pe o oportunitate pe care o folosesc pentru a mă dezvolta. Citesc mult, sunt adesea singură, îmi antrenez corpul și mintea. Încerc să pun în mișcare toate resursele pe care le am la dispoziție pentru a face un salt înainte - sub orice formă. Încerc să găsesc fericirea în procesul în sine și nu în rezultat. Traseul este scopul.

Uneori.

În sport există chiar un sezon specific pentru acest lucru: „off season", în afara sezonului. Momentul în care nu există competiții. Spunem că mergem să ne „pregătim". Corpul, mintea și sufletul sunt întărite, antrenate și cultivate astfel încât să poată rezista cu curaj tuturor adversităților. Asta înseamnă „să fii pregătit".

Am o relație puternică de iubire-ură cu aceste perioade. Îmi plac vacanțele ca o eliberare din închisoare în viața reală, cu un picior în apa călduță a lacului, vara. Urăsc primele săptămâni înapoi la antrenament, când fiecare mușchi mă doare atât de mult, încât cobor scările cu spatele și evit să merg prea des la toaletă. Plămânii mei par să fi uitat cele opt luni de concurs, după doar trei săptămâni de concediu (poate e și whisky-ul din New York de vină) și îmi râd batjocoritor în față, în timp ce încerc să-mi forțez corpul obosit să alerge. Și pentru că seara nu pot adormi de oboseală, mă țin în timpul zilei de cearcănele mele și parcurg încet și cu respect o clipă după alta.

Încerc să recunosc schimbările acestor procese de conștientizare din această fază pregătitoare și să găsesc bucurie sau cel puțin ceva comic în ele. Îmi place când repet un exercițiu de atâtea ori, până când mintea mea se fixează în „modul eco" și sunt înăuntrul meu, simt mușchii mișcându-se, îmi aud inima bătând și intru în sfârșit în fluxul pur de mișcare. Simt rezistența mușchilor când mișcarea devine dură și cum eul meu leneș vrea să renunțe. Dacă continui, mușchiul începe să tremure și este uimitor cât de repede pierzi controlul asupra corpului tău. Se crează un ciclu recurent de tensiune și relaxare, precum valurile care vin și pleacă.

Există mărunțișuri pe care corpul le uită cel mai repede. Pielea nu mai este obișnuită cu frecarea constantă și începe să se usuce, să se irite și să crape. Unghiile de la mâini și picioare se rup, buzele devin palide.

Toate resursele corpului sunt folosite pentru regenerare şi nu mai există niciuna care să-ţi facă părul să strălucească sau să-ţi coloreze buzele în roşu ca zmeura.

Număr mult în acest timp. Repetarea exerciţiilor, secundele, minutele până la sfârşitul cursei, numărul de mingi care sunt lovite peste plasă. Execut fiecare mişcare şi fiecare lovitură cu o imagine creată în mod conştient în cap, concentrându-mă pe locul în care se află fiecare parte a corpului în momentul mişcării respective – pentru ca apoi, în competiţie, să arunc totul la gunoi, în speranţa că între timp totul este deja fixat în subconştient. Şi îmi place enorm sentimentul de îmbunătăţire. Zi după zi, săptămână după săptămână. Corpul este o minune de potenţial care aşteaptă doar să fie exploatat. (Atenţie! Zicală de calendar!)

La sfârşitul celor şase săptămâni mă simt indestructibilă. Două ore de alergare? Cu plăcere. Patru ore de tenis? Simplu ca *Bună ziua*. Şase ore de flotări? *No problem for no problem people.* (Uau, asta cu flotările e o minciună. Chiar şi minunea trupului are limitele sale, cel puţin al meu, ce pot să spun.)

Tot ce ştiu despre viaţă este că în perioadele de acalmie poţi pune temelia furtunii. Şi nu uitaţi să uitaţi tot ce aţi învăţat. Dacă nu eşti pe pilot automat, în faţa mega-valului nu mai ştii nimic! Când lumea vede bucata de hârtie motolită cu poezia lui Rudyard Kipling în geanta mea de echipament, citează de obicei imediat cuvintele care tronează deasupra intrării la Wimbledon's Center Court: „If you can meet with Triumph and Disaster / And treat those two impostors just the same".

Îmi fac cu ochiul, complice, şi uneori ridic ambele mâini într-un gest de neîncredere în faţa vieţii. De cele mai multe ori aprob prietenos din cap, dar de fapt am vrut întotdeauna să strig: astea nu sunt versurile din cauza cărora port poezia cu mine! Acolo unde abia se mai poate vedea cerneala, estompată fiind de lacrimi din vremuri întunecate, scrie:

If you can make one heap of all your winnings
And risk it on one turn of pitch-and-toss,
And lose, and start again at your beginnings
And never breathe a word about your loss;
If you can force your heart and nerve and sinew
To serve your turn long after they are gone,
And so hold on when there is nothing in you
Except the will which says to them: ›Hold on!‹[05]

Ăsta e pasajul care mă ține în viață. Și voința mea de fier.
Happy living, everybody!

---

05   „De poți să strângi agonisita toată / Grămadă, și s-o joci pe-un singur zar, /
      Să pierzi, și iar să-ncepi c-antâia dată, / Iar c-ai pierdut – nici un cuvânt măcar; /
      De poți sili nerv, inimă și vână, / Să te slujească după ce-au apus, / Și piept
      să ții când nu mai e stăpână / Decât voința ce le strigă: „*Sus!*". (Traducere de
      Dan Duțescu.)

PRIN NOAPTE CU...

There ain't no way to know me
But it sure felt right when I saw your eyes
But now they feel like, oh yeah they feel like
Mondays
(Mando Diao)

N-ai cum să mă cunoşti
Dar a fost bine când m-am uitat în ochii tăi
Acum însă e de parcă ar fi
Luni.[06]

Cred că nu aveam conştiinţa încărcată. Nici măcar nu-mi era teamă că aş fi putut fi prinsă. Şi consideram asta categoric ca fiind de bun augur.

Toată treaba a început când la Marie era şantier. Părinţii ei aveau o casă minunată în cartierul Steinberg din Darmstadt, care fusese construită la începutul secolului trecut. De acolo mai erau doar vreo 200 de metri până la gimnaziul meu şi 300 de metri mai încolo, în aceeaşi direcţie, ajungeam la clubul de tenis al tatălui meu. Era antrenor principal, iar eu îmi petreceam cea mai mare parte din timp cu prietenii mei, pe terenurile cu zgură din dreptul benzinăriei Aral, de după colţ, şi la ştrandul de alături.

Se renova faţada casei părinţilor Mariei. Dormitorul ei se afla la etajul al treilea, cu fereastra spre stradă. Era plin de mese, rafturi şi dulapuri făcute pe comandă, în care atârnau ţoale de toate soiurile, pe care voiam mereu să le împrumut, dar nu-mi stăteau niciodată bine. Dacă ieşeai pe hol şi te întorceai spre stânga, ajungeai mai întâi într-o încăpere cu un computer, care n-am înţeles niciodată la ce trebuia, dar pe canapeaua de acolo am dormit câteva dintre nopţi, atunci când Marie avea la ea un prieten. Când nu avea, dormeam amândouă în patul ei.

Mă trezeam întotdeauna la ora şase. Ferestrele nu aveau storuri şi soarele mă izbea direct în faţă. Inima îmi bătea de obicei de nebună - şi numai foarte rar se întâmpla să fie din vina vreunui băiat. De obicei, motivul era lipiciosul Red Bull, respectiv echivalentul mai ieftin al lui, pentru că aveam prea puţini bani. (Părinţii Mariei erau bogaţi, cred eu, dar asta nu însemna că profitam cumva de asta). Câteodată eram convinsă că o să mor sau mă gândeam că aşa ar trebui să te simţi când ai un atac de panică - transpiram şi tremuram şi îmi ţineam mâna dreaptă la inimă, numărând bătăile pe minut, cu ochii închişi.

Supravieţuiam de fiecare dată.

Camera cu computer era o cameră de trecere, gândită la vremea ei ca un soi de tampon între frate și soră, care oferea distanță, dar și spațiu privat. Alături se afla camera lui Carlo, fratele mai mic al Mariei. Era cu balcon.

Într-o noapte de vară am îndesat catrafuse purtate sub pătura Mariei, ne-am fardat ochii cu negru, înghesuite una în cealaltă în baie, ne-am spălat pe dinți, am tras alte haine pe noi, apoi ne-am strecurat prin camera cu computer în camera lui Carlo, afară pe balcon, și am coborât pe schela de pe fațadă.

Am luat primul tramvai și ne-am insinuat, minore fiind, însă cu priviri nevinovate și pantofi ascuțiți, în cele mai în vogă cluburi din oraș. Îmi plăcea liniștea adâncă a nopții, aerul cald pe brațele mele și sentimentul că tocmai o asemenea clipă mi-ar putea schimba viața. Libertatea absolută. Dansam extatic pe muzică proastă, pentru că undeva, în străfundurile minții noastre, purtam bănuiala că ar putea fi prima și ultima noapte în care ne era permis să uităm de viața de zi cu zi, lipite de oameni străini, transpirând și mișcându-ne în lumina stroboscopului. Noaptea, orice era posibil, lumea era la picioarele noastre.

Schela ne-a fost într-adevăr de folos la începutul expedițiilor noastre nocturne, dar ăsta era doar un drog de inițiere. Nimic nu ne mai putea reține. Niciun etaj trei, niciun frate mai mic, niciun părinte nu mai stătea între noi și libertate, între noi și maturizare.

De-a dreptul palpitant a devenit atunci când schela a dispărut. Coboram de pe balconul lui Carlo pe balconul de la etajul al doilea, de unde săream în cel mai mare copac din lume, care se afla întâmplător în grădina părinților Mariei, și de acolo coboram de-a lungul celei mai groase crăci până jos, pe pământ. Când aveam bani, chemam un taxi. Dar aproape niciodată nu aveam bani, așa că de obicei mergeam cu tramvaiul. Eram amândouă tot un frison când lumina puternică a tramvaiului se apropia de noi, ușile se deschideau în fața noastră - precum porțile Împărăției Cerurilor - iar noi, uitându-ne temătoare după controlori, urcam împiedicându-ne. Câteodată cântam cântece pentru pasageri ca să abatem atenția de la nervozitatea și vârsta noastră. (Asta era după experiența traumatică, când am fost prinsă mergând pe blat, iar de atunci luam în calcul riscul, chiar dacă nu-l acceptam, și-l puneam în balanță cu bucuria atingerii țelului.)

„Supraapreciere cruntă" era motto-ul nostru și ni se potrivea de minune. Nu-mi amintesc să fi băut în acea vreme alcool sau să ne fi întâlnit cu băieți. Noi înșine și dispariția noastră în noapte neobservată de părinți, de convenții și de reguli ne erau îndeajuns.

Marie nu lua nimic în derâdere. Îmi plăcea asta la ea. Era pasionată, serioasă, dificilă, complexă. Totul și toți cei care îi tăiau calea căpătau importanța lor. Stătea la nesfârșit în restaurante și magazine de haine, până când lua o hotărâre și pe urmă era veșnic nemulțumită de alegerea ei. O iubeam sincer și puternic. Era familia mea.

Mai târziu a devenit mai complicat și prietenia noastră de tinerețe s-a maturizat, cum ne-am maturizat și noi. Nu mai ajungea să stăm una lângă cealaltă și să mâncăm croissante cu cremă de ciocolată sau să pierdem timpul pe terenul de tenis cât era ziua de lungă. Bărbații (băieții) veneau și plecau și costau mult efort și timp. Se luau hotărâri vitale, iar apoi se renunța la ele. Destinul ne era, în general, favorabil, deși din când în când ne mai juca câte o festă.

Dar în spatele fiecărui colț întunecat stătea Marie; după fiecare mutare, în momente de criză sau triumf, disperare și îndoieli, ea era acolo. Mare - mai mare ca mine - blondă și cu ochii albaștri. Cu un nas mic, în vânt, care îi dădea mereu aerul că strâmbă din nas despre tot și toate, și de cele mai multe ori, așa și era. Gura mică cu dinții la fel de mici și doi ochi mari, cu privire intensă în direcția opusă nasului - mi se păreau toate că formează un microcosmos al caracterului ei.

Ne certam, ne enervam una pe cealaltă și câteodată nu ne vorbeam luni de zile. Când inima mi-a fost frântă pentru prima oară, zăceam la ea în pat, iar ea n-a vrut să discute subiectul cu mine. Când eu am frânt pentru prima dată inima cuiva, ea a fost omul pe care l-am sunat la două noaptea. N-a trebuit să spun nimic din ce se întâmplase – știa deja. Când a frânt ea pentru prima oară o inimă, zăceam în camera cu computer și nu puteam să dorm. L-am plimbat pe fostul prieten cu Opelul meu vechi și am ascultat pentru a mia oară cronologia relației lor. Când ei i-a fost zdrobită inima pentru prima oară, m-am mutat pentru o săptămână la München în cel mai mic apartament din lume și am încercat să o fac să mănânce. Nu putea să adoarmă și ne uitam în același timp la sport, la TV, și la serialul „Prietenii tăi", pe computer. Toate luminile erau aprinse, de pe mobilul meu cânta muzică – o supradoză de stimulenți electronici. Totul ca să împiedic sufletul ei să se stingă.

Era genul de prietenie care ți se pune în brațe o singură dată în viață, asemeni unui copil pe care îl găsești în fața ușii tale sau pe malul Nilului. Poate nu-l vrei, dar poate ai nevoie; poate n-ai nevoie, dar poate îl vrei. Odată ajuns în acest punct, trebuie, însă, să te dedici zilnic copilașului găsit.

Marie și cu mine iubeam New Yorkul și la un moment dat am hotărât să ne petrecem fiecare din vacanțele comune jumătate la New York, jumătate într-un alt stat american. Îmi plăcea această decizie. Mi se părea romantică și eram ferm convinsă să mă țin de această promisiune făcută într-un moment de euforie.

Călătoream prin munții Californiei fără apă și fără protecție solară, eu în rochie de blugi albă și pantofi de sport, Marie puțin mai profesional dotată, dar nu foarte. Ne cățăram pe cascade secate până sus și înapoi. Ajunse jos, în L.A., nu era un centimetru din corpul meu care să nu fi fost acoperit de praf și mizerie.

Am așteptat două ore și jumătate și preț de trei, patru comenzi de whisky ca să ajungem în cel mai rău loc din restaurant, chiar lângă bucătărie. Împreună am comandat întregul meniu, cu antreuri și feluri principale (doar două din cele patru deserturi) și am mâncat tot până la ultima firimitură. Am rămas ultimii clienți, ne-am băut cafeaua și ne-am împrietenit cu toți – chelneri, actori, muzicieni sau fotomodele. Am mâncat atât de mult, încât Marie a vomitat tot încă în aceeași seară, la toaletă, iar eu am adormit pe canapea cu toate hainele pe mine și cu pantofii în picioare.

Am străbătut, toamna, un Vermont melancolic, care dădea un aer trist tuturor fotografiilor pe care le făceam. Și Marie, cu fiecare kilometru parcurs, era tot mai tristă, închisă în sine, mai singuratică. Am încercat să o stârnesc cu glume proaste, cu discuții profunde, cu muzică sârbească, dar nimic nu a ajutat. Era prizoniera propriului ei sine și nimic n-o putea elibera, cu atât mai puțin eu. Voiam să-i iau singurătatea și să mă înghesui în închisoarea ei, dar ca nu mă lăsa. A fost prima dată când m-am gândit că poate prietenia noastră expirase. Poate că se încheiase. Deveniserăm prea diferite una de cealaltă, prea mature, prea serioase. Viața ne-a dat o mână de ajutor, ea locuiește la München, tu locuiești în toată lumea. Numeroasele mele răni mi-au frânt inima și mi-au furat credința, ei, ultimul ei prieten.

I-am spus:

— Știu că momentan nu ne înțelegem prea bine, dar asta nu știrbește cu nimic prietenia noastră. Prietenia noastră depășește toate astea.

Însă vocea mea era subțire și tonul ales era neconvingător. Am mai spus și „Te iubesc" și apoi m-am gândit că spunem asta doar când e deja prea târziu. Oricum, la ea n-a ajuns. M-am bucurat când a plecat și am avut parte de cele mai bune zile de vacanță, după aceea.

În timpul crizelor din viețile noastre, oricare ar fi ele, cred că ne pierdem mai puțin pe noi înșine, cât pe cei din jurul nostru. Nu înseamnă neapărat că ei pleacă, dar nu mai ajung la noi. Oglinda identității noastre se strică pentru o vreme. Începem să ne învârtim în cerc în jurul nostru și toate defectele noastre ies în evidență, dansând în pași de tango, în timp ce toate calitățile noastre cad într-un somn profund. Eu am devenit critică și letargică, Marie a devenit însingurată și tristă. Pe ea o enerva buna mea dispoziție, pe mine mă enerva întreaga omenire. Ea credea că greșește mereu, eu credeam că toți ceilalți greșesc. Din fericire, cele două crize existențiale ale noastre au trecut razant una pe lângă cealaltă, altfel probabil că aș avea acum o prietenă în minus.

Marie și cu mine am făcut atunci ceea ce facem mereu când lucrurile nu mai merg între noi: luăm o pauză una de cealaltă. Câteva săptămâni, câteva luni. Din când în când, câte un SMS, în speranța că nu va urma un răspuns. Evitarea telefoanelor: *Îmi pare rău, diferență de fus orar, e miezul nopții. Nu, nu s-a întâmplat nimic la New York, n-ai pierdut nimic* (Ai pierdut TOTUL). *Da, treaba merge bine, da, am mult de lucru* (Tocmai mă ruinez muncind). *Hai să mai vorbim săptămâna viitoare! Da, dar atunci pe bune!* (Nu).

Și pe urmă, într-o zi de vară stăteam din nou amândouă, una lângă alta, în piața Rieger din Darmstadt. Eu purtam o pereche de blugi scurți și un tricou negru. Mâncam înghețată cu ciocolată și jumătate din ea îmi picura pe pulpă. Trebuie să fi fost începutul verii, pentru că după ce a apus soarele, mi s-a făcut frig. Îmi masam înghețata cu ciocolată pe pielea mea zbârlită și atunci, ascunsă printre dureri și nesiguranțe, am văzut-o din nou. Vechea Marie. Nu se întorsese cu totul, dar strălucea ca o holograma în spatele Mariei celei reale. Mai pierdea contactul, și câteodată era atât de distorsionată, încât ochii și gura arătau în direcții divergente, iar vocea ei părea o fântână adâncă, dar era, totuşi, din nou aici. Anecdotele despre prietenii noştri erau relatate din nou pe tonul tipic - pe jumătate amuzat, pe jumătate mirat. Porţiile de mâncare păreau să fie în limite normale - nu mai haleam totul deodată, sau nimic zile întregi. Poate era şi expresia feţei ei atunci când a spus că muncea prea mult - nu arăta de parcă s-ar fi plâns prietenilor mereu de prea multă muncă, ci de parcă tocmai în acel moment şi-ar fi dat seama că muncea prea mult.

O briză de aer rece a trecut peste piaţă şi un fior m-a cuprins pe spate şi braţe. Îngheţata cu ciocolată fusese mâncată, doar urmele de pe pulpele mânjite şi de pe masă mai stăteau mărturie că existase odată. Vânzătorul de îngheţată începuse să strângă scaunele şi mesele, făcând un zgomot asurzitor, în timp ce perechile şi grupurile mai mici izbucneau în râs şi făceau să circule sticle de bere. Fetele purtau tricourile prietenilor lor la pantaloni scurţi sau fuste. Marie şi cu mine stăteam deoparte şi îngheţam. Ea povestea şi povestea. Nu se mai oprea din vorbit. Izvorul care păruse secat atâta vreme nu se mai oprea din curs.

Sincer vorbind, nici nu mai ţin minte ce a povestit acolo. Făceam doar ochii mari, dădeam din cap serioasă şi puneam întrebările corecte la momentul potrivit. Eu venisem cu empatia pe care, presupun, voia să o găsească la mine, dar în interiorul meu se instalase comod o veselie fără griji. Am prins din zbor câteva secvenţe din viitor care arătau foarte bine. Mă vedeam cu Marie în bucătăria ei müncheneză mâncând mere şi bând bere. Ne vedeam mergând pe Avenue A din East Village-ul newyorkez, pentru a ne întâlni cu prieteni în unul din cele trei baruri. Şi ne auzeam cântând cântece, în gura mare, pentru că asta am făcut mereu, deşi eram trecute de 30 de ani (!). Eram *fericite*.

Marie. Cu nasul ei uşor avântat şi cu ochii uşor traşi în jos. Al cărei vechi Eu fusese cândva frânt şi care se ridicase din nou, încet, prin forţe proprii, pătruns de conştiinţa unui om care a trăit durerea şi i-a supravieţuit. Eram mândră. De ea.

Şi de mine. De faptul că rezistaserăm. Că băusem pe înălţimi fără să ne pese de abisuri. Şi de faptul că eram încă prietene. Cele mai bune.

UN HAOS MINUNAT

And you didn't even notice
When the sky turned blue
And you couldn't tell the difference
Between me and you
And I nearly didn't notice
The gentlest feeling
(Bloc Party)

Şi nici măcar n-ai observat
Când cerul s-a înseninat
Şi nu ne mai puteam deosebi unul de altul
Iar eu aproape nu am observat acel sentiment.[07]

---

07   Traducere de Ioana Gruenwald.

Se zice că Dumnezeu are umor. Umor negru. „Un alcoolic care s-a lăsat de băut şi care e călcat de un camion cu bere" - cam genul ăsta de umor.

Genul ăla de umor pierit care i s-a întâmplat bunului meu prieten şi antrenor Dušan, care străbate lumea încă de la 14 ani. Îl cunosc de 15 ani şi mereu, când îl întrebam ce intenţii de a se stabili undeva mai avea, sublinia că îi era totuna unde locuia. El se simte acasă oriunde în lume, trebuie doar să fie cald. Nu suportă frigul de niciun fel. Astăzi locuieşte împreună cu soţia şi copilul la Toronto, unde există drumuri de pietoni subterane, fiindcă şase luni pe ani este atât de frig, de nu poţi ieşi din casă.

Cea mai bună dovadă că Dumnezeu are umor este faptul că omul, ca singura fiinţă cu conştiinţă de sine de pe pământ, este blestemat să recunoască doar retrospectiv binecuvântările sau blestemele propriei vieţi. Conştiinţa umană, o greşeală a evoluţiei. Şi uite aşa suferim şi ne bucurăm, şi uneori în ordinea greşită.

Zăceam în zăpadă şi piciorul meu era poziţionat mai jos de genunchi într-un unghi posibil din punct de vedere fizic, dar absolut nesănătos. Lângă mine, prinsă în plasa de siguranţă de pe marginea pârtiei se afla nenorocita de sanie roşie, iar frânele ei galbene păreau să rânjească la mine. Am respirat adânc. Aburii se formau în dreptul gurii mele:

— Marie? Am strigat în întuneric. Marie?! ceva mai tare.

Linişte.

Am numărat încet până la 10. Era 24 decembrie. Ajunul Crăciunului. Tocmai când voiam să strig din nou - simţeam cum mă cuprinde panica - am auzit de undeva.

— Andy! Unde eşti?

— Marie, aici! Cred că mi-am rupt piciorul, am răspuns eu, mult prea liniştită. Eram probabil în stare de şoc.

Marie şi fratele ei Carlo au apărut de nicăieri. M-au luat pe după braţe, în timp ce eu am luat-o la vale, pe turul pantalonilor, cu viteza melcului, tot restul drumului până jos.

Eram pe un munte în Elveţia. Era, după cum am spus deja, Ajunul Crăciunului. Părinţii Mariei ne trimiseseră afară, ca să poată împodobi bradul şi sufrageria. Ni se păruse o idee foarte bună să luăm ultimul autobuz până la una din pârtiile de schi pentru ca apoi să o învingem cu ferrariurile noastre de plastic cu nişte glume în loc de frâne. Aveam 18 ani şi pârtia mă învinsese pe mine.

Nu luasem în considerare o contradicţie. Când apune soarele şi e mai degrabă întuneric, nu vezi prea bine cu ochelarii de schi. Şi, când goneşti pe o sanie roşie cu toată viteza la vale, vei încerca să mai încetineşti puţin viteza cu picioarele, fiindcă cele două frâne galbene nu sunt bune de nimic, atunci când ai depăşit 150 km/h (nu sunt fiziciană, aşa că nu luaţi neapărat de bună acest număr). Iar, când încerci să frânezi cu picioarele dintr-o poziţie culcat, e normal ca zăpada să-ţi fie aruncată în ochi. Ai putea atunci să te foloseşti de ochelarii de schi – dar, când ţi-i pui, nu mai vezi pe întuneric.

A trebuit, aşadar, să iau o decizie. Şi decizia mea a fost s-o pornesc la vale fără ochelari, însă cu ochii închişi. A fost o decizie greşită. Undeva, pe parcurs, am lovit un copac, m-am dat de două-trei ori peste cap şi am aterizat, cu capul înainte, în plasa de siguranţă de pe marginea pârtiei.

Era o noapte cât se poate de normală. Potrivit de rece, potrivit de întuneric, până şi stelele străluceau potrivit. În autobuz, în drum spre casă, mi-am văzut faţa oglindită în fereastra transformată de lumini în oglindă. Aveam pe toată faţa pătrate perfecte de la plasa de siguranţă, un ochi albastru şi inflamat şi din ambele nări îmi curgea sânge. Una peste alta, o imagine destul de veselă, care avea să se transforme mai târziu într-o înfăţişare foarte trendy de pirat, cu clapă pe ochi şi cârje. În acele clipe, însă, nu vedeam nimic comic în asta. Am început să plâng și să tot repet că fața mea e capitalul meu, ceea ce însemna că eram încă în stare de șoc. Fiindcă, din câte știam eu, tenis jucam cu brațele, mâinile și picioarele. În niciun caz cu fața.

Întreaga tragedie se desfășura cam cu patru luni înainte de examenele de bacalaureat. Îmi fracturasem banda iliotibială și tenisul ieșea din discuție pentru o vreme. Îmi amintesc foarte bine cum eram convinsă atunci, în nebunia mea egocentrică și adolescentină, că venise sfârșitul lumii. Nu metaforic, ci pur și simplu. Ascultam Aerosmith, mă îmbrăcam în negru și purtam o clapă pe ochi. Când vedeam oameni pe stradă râzând, le aruncam priviri întunecate și mormăiam în barbă. Cum îndrăzneau? Credeam că, dacă mie îmi mergea rău, și restul lumii trebuia să jelească.

Oamenii care mi-au salvat atunci viața au fost Dariush și Joni. Dariush provenea dintr-o venerabilă familie persană, avea trăsături puternice și era mereu impecabil îmbrăcat. Mirosea de la o poștă orice tendință nouă. Îmi arăta mereu formații noi, parfumuri noi, fotografi noi. Îmi povestea despre Instagram într-o vreme când eu încă habar n-aveam că poți face poze cu telefonul mobil.

Locuiam în același cartier din Darmstadt și, din când în când, mă lua în Mercedesul lui argintiu A-Klasse și punea pentru mine Beatsteaks, Arctic Monkeys și White Stripes. Amândoi, și Dariush, și Joni, erau cu doi ani mai mari ca mine, dar cu vreo trei vieți înaintea mea. Până atunci îmi petrecusem tot timpul liber pe terenul de tenis și nu aveam habar de viața de adolescent. În clasa a 12-a ne-am trezit unul lângă celălalt la cursul de franceză intensiv, pe care niciunul dintre noi nu-l alesese. Uitaserăm amândoi să depunem opțiunile noastre, așa că a trebuit să bifăm cursurile care, fără prezența noastră, ar fi fost compromise din lipsă de interes. Francofili prin forță majoră. Cuvintele cu care m-am prezentat la prima oră au fost „Je suis Andrea et je joue au tennis"; iar Dariush, cu un cuvânt în plus în

repertoriu a afirmat „Je suis Daroush et je joue au tennis aussi."
Uniţi în disperare, am devenit prieteni.

Î ntr-o seară de vară în care ploua şi era urât, şedeam cu
Dariush în maşina lui, în parcarea din spatele şcolii noas-
tre, cu trei bilete pentru trupa britanică de indie-rock, Bloc
Party, în poala mea. Cea de-a treia persoană trebuise să
renunţe din cauza unui virus gastro-intestinal. Discutam
acum despre cine ar fi fost suficient de spontan să vină cu
noi la Neu-Isenburg, într-o jumătate de oră, la concertul unei
formaţii cvasi-necunoscute.
— Ce zici de Joni?
— O cunoşti pe Joni? Dariush mă privea sceptic,
dintr-o parte.
— S-a uitat odată la mine, în gaşcă, am mormăit eu.
Adevărul era că nu o cunoşteam deloc, niciun pic, *not at
all*. Dar arăta al naibii de *cool*. Ochii ei, albastru închis, precum
culoarea mării acolo unde e mai adâncă, erau în fiecare dimi-
neaţă puternic fardaţi cu negru. Nu părea să-i pese nici câtuşi de
puţin de şcoală sau de colegii ei, iar eu o visam noaptea. Visele
începeau diferit, câteodată mă împiedicam de ea, câteodată spu-
neam ceva greşit, câteodată luam din greşeală geanta ei în loc
s-o iau pe a mea, dar de fiecare dată se termina la fel, fugeam
de ea, fiindcă voia să mă bată. Inutil să mai amintesc că îmi
era frică de ea. Dar în seara aceea furtunoasă de vară simţeam
îndrăzneala crescând în mine.
— O sun.
Dariush scoase un carnet negru de pe bancheta din spate
şi chiar la sfârşit era trecut numărul de telefon fix al lui Joni,
scris de Dariush cu litere mari şi fine.
A răspuns mama ei.
— Hmm, ăăă, alo. La telefon e Andrea, o prietenă de-a lui
Joni. E cumva acasă?
— Un moment, vă rog. Joni? Joni! La telefon!

— Alo, da? Vocea ei era mai înaltă decât mă așteptam.

— Da. Hei, hm, eu sunt, Andy, facem mate împreună... Oricum, haha (râs emoționat), Dariush și cu mine suntem pe drum spre un concert Bloc Party și mai avem un bilet în plus, te bagi?

Încercam cu disperare să fiu cât mai *cool*.

A urmat o pauză lungă. O auzeam cum gândește. Știam că nu știa cine sunt. Plus că eram destul de sigură că nu cunoștea nici formația Bloc Party. Singura constantă cunoscută din toată povestea era Dariush.

— Okay, puteți să veniți să mă luați? Parcă o simțeam prin telefon cum dă din umeri.

— Suntem la tine în 15 minute.

J oni luase bere cu ea, ceea ce era destul de nostim, pentru că eu nu beam, iar Dariush conducea. Stătea tăcută în spate și golea o bere după alta, fără să râdă la vreuna dintre glumele mele. Făceam multe glume proaste - un tic nervos de-al meu. Dariush îmi arunca priviri pline de reproș dintr-o parte. Începeam să mă tem că toată treaba asta nu fusese o idee bună.

— Putem să ascultăm CD-ul cu Black Party? întrebă Joni la un moment dat, fără legătură cu nimic.

— Hmm, le zice *Bloc* Party, haha. Sigur că da. Clar, bineînțeles.

Am ascultat în tăcere CD-ul, de la cap la coadă, în drum spre Neu-Isenburg. Ploaia se oprise.

Concertul avea loc într-o sală polivalentă tipică pentru un orășel din Germania. Publicul arăta fix ca orice public de concert rock din lume. Băieți îmbrăcați în negru cu tricouri cu formația. Bărbați de vârstă mijlocie cu ochelari fără rame și fețe blazate, în apropierea tehnicianului de sunet, „unde soundul e cel mai bun, frate". Adolescenți cu rucsace care la fiecare întoarcere îți aplicau lovituri în stomac. Și fanii *hardcore*, parcați în primul rând, cu ore bune înaintea concertului.

Noi stăteam cam în mijlocul sălii şi aveam o vedere bună asupra scenei, suficientă distanţă de fanii *hardcore* din primul rând, precum şi de bărbaţii de vârstă mijlocie din ultimul rând, din preajma tehnicianului de sunet. Aceştia se considerau toţi mai talentaţi decât formaţia, dar din păcate nu fuseseră descoperiţi niciodată, aşa că trebuiau să compenseze acum cu expresiile lor dezgustate. În jurul nostru erau diferite versiuni ale noastre. Tineri emoţionaţi, aflaţi la începutul carierei de ascultat concerte, nestricaţi de resentimente sau plictiseală, care priveau naivi şi încordaţi şi nu se aşteptau la altceva decât să se simtă bine.

Formaţia din deschidere cânta în faţa unui public lipsit de orice interes. Când, în sfârşit, luminile au scăzut, Dariush, Joni şi cu mine stăteam unul lângă altul, aliniaţi. Oamenii în jurul nostru ridicau braţele în aer, fluierau, strigau şi aplaudau. Noi ne uitam înainte, în linişte. Patru băieţi au urcat pe scenă, nu erau mult mai mari ca noi. Erau subţiri, astfel că aproape dispăreau în spatele instrumentelor lor. Chitaristul avea o claie de păr blond-cenuşiu care îi atârna peste faţă şi care, până la sfârşitul concertului, în ciuda activitaţii fizice semnificative, a rămas la fel, nelăsându-i ochii liberi nicio clipă. Bateristul, cu ochelari cu ramă de baga şi tricou roşu cu guler, arăta de parcă s-ar fi rătăcit pe scenă de la o conferinţă de IT. Solistul era negru, cât se poate de neobişnuit pentru o trupă de rock britanică, iar basistul era o copie exactă a băieţilor în negru din jurul nostru. Nu ştiu dacă mă aşteptasem la vreun *look* anume, dar în orice caz nu la vreunul din astea. Vedeam pe faţa lui Dariush întrebări fără răspuns, pentru că, la fel ca mine, nu putea să facă vreo legătură între muzica pe care o ascultaserăm în maşină şi siluetele de pe scenă. Doar Joni arăta dintr-o dată ca un copil emoţionat, cu mâinile împreunate ca pentru rugăciune.

Un sunet de chitară amplificat electric începu să pulseze prin difuzoare. Din când în când, acelaşi sunet, acompaniat de bas. Toţi cei patru băieţi stăteau nemişcaţi, privind în pământ.

Încet, bateristul ridică beţele şi începu să le agite pe deasupra cimbalelor. Strigătele şi aplauzele amuţiră. O linişte hipnotică se aşternu peste mulţime, ţinută în şah de sunetul monoton al chitarei, precum oile de un câine ciobănesc. Când a intrat în ritm, din trupul de băiat de cor al bateristului s-a ridicat un val de energie nestăvilită, fanatică, deasupra tuturor, care a rămas timp de o răsuflare în cel mai înalt punct al scenei şi s-a revărsat apoi peste public, târându-ne pe toţi într-un abis al sălbăticiei. Încă înainte să intre a doua chitară, mulţimea fierbea într-un tumult general. Oamenii se aruncau unii într-alţii, strobosco-pul transforma feţele în stop-cadre ale extazului, vocile se între-pătrundeau până la limita autodistrugerii – domnea un minunat haos dansant.

Am transpirat cum nu mai transpirasem vreodată în viaţa mea. Îi simţeam pe Dariush şi pe Joni lângă mine şi ime-diat când voiam să-i ating, apăreau în bliţuri de lumină în celă-lalt capăt al sălii. Parcă cu încetinitorul am văzut-o pe Joni lăsându-se la podea şi o imagine absolut aiurea cu Mufasa din „Regele leu" când este calcat de antilopele gnu în picioare s-a for-mat înaintea ochiului meu interior, tocmai în secunda în care Joni l-a apucat pe vecinul ei de tricou, în zona gâtului, s-a opin-tit în sus şi l-a sfâşiat de sus până jos.

Să fi durat totul o secundă sau o veşnicie. Transpiram, dansam, săream, loveam în jurul nostru, euforici, plini de adre-nalină, extatici. Şi, tocmai când mă gândeam că am ajuns la limi-tele posibililtăţilor mele emoţionale, formaţia se linişti, şi odată cu ea, şi mulţimea. Toţi, într-un unison telepatic.

Apoi s-a auzit un sunet de chitară ciupit. Lumina albas-tră a inundat scena. În ralanti, oamenii se reîntorceau în micro-cosmosul prieteniilor lor, se atingeau, se întorceau acasă. Vocea cântăreţului se ridica uşor deasupra riffului de chitară şi plutea către acoperişul sălii.

Nici n-am observat în acea noapte când cerul s-a făcut din nou albastru. Nu mai făceam diferenţele între noi, între mine şi tine. Şi a fost cât pe ce să nu băgăm în seamă momentul cel mai emoţionant: după acel concert am devenit prieteni pe viaţă.

Joni avea mulţi prieteni şi prietene. Sute de cunoştinţe – şi, pentru fiecare în parte, mai multă dragoste şi dăruire decât puteam să am eu pentru un singur om. Milita pentru animale, pentru homosexuali, pentru refugiaţi. Ţinea monologuri lungi despre feminism şi marginalizarea categoriilor defavorizate şi câteodată mai şi interpreta câte o piesă proastă de rap, compusă de ea. Era cea mai inteligentă persoană pe care am cunoscut-o vreodată, dar abia a reuşit să treacă bacalaureatul. La matematică aruncase prosopul încă din gimnaziu, dar, fiindcă noi am fost prima serie cu bacalaureat centralizat, nu a putut să scape de ea în liceu. Aşa că, în ultimul an, am scris toate subiectele de două ori, odată versiunea A pentru mine şi odată versiunea B pentru Joni, de lângă mine. Subiectele A şi B erau aceleaşi, dar cu numere diferite, ca să se descurajeze copiatul. Nota mea a scăzut, ce-i drept, cu cinci puncte, dar am reuşit s-o trec pe Joni prin clasa a 13-a.

În lunile dintre accidentul cu sania şi examenele de bacalaureat a luat asupra ei sarcina să mă familiarizeze cu o viaţă adevărată de adolescentă. M-a târât în cluburi de noapte şi baruri, comanda pizza la micul dejun şi făcea ouă la cină. În timpul liber, Dariush, Joni şi cu mine stăteam prin cafenele şi făceam planuri de învăţare. Eram singura care se ţinea de ele. Îmi plăcea că niciunul dintre ei nu se interesa de tenisul meu, ba chiar din contră, făceau glume pe seama mea.

Adolescenţa mea nu a durat mai mult de patru luni. Două luni de iarnă şi două de primăvară rece, şi totuşi nu mi-e dor de perioada aia. A făcut exact ce trebuie să facă vremea adolescenţei. Mi-a deschis uşa către viaţa de adult. M-a despărţit de copilăria mea şi m-a desprins de părinţi. Am trecut prin ea pentru a constata, odată ajunsă de partea cealaltă, că atât copilăria mea, cât și părinții, erau tot acolo. Dar acum puteam să aleg cui și când să mă adresez.

Ziua de după examenul de bacalaureat a fost prima zi călduroasă din acea primăvară. Soarele bătea pe fețele noastre încă palide și pe brațele noastre goale. Jachetele noastre zăceau pe bancheta din spate a mașinii lui Dariush. Unul dintre noi mirosea a bere. Am dat geamurile jos și Dariush a pus, ca întotdeauna, cântecul perfect la momentul potrivit. Un cântec pe care Joni ni-l cântase în urmă cu câteva săptămâni. Solistul formației suedeze Shout Out Loud o implora pe iubita lui să se întoarcă la el: „Won't you please, please, please come back to me?"

Știam fiecare vers pe dinafară. Imploram momentul pe care tocmai îl trăiam, să se întoarcă, plin de fericire, așa cum era, dar el devenise deja trecut. În clipa în care, înfierbântați, am închis ochii, tinerețea noastră și-a luat zborul pe geamul dat jos.

Rămâi cu bine, inocență fără de cusur, fericire desăvârșită, gândește-te la noi când dansezi în cer cu îngerii.

CU FRICA ÎN SÂN

Caitlin şedea în faţa mea, cu braţele încrucişate. Cuburile de gheaţă din whiskey-ul ei se topeau în nuanţe de chihlimbar.

— Eşti imposibilă. O asemenea persoană se consideră feministă.

Luă o înghiţitură zdravănă, îşi prinse părul la spate şi se aplecă asupra paharului.

Caitlin era fondatoarea revistei *Raquet Magazine* şi avea o minte inovatoare, radicală. Nu-i păsa de tendinţe sau de ceea ce credeau oamenii. Îşi urmărea neabătută obiectivele cu înţelepciune şi dezinvoltură. Era genul de femeie căreia îi trimiteam SMS-uri la ora trei noaptea, precum: *Marina Abramović, artista, o cunoşti? Vreau să fac cu ea un fel de antrenament demonstrativ, în pădure şi să scriu despre asta!*

Cât eu mă trezeam cu transpiraţie uscată pe spate şi părul încâlcit şi mă rostogoleam pe burtă ca să ajung la telefonul mobil, ea îmi trimitea deja numerele şi adresele de e-mail ale agenţilor care lucrau pentru Marina Abramović.

În timp ce alţi oameni îmi arătau din priviri şi gesturi că lumea nu este un vis care putea fi accesat după cum îţi vine, Caitlin mă întreba doar despre motivul ideilor mele. Dacă argumentam suficient de puternic, nu mai punea alte întrebări, ci mă ajuta. Amândouă eram cu capul în nori, dar spre deosebire de mine, Caitlin păstra ambele picioare ferm înrădăcinate în lumea reală. S-a împotrivit o singură dată – când am vrut să merg în Siberia, în mijlocul iernii, ca să dau de urmele fetelor dispărute de la Pussy Riot. A fost prea mult, chiar şi pentru ea.

Acum mă privea critic. Mă pregăteam deja în sinea mea pentru unul dintre monologurile ei incredibil de inteligente, incredibil de lungi, în care îmi dezasambla fiinţa şi-mi punea la îndoială toate deciziile de viaţă. Am vorbit mult timp despre cărţi şi ea m-a acuzat că toţi scriitorii mei preferaţi sunt bărbaţi şi narcisişti. „The Great Male Narcissist" îi numea David Foster Wallace pe acei scriitori pentru care se părea că aveam o slăbiciune: Philip Roth, Norman Mailer, John Updike. Cunoscuți pentru perspectivele lor discutabile asupra femeilor și auto-reflecțiile radicale. Am plecat acasă cu conștiința încărcată și cu o listă de cărți care consta doar din autoare.

În săptămânile următoare m-am afundat în cărți, pe multe din ele le-am iubit, iar de plăcut, mi-au plăcut (aproape) toate – și, treptat, tot mai multe femei și-au făcut loc în top-ten-ul meu de literatură. Zadie Smith, Sylvia Plath, Ottessa Moshfegh, Virginia Woolf. Eileen Myles și Patti Smith. Eve Babitz. Dar, indiferent de câte femei ar fi dorit să ajungă pe liste, primele două locuri din topul meu erau în siguranță.

David Foster Wallace și Philip Roth – ambii cu minți ascuțite, ambii nevrotici, dar și joviali (pentru a-și acoperi tristețea). Dar nu de aceea au rămas în top. Ci faptul că au fost singurii autori pe care i-am cunoscut, care au scris despre tenis în felul în care înțeleg și percep eu tenisul. Drept un sport care trece dincolo de concentrarea pe rezultate și pocnetul insuportabil pe care îl face mingea când atinge linia de margine. Drept o reprezentare a vieții comprimată într-un dreptunghi format din colțul destinului, colțul norocului, colțul libertății de voință și colțul constrângerii de a lua decizii.

În afară de asta, Philip Roth a scris minunata propoziție: „Old age isn't a battle. It's a massacre"[08].

De asta se temea Philip Roth cel mai tare, și eu, în jurul vârstei de 24 de ani, mă identificam cu această frică (există întotdeauna undeva o versiune mai bună, mai talentată, a ta, care are abia 18 ani). Bătrânețea vine devreme în viața unui sportiv.

Primul contact cu literatura lui a fost romanul „Goodbye, Columbus". Roth spune povestea unei idile de vară din perspectiva lui Neil Klugman, un băiat evreu din clasa de jos,

08   „Bătrânețea nu este o bătălie. Este un masacru." (*Povestea lui Orișicine* de Philip Roth, Editura Polirom, 2007, traducere din limba engleză de Fraga Cusin)

din Newark, care se îndrăgostește de studenta Brenda Patimkin din suburbia Short Hills. (Diferența de clasă dintre cei doi este foarte importantă!) Se întâlnesc pentru prima dată pe un teren de tenis, unde Brenda îl invitase pe Neil să vină să o scoată în oraș. (Dacă aveți senzația că metafora tenisului este puțin prea evidentă pentru o jucătoare de tenis, vă înșelați. Sunt o creatură simplă: când văd sau citesc despre o „minge", mă emoționez.)

Neil o urmărește pe Brenda jucând un meci de tenis și încet-încet citești ceea ce observă el. Brenda este genul de persoană care anunță rezultatul atâta timp cât conduce, atâta timp cât câștigă. Ceva absolut neacceptat în acest sport, care dorește să mențină eticheta până la final, demoralizând adversarul cât mai subtil posibil, în niciun caz al naibii de evident. Când Brenda reușește breakul la 5:4, îi strigă lui Neil: „Nu mai durează mult", în așa fel încât adversara ei să audă.

Roth rupe apoi petală după petală din floarea Brenda, până când nu rămâne din ea decât o tulpină uscată, pământie. Este arogantă, obraznică și antipatică. Și, totuși, Neil este încântat. Mișcarea strălucită din partea lui Roth (joc de cuvinte neintenționat) este că el nu folosește niciodată vreunul dintre aceste adjective pentru a o descrie pe Brenda. El o pune pur și simplu pe terenul de tenis, iar trăsăturile ei se dezvăluie. Bănuiam deja că o oră pe terenul de tenis ar putea însemna o privire mai pătrunzătoare în psihicul unei persoane decât un an de terapie obișnuită, dar Roth a dat viață acestei presupuneri, lăsând-o să danseze într-o viteză amețitoare pe degetele sale.

Ceea ce descrie Philip Roth într-o propoziție subordonată drept „cocksureness" al clasei superioare - o - desigur, la unul din marii narcisiști masculini - conotație masculină a convingerii de sine, - eu aș numi-o poate aroganța burgheză. În special tinerii de așa-numită familie bună mi-au dat mereu impresia că fac dovada unei anumite nesăbuințe pe care eu nu o cunoșteam, provenind dintr-o familie de imigranți. Am intrat în contact cu ei la clubul de tenis unde mă antrenam, cu unii dintre ei m-am împrietenit, dar în calitate de fiică a antrenorului, care timp de jumătate din viață a împărțit camera cu sora ei mai mică, de cele mai multe ori luând parte destul de iritată la diversele lor activități.

Le plăcea să facă blatul în tramvai. Pentru ei era încălcarea supremă a legii. Să nu cumpere biletele pe care le-ar fi putut cumpăra însemna pentru ei degetul mijlociu arătat sistemului care probabil le dăduse părinților lor șansa succesului. Se plimbau prin vagon cu zâmbete înnăscute. Iar eu ședeam și gâfâiam transpirată într-un colț, măcinată de frică, văzând un controlor în fiecare bărbat de vârstă mijlocie. Singură, în viața mea nu mi-ar fi trecut prin minte să nu cumpăr bilete. Era din pricina supunerii mele față de sistem și a groazei de a fi prinsă.

Și într-o zi, bineînțeles, am fost prinși. „Biletele, vă rog!" răsuna în vagonul tramvaiului, se lovea de fereastră și, de acolo, direct în urechea mea. Omul care mi-a luat datele personale era uriaș – trebuia să-și plece capul ca să treacă prin ușă –, avea o burtă imensă și grasă care îi atârna deasupra centurii și purta pantofi negri din piele, fără șireturi. Colegul său era scund și avea o voce nazală, repezită. M-am uitat la prietenii mei care păreau foarte blazați, de parcă controlorul ar fi fost la ananghie și nu noi. Iar eu arătam ca o persoană care încerca să pară mulțumită de sine și blazată, dar care de fapt încerca din răsputeri să-și rețină lacrimile.

În următoarele trei-patru săptămâni, după școală, am alergat zilnic de la stația de tramvai până acasă. Cât de repede puteam, cu rucsacul care mă bătea pe spate. În fiecare zi am reușit să fiu primul membru al familiei care ajungea la cutia poștală. Singura șansă care îmi mai rămăsese pentru a evita o catastrofă era să interceptez scrisoarea cu amenda înaintea părinților mei, să adun cumva 40 de euro și să scap cu viață.

Şi acum vine paradoxul suprem, cum doar viaţa pe acest pământ (bănuiesc) îl poate produce: pentru a economisi cei 40 de euro pe care trebuia să îi plătesc ca amendă, trebuia să fac blatul în fiecare zi. Mergeam la şcoală dimineaţa şi jucam tenis după-amiaza, aşa era ziua mea – nu mai aveam timp şi pentru un job. Dacă i-aş fi întrebat pe părinţi, aş fi iscat bănuieli, dacă aş fi întrebat-o pe sora mea, m-ar fi pârât, dacă i-aş fi întrebat pe prietenii mei, m-aş fi îndatorat faţă de ei şi atunci infernul mâniei părinţilor ar fi fost aproape de preferat. Aşadar, nu am avut de ales decât să-mi economisesc banii de buzunar şi pentru transport.

Când am plătit amenda de 40 de euro, luna de panică şi tortură s-a terminat în sfârşit, nu mai trebuia să fug acasă în fiecare zi, acum mă simţeam suficient de puternică să-mi împărtăşesc fricile cu prietenele mele. Şedeam în faţa televizorului şi ne uitam la tenis. Când le-am întrebat cum au economisit cei 40 de euro, m-au privit uluite. Un extras din dialog:

— Cum adică cum am plătit pentru asta?

— Ei bine, din ce bani?

Priviri şi mai nedumerite.

— Părinţii mei au plătit.

A fost rândul meu să mă îngrozesc.

— O, Doamne, îmi pare rău, au găsit scrisoarea înaintea ta. Ce dezastru!

Mirare din partea ei.

— Andrea, despre ce vorbeşti? Când am fost prinşi, le-am spus părinţilor mei ce s-a întâmplat. Normal.

Mi-am cuprins faţa în mâini şi am şoptit:

— Şi a fost nasol?

— Habar n-am, au spus doar că să nu mai fac altă dată.

Nedumerire din partea mea.

— Şi asta a fost tot?

— Da, asta a fost. Şi acum potoleşte-te, că eşti deja enervantă.

Ce încerc să spun: există o anumită doză de inconștiență la persoanele care nu au suferit niciodată consecințele grave ale faptelor lor. Ei confundă această nesăbuință cu curajul sau bravada. Dar este ușor să fii nechibzuit atunci când nu ai nimic de pierdut.

Seamănă puțin cu atitudinea Sillicon Valley. Când ascult în discursuri TED diferiți întreprinzători din sectorul tehnologic, nu mă enervează doar acel entuziasm obositor și panseurile de gândire pozitivă de almanah. Cel mai mult mă enervează apelul la eșec:

dacă nu eșuezi, nu înveți;
dacă nu eșuezi, nu câștigi;
dacă nu eșuezi, nu trăiești;

Bineînțeles că în toate astea există o sămânță de adevăr ascuns. Cel mai mult am învățat din înfrângerile mele. Este mai ușor pentru cel care provine dintr-o familie bogată, este foarte educat, are o diplomă de la o universitate de elită și a lucrat la Google până la 30 de ani, să aducă o companie la sapă de lemn, decât este pentru un fermier sărac din Mexic, care nu are decât o singură șansă.

Și poate că tocmai acesta este motivul pentru care acești oameni ajung întotdeauna departe în viață. Nu au de ce să se teamă. Acționează fără teamă și încrezători în sine, pentru că părinții le-au arătat că viața este bună cu ei. Bietul fermier din Mexic își începe afacerea cu frică în suflet – oricât de mult ar crede în ea. Eșecul nu este un mic pas înapoi pe o cale dreaptă spre succes. Pentru el, eșecul poate fi sfârșitul existenței sale.

Dacă sună ca o judecată dură, invidia mea este cea care răzbate în tonul meu. Ani la rând am făcut totul cu o frică imanentă de eșec. Nu am obținut o diplomă de liceu cu o medie de 1,2 pentru că sunt foarte inteligentă. Pentru că sincer, o diplomă de liceu bună nu este întotdeauna un indicator semnificativ al inteligenței. Uneori, înseamnă pur și simplu că te-ai prins de sistem. Sau ești îngrozit de eșec, de a atrage atenția, de a cădea - așa că ai prefera să tocești toată noaptea, decât să aduci acasă o notă proastă. Am jucat tenis în speranța de a deveni bună, dar condusă de teama omniprezentă de eșec. Și asta este în parte chiar bine, pentru că frica de eșec stă uneori în dicționar lângă rezistență și perseverență.

Mereu mi s-a părut incredibil de interesant să văd adevărata natură a unei persoane ieșind la lumină pe terenul de tenis. Tenisul este un sport dificil, care este rareori ușor stăpânit de cineva, nici măcar de oameni cu adevărat talentați. Poate dezvălui multe despre determinarea și rezistența unei persoane, despre rezistența la stres, despre temerile ei și despre cât de dispusă e să accepte înfrângerile.

Să fii pe terenul de tenis și să joci un meci este o provocare mentală și emoțională, indiferent de cât de talentat ai fi ca jucător. Întotdeauna, într-un anume moment al meciului, te vei confrunta cu teama copilărească, adânc ascunsă, în fața căreia poate închizi ochii, dar de care nu poți scăpa. Dacă ești suficient de bun în a-ți nega sentimentele, această frică infantilă se prezintă în simbolismul lui Freud adesea ca o frică oarecare.

Cea mai mare teamă a Brendei lui Philip Roth pe terenul de tenis este legată de nasul ei care suferise o intervenție de chirurgie plastică. Vine la fileu abia când se întunecă sperând că vor fi mai puține șanse să fie văzută sau să fie lovită de o minge. Este o teamă care pare simplă, dar în ea se află ascunsă teama mai profundă de o fisură în fațadă, care este mai importantă pentru ea decât orice altceva.

În cazul meu, nu au fost niciodată lucrurile mici de vină, eu m-am lovit întotdeauna de o mare frică existențială. Chiar și după ce am câștigat destui bani ca să pot cumpăra o casă și să merg la turnee cu un antrenor și un fizioterapeut, de multe ori am intrat în panică că aș putea pierde totul din nou. Dacă eram

eliminată la unul sau două turnee mai devreme, al treilea turneu
arăta de ca și cum viața mea depindea de acel meci, ca și cum
călăul mă aștepta afară cu funia, în caz că pierdeam. Rațional și
la o oră sau două după meci știam că bat câmpii, dar pe teren
eram mereu pe cale să-mi pierd mințile – ca un copil prins că
face blatul în tramvai.

Partea bună a fricilor iraționale este că se diminuează cu
cât dai mai des peste ele. Prima dată când m-am confruntat pe
terenul de tenis cu teama profundă de eșec, am intrat în stare de
șoc. Era ca și cum aș fi fost pusă într-un congelator uriaș, niciun
mușchi nu mai mișca. Am pierdut. A doua oară când m-am con-
fruntat cu frica de eșec, am reacționat puțin mai activ. Plângeam
și aveam accese de furie, dar ceva în mine părea că se luptă.
Nu-i plăcea acea stare. Am pierdut oricum.

La a treia întâlnire am luptat. Am luptat pentru a rămâne,
am luptat pentru partea rațională a creierului meu și am lup-
tat împotriva adversarei mele, care era doar încarnarea tuturor
acestor lucruri. Inima îmi bătea nebunește, picioarele cântă-
reau o tonă și tot mai eram speriată. Dar sistemul meu învățase
să funcționeze, în ciuda fricii. Cu frica. Și, brusc, frica s-a făcut
foarte mică. Nu dispăruse, sigur că nu, altfel m-aș fi ridicat de-a
dreptul la cer, dar era suficient de mică cât s-o ascund în buzu-
narul meu stâng. Era ca și inexistentă. Și am câștigat.

Atât de simplu poate fi tenisul. Philip Roth, marele lup-
tător literar împotriva fricii și a propriei sale psihologii, ar fi
mândru de mine. Sau nu i-ar păsa, pentru că până la urmă
sunt „doar" o femeie. Și despre noi, femeile, Philip Roth știa
foarte puțin.

BELGRAD

Un plic simplu, alb, cu 8.000 de euro înăuntru, zăcea pe masa de lemn, între mine și interlocutorul meu. Plicul avea acea fereastră transparentă, prin care puteam recunoaște contururile bancnotelor violet. Aveam 20 de ani și nu văzusem niciodată atâția bani la un loc.

Toată camera era din lemn. Biroul era făcut din lemn masiv de nuc, la fel și dulapul din spate, ambele piese aveau crăpături fine, iar eu apăsam nodurile de pe masă cu degetul mare și arătătorul. Nu-mi doream decât să apuc plicul, să-l strecor în buzunar și să întorc spatele tenisului pentru totdeauna. De fiecare dată când mâinile mele mângâiau plicul, simțeam nevoia bizară de a șuiera ca un șarpe. Dar nu făceam nimic ilegal - dimpotrivă - fusesem solicitată oficial de clubul de tenis Partizan din Belgrad să fiu disponibilă timp de zece zile și cinci meciuri. La schimb urma să primesc 8.000 de euro.

La acea vreme concurasem deja la turnee de profesioniști și făcusem bani pe ici, pe colo. Dar, de cele mai multe ori, costurile consumau aproape toți banii premiilor, până la sosirea avionului, iar cele câteva sute de euro care - dacă lucrurile mergeau bine - mi se înmânau la sfârșit, ajungeau la Compania Feroviară Germană.

Acum, la Belgrad, era diferit: turneul era un fel de Bundesliga sârbă în care echipe individuale de club urmau să se întreacă între ele. Cele care adunau cele mai multe puncte jucau apoi una împotriva celeilalte în finală. Iar eu trebuia să conduc echipa Partizan ca Numărul 1. Pentru prima dată în potențiala mea viață de jucătoare profesionistă de tenis, am înțeles că se puteau câștiga bani jucând tenis. Fusesem adusă cu avionul, toate cheltuielile mele erau acoperite și pe deasupra mai câștigam și 8.000 de euro. Tot ce trebuia să fac era să joc tenis. Și să câștig cât mai mult posibil, dar asta nu poți trece într-un contract.

Bărbatul care mă achiziționase nu înceta să vorbească. O rază de soare își găsise drumul printre jaluzelele închise și lumina într-o linie geometrică perfectă centrul mesei, ratând doar cu puțin plicul. Camera întunecată și tot lemnul dădeau conversației ceva ireal. Mirosea a stătut și jaluzelele păreau a fi permanent închise. Mă așteptasem să-l văd pe Marlon Brando cu mustață și mâinile înclește, mângâind eventual o pisică și întrebându-mă cu dezamăgire în glas de ce îl înșelasem. Dar în fața mea stătea un bărbat scund, într-un tricou polo alb și ochelari cu rame negre. Rama de sus a ochelarilor era prea joasă și, pentru că bărbatul nu părea să clipească niciodată, părea că nu are pleoape.

Lovea masa cu ambii pumni, de fiecare dată când voia să-și sublinieze spusele prin gesturi. Avea multe de spus. Ochii lui alternau între intensitate și obsesie în timp ce îmi povestea despre derby-ul etern. Derby-ul dintre Steaua Roșie Belgrad și Partizan Belgrad, cele două cluburi sportive care au supraviețuit tuturor schimbărilor, de la Regatul Serbiei la Iugoslavia comunistă, până la Republica Serbia de astăzi. Rivalitatea maximă s-a atins în fotbal, dar sub umbrela Steaua Roșie și Partizan au existat mereu și echipe de volei, de baschet, de tenis și, desigur, prestigioase echipe de fotbal. Unii au spus că a fost cel mai longeviv derby din lume.

Cele două stadioane de fotbal rivale erau la mai puțin de 100 de metri distanță unul de celălalt. Aveau loc dispute între suporteri care ajungeau mereu la limita violenței. Fanii Stelei Roșii din Belgrad au fost numiți „delije", care poate fi tradus prin eroi și bărbați tineri, arătoși. Susținătorii Partizanului au fost numiți „grobari" – gropari – din cauza hanoracelor lor negre cu glugă.

Fusesem cumpărată ca gropar și domnului din fața mea i se părea foarte important să mă familiarizez cu tradiția urii dintre cele două asociații. Mă uitam fix la cei 8.000 de euro. De banii ăștia aș putea săpa câteva morminte metaforice, mă gândeam în sinea mea.

Am fost cazată într-unul dintre cele mai vechi hoteluri din Belgrad. De la distanță se vedea splendoarea care trebuie să fi domnit cândva aici. Cu cât te apropiai de ansamblu, cu atât devenea mai evident că trecutul și prezentul – ca întotdeauna în Serbia – se izbeau zgomotos unul de celălalt. Ornamentele de deasupra arcului înalt de la intrare erau coșcovite. Uniforma portarului era foarte curată, dar de aproape se simțea mirosul poliesterului ieftin. Tenul său avea nuanța galben-cenușie a unui fumător înrăit. „Stimată doamnă tenismenă", mi s-a adresat ironic, dar nu neprietenos, și a făcut o falsă plecăciune. Lângă ușa laterală, dacă te uitai atent, puteai vedea urme de grenadă în perete.

Camera mea era mică și curată. Avea două paturi înguste, de o persoană, cu perne joase și cearșafuri albe simple, subțiri, pe post de pătură. Eram în plină vară. Orașul asuda, praful și murdăria zăceau ca un blestem asupra orașului. În colț era un ventilator ruginit și bâlbâit. Mi-am despachetat lucrurile și le-am aliniat pe unul dintre paturile de o persoană. Când m-am uitat pe fereastră am putut vedea, dincolo de stradă, în grădina unei căsuțe, un câine mare, corcitură de ciobănesc, care zăcea epuizat și cu limba atârnând în colțul unui padoc. Mi-am luat geanta de tenis, am încuiat cu grijă ușa în spatele meu și m-am îndreptat spre antrenament.

Am pornit pe străzi deluroase, flancate de garduri în spatele cărora vedeai bătrâni care jucau cărți. Căldura absorbită de asfalt se reflecta înapoi, dându-mi senzația ciudată că mă lichefiez împreună cu orașul. Din față veneau femei încărcate cu sacoșe, care icneau sub greutatea cumpărăturilor și a verii belgrădene. Apăsată de un clopot de praf și murdărie, aveam senzația că picioarele mele și ale lor se făceau una cu asfaltul. În depărtare se auzea scrâșnet de frâne iar de la ferestre deslușeam înjurături aruncate în stradă. Sub umbrele de soare și plante agățătoare de plastic care ascundeau cerul, tineri și bătrâni stăteau în cafenele şi beau cafea neagră. Câţiva mâncau cu linguriţa îngheţată de vanilie din boluri transparente. M-am gândit o clipă să iau tramvaiul, care m-ar fi dus o bucată bună de-a lungul bulevardului mare, dar după ce am luat în calcul căldura, m-am răzgândit (transportul public din Serbia nu are nici aer condiţionat, nici ventilaţie, iar în mijlocul verii autobuzele şi tramvaiele sunt cele mai fierbinţi locuri din oraş). Geanta de tenis mă tăia dureros pe umăr şi râuri de sudoare îşi făceau drum la vale, pe corpul meu.

Am ajuns la clubul de tenis epuizată şi transpirată. Era zece dimineaţa. Echipa mă aştepta. Stăteau cu toţii în jurul unei mese de metal, în faţă cu pahare mari cu limonadă şi cuburi de gheaţă şi farfurii cu felii de pâine prăjite în gălbenuş de ou, pe jumătate mâncate. Masa era înconjurată de genţi de tenis. Râsete puternice şi resturi de cuvinte răzbăteau spre mine, încă înainte să dau cu ochii de ei. Când am venit după colţ şi m-au văzut, gălăgia a încetat o clipă, lăsând loc unor priviri holbate. Antrenorul echipei m-a luat de cot şi m-a condus la masă unde a spus scurt: „Aceasta este Andrea, numărul nostru unu pe anul acesta". Nu mi-a dat drumul cotului, ceea ce părea ciudat, deoarece era mult mai mic decât mine. Am ridicat mâna într-un gest de salut care, de asemenea, mi s-a părut ciudat, deoarece nimeni în toate minţile nu simte nevoia să ridice mâna înspre oamenii care stau la un metru distanţă. Senzaţia ciudată care domneşte atunci când oamenii se întâlnesc pentru prima dată, ştiind că vor petrece următoarele zece zile împreună.

Înainte de a-mi putea termina gândurile, toată lumea îşi pierduse interesul pentru mine şi se întorsese la conversaţia lor. Toţi, în afară de o fată. Ea a continuat să se uite la mine. Când s-a ridicat să-mi facă loc pe bancă, lângă ea, şi s-a uitat în ochii mei, pentru un scurt moment am avut impresia că mă uitam în oglindă. Era înaltă şi zveltă, mai subţire decât mine, dar cu umerii cel puţin la fel de largi. Aveam părul la fel de lung, de aceeaşi culoare, legat în spate într-o coadă de cal. Fața ei era îngustă, la fel ca a mea, cu pomeți înalți, doar cu un milimetru mai înalți decât ai mei și ochi căprui închis ca ai mei. Când am încercat să mă așez lângă ea, am căzut peste una din gențile de tenis, mi-am lovit tibia de banca metalică și, în timp ce mă prefăceam că nu se întâmplase nimic, un mic ou albastru creștea din tibie, lucios în lumina soarelui.

— Numele meu este Vojislava, dar poți să-mi spui Vojka. A zâmbit ea, ca pentru sine. Și m-a mai părăsit în următoarele zile doar ca să meargă la culcare.

M-am obișnuit repede cu rutina zilnică. În fiecare zi, personalul hotelului mă trezea dimineața devreme prin telefon. Mergeam la baie să mă spăl pe față și pe dinți. Apoi îmi împachetam geanta de tenis cu haine de schimb, corzi și benzi pentru încheietura mâinii, o carte și pantofii de tenis și coboram cele două etaje până la sala de mese. Erau acolo castraveți și roșii proaspete mari cât pumnul meu și la fel de dulci precum cireșele germane în toiul verii. Tăiam patru felii de pâine albă, acopeream câte două cu kajmak (un fel de smântână care se servește cu pâine în Balcani și Turcia), puneam brânză de oaie deasupra și felii de castraveți și roșii, groase cât degetul arătător, și le acopeream cu celelalte două felii de pâine rămase. Mâncam una dintre cele două pâini și o clăteam cu ceai negru, pe care în fiecare dimineață îl lăsam să tragă prea mult, apoi împachetam cu grijă celălalt sandviș într-un șervețel de pânză. Când terminam, îmi luam geanta de tenis pe umăr și dădeam cele două colțuri până la recepție, unde Vojka stătea în același fotoliu, în fiecare dimineață și mă aștepta. Se sprijinea de unul dintre brațele laterale, cu spatele drept și picioarele unul peste celălalt. Îi întindeam pâinea pe care i-o pregătisem și ea o mânca, în picioare, în fața ușii hotelului.

În prima dimineață, pauza de masă a Vojkăi a coincis cu pauza de fumat a portarului. Stăteam în cerc și vorbeam despre vreme, în timp ce el scruma în stânga mea și Vojka făcea firimituri în partea dreaptă. Așa se făcea că în fiecare dimineață, la opt, pătrundeam în căldura Belgradului, unde umbrele se jucau pe pereți și unde ne aștepta omul în uniforma strălucitoare. Uneori mă întrebau despre Germania, iar eu descriam țara în care locuiam în culori vii, ca să nu-i dezamăgesc. Drumurile erau pavate cu aur, fiecare cetățean avea șapte mașini și cincisprezece copii și toată lumea avea ce să mănânce. Berea se revărsa din toate robinetele, iar femeile erau blonde, cu ochi albaștri și sânii mari. De cele mai multe ori, însă, cei doi vorbeau despre viața din Belgrad: despre salariul lunar de 300 de euro, despre furtunile care apăreau de nicăieri în locul unde Dunărea întâlnește râul Sava. Despre bărbați musculoși cu chelii și lanțuri de aur care furau mașini. Despre femeile cu părul lung, rochii scurte și tocuri înalte. Ne salutam din cap, apoi eu și Vojka porneam la drum.

Nu am mai reușit niciodată să mă scufund atât de profund, timp de două săptămâni, într-o astfel de simbioză cu viața din jurul meu. Totul era în flux, totul se potrivea. Dimineața ne întâlneam la unul dintre terenurile de tenis, când umbra încă atingea linia de fund și făceam ture de încălzire, într-un ritm uniform, ca într-o defilare imaginară. Ne întindeam spatele coapselor pe stâlpul fileului și săream pe un picior pentru a atinge partea din față. Jucam până când soarele ajungea deasupra noastră. Zgura ne pătrundea în șosetele albe și ne lăsa urme pe fețe când ne ștergeam sudoarea cu dosul mâinilor. Cu fiecare zi, mișcările mele deveneau mai naturale, mai organice, mai perfecte.

Absolvisem liceul în urmă cu doi ani, dar după șase luni de turneu – mai mult amator decât profi – ligamentul încrucișat mi s-a rupt la genunchiul drept și m-a aruncat înapoi cu un an. Acum mă întorceam, încercând să mă descurc în noua mea viață profesională. Venisem la Belgrad ca să rezolv acest lucru și să câștig banii de care aveam nevoie pentru turnee. Dar, odată ajunsă aici, m-am cufundat în antrenamente, în meciurile care aveau loc o dată la două zile, iar colegele mele de echipă, care nu cunoscuseră niciodată o altă viață în afara celei de pe terenul de tenis, m-au luat de mână și m-au dus în lumea lor. Săream coarda, sprintam una lângă alta de-a lungul liniilor terenului de tenis, jucam meciuri una cu cealaltă sau una împotriva celeilalte sau pur și simplu loveam mingea înainte și înapoi ore în șir – fără sens, fără minte, dar cumva acesta a fost exact scopul.

Când umbrele își găseau din nou drumul peste terenurile de zgură și soarele se retrăgea încet, pentru a putea răsări din nou cu toată puterea în următoarea zi, intram sub dușuri ruginite cu apă rece și presiune scăzută și alungam oboseala zilei din corpurile noastre.

În primele nopți, mersul la culcare mi se părea ca un fel de leșin. De îndată ce fața mea atingea perna, conștiința mi se oprea. Drumul era scurt, deoarece luciditatea mea era pe nivel de avarie. Singurele gânduri coerente pe care le aveam erau despre mâncare, băutură și somn.

Momentele mele preferate ale zilei veneau când aceasta era pe punctul de a-și lua rămas bun. Vojka și cu mine ne îndreptam spre casă și, cam la jumătatea drumului, unde marele bulevard face o curbă largă la dreapta, ne opream la un chioșc din care se strecurau valuri groase de fum. Dintr-un singur difuzor se auzea muzică țigănească stridentă și mirosea a ceapă crudă și carne la grătar. Un bărbat într-un maieu alb, cu un păr negru impresionant, stătea înăuntru și vindea *ćevapčići*. Fiecare client era îmbiat să bea repede un rachiu mic de prune cu el – indiferent de ce și cât de mult cumpărau. În fiecare zi comandam două lipii la grătar stropite cu ulei de măsline, umplute cu ceapă crudă și un sos alb care avea gust de *kajmak* lichid cu usturoi, și zece *ćevapčići*. Rulourile de carne tocată erau condimentate și moi, combinate cu lipia crocantă, ceapa picantă și sosul blând au fost și au rămas pentru mine cea mai bună mâncare din viaţa mea. Gustam din rachiul de prune şi restul îl turnam în praful de pe marginea cărării de lângă banca joasă pe care stăteam. Avea un gust picant, fierbinte la început şi blând în final. De cele mai multe ori, o înghiţitură rapidă era suficientă pentru a ni se urca la cap, după zilele lungi de antrenament. Lumea din jurul nostru se scufunda în prisme strălucitoare. În unele zile, bărbatul cu claia de păr ne dădea prune din grădina lui pentru desert. Aveau gust de zile de vară lângă mare, când mareea este plină de peşte.

Simţeam că Vojka îşi petrecea timpul cu mine ca să nu fie nevoită să se ducă acasă. Nu a vorbit niciodată pe larg, dar în decurs de două săptămâni am aflat că locuia într-o garsonieră, împreună cu mama, bunica şi iubitul. Bunica ei era bolnavă, nu am aflat niciodată ce anume avea. Era adesea confuză şi punea mereu cheile şi cuţitele în cuptoare sau în spatele dulapurilor, bănuiesc că avea Alzheimer.

Iubitul Vojkăi era o hahaleră. Ea nu a spus asta niciodată, eu spun asta. În fiecare zi, în pauza de prânz sau după antrenament, Vojka alerga la manichiură şi pedichiură, la cosmeticiană sau coafor. La început am crezut că era foarte cochetă. Era însă vorba de o acută lipsă de bărbaţi, care de la război încoace fie muriseră, fie erau răniţi sau deprimaţi, iar femeile luptau cu toate mijloacele cosmetice ca să pună mâna pe puţinii care mai rămăseseră. La început le-am judecat pe aceste femei de la înălţimea concepţiilor mele occidentale, unde posibilităţile erau nelimitate pentru oricine, până când mi-am dat seama că pentru mulţi oameni de aici, singurele căi în carieră erau sportul sau frumuseţea.

La un moment dat, mi-am dat seama că prietenul Vojkăi insista ca ea să arate cât mai aproape de impecabil. Pe terenul de tenis şi cu mine în hotel era mereu nemachiată şi în haine de sport, cu părul legat la spate. Ea era cea care cădea pe zgură, se ridica cu genunchii însângerați și nu își spăla niciodată rana. Dar seara, când trebuia să se întoarcă acasă, începea să-și spele hainele în chiuvetă și să se machieze.

Avea întotdeauna cu ea un aparat de ras de unică folosință, pe care și-l tot trecea peste picioare.

— El spune că pielea trebuie să se simtă ca la un delfin, mi-a spus ea când am întrebat-o.

— El nu suportă coșuri, mi-a explicat altă dată, când îi dăduseră lacrimile constatând că lăsase trusa de machiaj acasă.

Când, odată, i-am dat de înțeles că arăta ca o „țărăncuță ușuratică", după ce o așteptasem timp de o oră într-un salon dubios, unde trei femei îi pictaseră în același timp unghiile de la picioare și de la mâini, eram pregătită pentru o luptă corp la corp.

— Îi place să fiu drăguță, a spus Vojka.

— Îi place și când ești deșteaptă? am întrebat-o, furioasă.

M-a privit tristă, de parcă ar fi vrut să spună că inteligența este un privilegiu rezervat țărilor care au de ales.

Dacă te-ai antrenat toată viața la minima rezistență, orice antrenament în plus este ca un spectacol pentru un corp tânăr și receptiv. După cinci zile nu mai pierdeam aproape nicio minge. Parțial era înspăimântător și, uneori, trebuia să mă forțez să dau mingi în fileu sau afară pentru a vedea dacă sunt încă om. Știam dinainte că sunt o jucătoare bună de tenis, dar dacă asta era bine pentru Germania sau pentru lume, habar n-aveam. Am câștigat toate meciurile mele. Nu mai oboseam și, când oboseam, totuși, un somn bun era suficient pentru a mă regenera. Dominau legile sfintei tinereți pline de limpezime și forță și eu le savuram din plin.

Când a sosit și ultima zi, eram în finala campionatelor naționale pe echipe, la fel ca Steaua Roșie Belgrad: eternul derby între eroi și gropari. Pentru a evita vreun avantaj, finala s-a jucat pe teren neutru. Într-un club de tenis care nu avea nimic de-a face cu niciunul dintre ei. Antrenorul nostru era liniştit şi distant în acea zi, inabordabil, iar omul care mă achiziţionase nici măcar nu-şi făcuse apariţia. Se şoptea pe la colţuri că avea inima slabă şi prea mult stres nu i-ar face bine.

Evenimentul în sine nu a fost prea spectaculos. În loc de obişnuiţii zece fani, aveam douăzeci, şi jumătate dintre ei erau familii de jucători. Am văzut un tânăr îmbrăcat într-un tricou cu stea roşie şi un bărbat mai în vârstă, în negru. Ulterior am descoperit că bărbatul mai în vârstă se rătăcise căutând un parc din apropiere şi pur şi simplu îi plăcea să poarte negru.

Echipa noastră a câştigat toate meciurile. Dacă bărbatul cu inima slabă a plâns la telefon de bucurie, sau de tristeţe că nu a fost şi el de faţă, a rămas neclar.

A rezervat o masă la clubul cel mai fiţos din Belgrad, pentru a sărbători succesul echipei. Clubul era construit pe un ponton plutitor din lemn, pe Dunăre. Era o noapte înstelată şi o adiere proaspătă se simţea deasupra râului. Am ascuns plicul cu banii, care în sfârşit mi-a fost dat, în cartea mea, printre tricouri şi pantaloni scurţi. Când ne-am strâns mâinile, mi-a strecurat în palmă o bancnotă de o sută de euro în plus, cu cuvintele „Fă-ţi de cap astăzi".

Ca haine non-tenis aveam la mine doar o pereche de blugi şi un tricou, aşa că am petrecut jumătate din seară încercând să-mi încropesc o ţinută. Am tăiat mânecile tricoului, l-am fixat în spate cu cleme pentru a-l strânge mai pe corp şi am încercat cu disperare să îndrept blugii fără un fier de călcat. Pantofii de sport – nu aveam alţi pantofi cu mine – au dus de râpă ce mai era nedărâmat. Sunt destul de sigură că nu aş fi ajuns niciodată într-un club dacă nu aş fi fost numărul unu în echipă. După ce am încercat să-mi usuc pantalonii cu foenul, mi-am legat părul la spate şi în cele din urmă nu arătam mult mai diferit decât pe terenul de tenis. Cel puţin aşa mă puteau recunoaşte oamenii, m-am consolat eu.

Vojka mă aștepta în holul hotelului. Arăta uimitor. Purta o rochie strâmtă, strălucitoare, argintie și sandale cu toc înalt. Își despărțise părul cu o cărare și și-l îndreptase, iar ochii și-i accentuase cu fard de culoare închisă. Iubitul ei era cu ea.

— Uau, Vojka, arăți ca un supermodel! Am îmbrățișat-o. Dintr-o dată, ea era cu un cap mai înaltă decât mine.

— Nu spune asta că și-o ia în cap, a comentat el fără urmă de umor în glas. Eu sunt Marko.

Mi-a întins mâna. Am strâns cât am putut de tare. Nu a reacționat deloc. Era scund și musculos, cu o față plăcută și sprâncenele joase. Sprâncenele alea îi dădeau un aer încruntat, de prădător.

Stăteam toți trei, unul lângă altul, în taxi. Vojka la mijloc. Nu știa să-și aranjeze ca o doamnă picioarele lungi și maronii, cu tocurile înalte. Mai întâi a încercat în dreapta și în stânga consolei din mijloc și a primit imediat o privire ucigașă de la Marko, căruia nu-i plăcea că stătea cu picioarele desfăcute, în rochia scurtă. A dat să se așeze altfel și s-a întors spre mine. Ne-am privit scurt – și ea a rămas așezată cu picioarele depărtate. Nu am întrebat-o niciodată, dar până în ziua de azi cred cu tărie că a avut curajul să se opună fiindcă eram alături de ea. Chiar și doar pentru o clipă.

T otul la acel club mă copleșea și mă depășea: muzica puternică, turbofolk, făcea imposibilă înțelegerea vreunui cuvânt. Apropierea corpurilor străine, transpirate. Plictiseala de pe fețele lor. Femeile, a căror frumusețe îmi tăia respirația, arătau ca photoshopate. Toate aveau părul lung, unghiile lungi și fustele scurte. Era ca și cum aș fi mers printr-un muzeu al atributelor feminine clasice.

M-am simțit urâtă, mică și străină. Am înțeles că dinamica dintre bărbați și femei din Serbia era diferită de cea din Germania. În timp ce femeile păreau să fi petrecut ore întregi în băi și dulapuri de haine, înainte de a părăsi casa, am putut observa cel puțin trei bărbați care stăteau pe ringul de dans în trening. Am văzut cel puțin doi dintre ei care fluturau teancuri de bani în aer și mulți alții cu trabucuri grase în gură și colaci grași peste șolduri. Pe tricourile lor scria Dolce & Gabbana, Prada și Gucci – și cel puțin o dată Guhcci.

În Germania aveam uneori sentimentul că nu aparțin locului, atunci când se purtau pe un ton mult prea înțelegător și rațional și niciodată nimeni nu țipa la celălalt (dacă nu se spărgeau farfurii, mai era ceartă?). Acum, însă, am înțeles că nu aparțin nici Serbiei, deși țipam când mă certam, îmi aruncam rachetele peste gard la supărare și cântam întotdeauna când eram beată. Am mers pe o cărare între două lumi care întotdeauna arătau mai bine, atunci când mă aflam în cealaltă. Am vrut să strig irațional când eram în Germania și să țin deliberat prelegeri despre egalitate când eram în Serbia. Poate că soluția, pentru mine, ar fi fost să-mi exprim urlând gândurile raționale și să explic cu calm izbucnirile emoționale. Cine să mai știe.

Știu doar că la un moment dat, trecuse de trei dimineața, se cântau melodii vechi slave, toată lumea era beată și toată lumea cânta, i-am văzut pe mulți cu lacrimi în ochi, nostalgia era tot ce mai aveam, ne-am căzut unul în brațele celuilalt și noaptea era scurtă, am fi avut nevoie de cea mai lungă noapte, Doamne, fii prietenul nostru și întoarce timpul – pentru că în acel moment, Marko a pierdut o bancnotă. Și când s-a aplecat s-o ridice, eu mi-am întins fundul mult înapoi, astfel încât fundurile noastre s-au ciocnit și el a căzut înainte, cu fața în jos.

Niciodată nu avea să afle ce se întâmplase.

A doua zi dimineață am zburat din Serbia în Austria la unul dintre primele turnee WTA în care am jucat chiar pe terenul principal. Bad Gastein se află la o altitudine de 900 de metri și mingea zbura prin aer ca un proiectil. Era greu de controlat. Am câștigat primul meci cu chiu cu vai, după ce am apărat mingi de set, sperând, plângând și rugându-mă. Am câștigat al doilea meci pe ploaie și a fost un miracol al tehnicii austriece de construcție de terenuri de tenis pe zgură că meciul nu a fost abandonat. Am ajuns în sferturile de finală. După dificultăți de a controla mingile în înălțime și după lungi schimburi de mingi, în primele două meciuri, mi-am recăpătat respirația, iar acum mă simțeam cum mă simțisem pe terenul de la Belgrad. Nu mai știam cum e să lovești o minge cu dezinvoltură. Mă simțeam de parcă aș fi reușit să străbat 810 kilometri, până în Austria, la cârma unei plute, în mijlocul unui râu metaforic.

Întotdeauna îmi este greu să explic celorlalți ce se întâmplă când câștigi un meci, ca să nu mai spun de un turneu întreg. Este ca un joc pentru viață care merge întotdeauna în favoarea ta. Un fluviu care te ia cu el, te aruncă apoi pe mal leșinat, dar este în regulă să fii leșinat. Este un joc de biliard în care toate bilele se rostogolesc în găurile corecte. O partidă de darts, atunci când săgețile nimeresc mereu țintele. O alternare între o lume în care se aplică legile fizice și una în care acestea sunt subminate chiar de tine.

În Bad Gastein totul era așa cum ar trebui să fie viața 093 întotdeauna. Totul avea sens. Punctele pierdute se întâmplau doar pentru a câștiga altele. Fiecare părticică se potrivea exact la locul ei în istorie. Eram plină de prietenie, de muzică și miros de prune în nări. De parcă mi-aș fi pus pentru prima oară în viață o pereche de ochelari. Vedeam limpede.

Am câștigat primul meu turneu WTA în Bad Gastein. Părinții mei erau acolo, sora mea era acolo. Toată lumea era euforică, nevenindu-le să creadă, și totuși era clar: ajunsesem. În cele din urmă.

Dar nu vă faceți griji: haosul aștepta deja după colțul următor. Pentru că haosul este starea inițială a lumii.

CALEIDOSCOPUL
UNEI CARIERE DE
GRAND SLAM

Pentru a deveni jucător profesionist de tenis trebuie să fii ori megaloman, ori să ai o tendință de a te supraestima considerabil. Cinci milioane de oameni joacă tenis în Germania. Fiind un sport global, la asta se mai adaugă din păcate și concurența – doar în Franța învecinată încă 8,7 milioane de oameni. În copilărie nu îți dai seama de toate informațiile astea, dar ajungi să simți repede mușcătura concurenței.

Iar eu am fost convinsă de tânără că într-o partidă cu doi jucători de valoare aproximativ egală credința în propriile forțe poate face diferența dintre victorie și înfrângere. Cu credință nestrămutată și putere mentală poți chiar să învingi în mod regulat jucători care sunt de fapt mai buni. Ca de pildă Novak Đoković. Đoković conduce în comparația directă cu Roger Federer cu 26 la 23. El a câștigat de trei ori după mingi de meci apărate, două dintre aceste partide fiind de Grand Slam. Iar Roger Federer este cel mai talentat jucător de tenis care s-a născut vreodată pe planeta asta.

În vreme ce noi, muritorii de rând, încă ne mai gândim dacă are rost să dăm bacalaureatul sau să trecem la profesioniști direct după clasa a opta, Novak le-a cumpărat părinților săi bilete de avion pentru weekendurile finalelor. El a știut mereu unde voia să ajungă și a intuit încă de pe atunci unde îi era locul.

Nu oricine poate fi Novak Đoković, dar toți jucătorii de tenis știu, intuitiv sau conștient, că acea credință în propriile forțe, bazată la început doar pe aer și dragoste, reprezintă cheia unei cariere de succes în tenis. În același timp suntem, în mod paradoxal, sportivii care duc cu sine cele mai multe îndoieli. Și asta din două motive.

În primul rând, noi pierdem în fiecare săptămână. Așa cum e conceput calendarul turneelor, poți să joci în fiecare săptămână, din ianuarie până în noiembrie, la câte un turneu, undeva în lume, și de cele mai multe ori pierzi, până la urmă. Până la turneele de master de la sfârșitul anului, toate turneele de tenis funcţionează după sistemul *knock out*, ceea ce înseamnă că ai zburat din competiţie după o înfrângere. În cariera mea de treisprezece ani am câştigat şase turnee, ceea ce înseamnă că restul de 500 de săptămâni, scăzând concediile şi zilele de antrenament, am pierdut mereu.

În situaţia în care cuiva i se pare cariera mea prea întortocheată, hai să facem o comparaţie: prietena mea Angie Kerber e profesionistă din 2003 şi a câştigat până azi douăsprezece turnee. A fost pe parcursul carierei chiar şi numărul unu în lume. În ciuda unei cariere spectaculoase, ea a pierdut aşadar cel puţin o dată pe săptămână. Nu contează dacă asta se întâmplă în primul tur sau în finală: săptămâna de turneu se sfârşeşte în 99 la sută din cazuri cu o înfrângere pentru (aproape) toţi participanţii.

În al doilea rând: noi ne aflăm singuri pe teren. Nu există camarazi de echipă pe care să dai vina, nu există arbitri care să anuleze goluri. Când pierdem, pierdem chiar *noi*, dimpreună cu sentimentul nostru de autoapreciere, cu convingerile şi megalomania noastră. Nu există scuze: noi suntem literalmente *de vină* pentru tot.

Toate astea se acutizează la un turneu de Grand Slam, meci după meci, exponenţial. Primul tur se bucură de mult mai multă atenţie şi conţine mai multă tensiune decât oricare altă finală. În cazul meu, agitaţia nervoasă se putea compara doar cu cea de la partidele din Fed Cup, la care îmi reprezentam ţara. Cu cât mă apropiam mai mult de finalul unui turneu, cu atât mai mare era presiunea care se aduna ca un nor de furtună deasupra mea. Nu ştiu exact ce era. Poate numărul crescând al reprezentanţilor media la conferinţele de presă, arenele mai mari pe care jucam sau toţi oamenii din telefonul meu care nu îmi scriau niciodată după o înfrângere amară, dar mereu când aveau nevoie de bilete la unul dintre turnee (da, vă observ şi ştiu cine sunteţi...). Ceva impalpabil în subconştient, înţelegerea că o victorie la astfel de turneu mi-ar schimba viaţa.

Când totul se termina – în bine sau în rău – în interiorul meu domnea un pustiu ca de deșert. Un nimic uriaș și întins, captiv în corpul meu care dimineața trebuia să plece la antrenamente, dar care de fapt voia doar să mănânce înghețată de ciocolată în pat. O despărțire, de patru ori pe an, fără Laura Dern ca avocat de divorțuri alături de mine care să se ocupe de toate formalitățile.

Australian Open

Australian Open și cu mine ne-am aflat într-o relație disfuncțională în care ambii parteneri s-au iubit, dar nu au fost buni unul pentru celălalt. Pe de o parte, am ajuns pentru prima dată la Melbourne în sferturile de finală ale unui turneu de Mare Șlem. Pentru prima dată am învins pe Centre Court o favorită (Maria Șarapova) la titlu. Pentru prima dată în viață am crezut că pot câștiga un turneu de Mare Șlem. (Există o mare diferență între a avea un vis și a crede în acesta.)

Pe de altă parte, la Australian Open mi-am rupt ligamentul încrucișat drept anterior, mi-am scrântit spatele și am leșinat pe terenul numărul cinci. Un fel interesant de a-ți manifesta dragostea?

În noaptea de dinainte să-mi rup ligamentul nu dormisem. Era primul meu turneu de Mare Șlem la care mă aflam pe tabloul principal și urma să joc în primul tur cu numărul cinci în lume, la acel moment, Anna Tșadvetadse. Am jucat dimineață la unsprezece, pe arena Hisense. Gândurile mele oscilau între *O s-o înving și voi face senzație* și *O să pierd cu 6:0, 6:0 și n-o să mă mai pot arăta nicăieri pe lumea asta.* O trăsătură specifică tenisului, care m-a însoțit pe tot parcursul carierei mele: supraapreciere nemiloasă amestecată cu o nemiloasă neîncredere în mine însămi. Așa că am zăcut în pat, fără să închid un ochi, până când s-au ivit zorii prin draperiile camerei de hotel, neștiind în ce direcție se va îndrepta a doua zi: faimă și onoare sau noapte nesfârșită?

N-a fost nici una, nici alta, până la urmă. La al șaselea punct de meci, 40:30, cu mine la serviciu, ligamentul încrucișat anterior mi s-a rupt. A arătat destul de puțin spectaculos, ca un manechin pe podium căreia i se rupe tocul și piciorul îi scapă scurt, iar pantoful se strică. Mie mi-a scăpat scurt piciorul și s-a stricat genunchiul. Au urmat nouă luni de recuperare.

Treaba cu spatele rupt s-a întâmplat practic în afara terenului. Am avut dureri de spate vreme de luni de zile și în Australia am făcut în sfârșit o investigație la tomograf, pentru că, la doar 24 de ani, nu mai puteam să mă dau jos din pat fără ajutorul cuiva. Articulația mea sacroiliacă avea o fractură de stres așa de pronunțată, încât echivala în fapt cu o fractură în toată regula. Au urmat patru luni de recuperare.

Pe terenul numărul cinci am leșinat pentru că, înainte de meci, zăcusem zile întregi în pat cu febră de patruzeci de grade și gripă. Febra trecuse în ziua meciului, se transferase însă asupra temperaturii exterioare din Melbourne. Conduceam cu 7:6 și 4:3 când m-a luat amețeala. Am crezut că trebuie doar să mă așez puțin. Cu intențiile cele mai bune, m-am așezat pe linia de fund ca să mă odihnesc. Am simțit nevoia imperioasă de a închide scurt ochii. Ca un somn de o secundă la un drum de noapte la volan, când te orbesc farurile din sens opus. Însă doctorii mi-au spus apoi că leșinasem. Se pare că nu era în regulă să tragi un pui de somn pe linia de fund, în timpul meciului. Păcat. Timp de recuperare: două până la trei săptămâni.

Ne-am apropiat destul de mult de problema iubirii dintre mine și Australian Open.

Primul turneu de Mare Șlem al anului ne face pe noi, jucătorii tenis, să îl iubim. Venim din vacanța de iarnă și chiar și cei mai înverșunați împotriva turneelor tânjesc după atmosfera dramatică de la un Mare Șlem. În vreme ce întreaga emisferă nordică se află în hibernare profundă, noi ne lăfăim la soare și putem să mângâiem urși koala în vestiare. Iar marea e la doar jumătate de oră distanță.

În afară de asta, Australian Open este un eveniment al întregii societăți, care se desfășoară în mijlocul orașului. Vă amintiți de povestea de vară, Campionatul Mondial de Fotbal din Germania, în 2006, când țara s-a aflat într-o stare de grație, oamenii se iubeau, soarele strălucea tot timpul și toți păreau să fie cumva în vacanță și pentru scurtă vreme nici măcar naziștii nu au mai existat? Așa e atmosfera în fiecare ianuarie la Melbourne, când sportul marginal, care este tenisul, ține orașul captiv. (Atenție, tenisul nu este peste tot un sport marginal).

În piața din mijlocul orașului, unde își dau întâlnire toți cei care caută să socializeze, este instalat un ecran enorm pe care se transmite 24 de ore din 24 doar tenis. Oamenii vin în grupuri mari. Vin cu coșuri de picnic, în care se găsesc, sub două pachete cu chipsuri, litri întregi de alcool, se învăluie în steaguri naționale uriașe și cântă sub soarele amiezii cântece pe care, spre după-masă, vor începe să le răcnească. În tribune e mereu gălăgie, caniculă și înghesuială.

Bărbați la bustul gol ne îmbrățișează după victorii și transpirația noastră apoasă, frumoasă și curată se amestecă cu aburii de bere ai fanilor. Femeile ne întreabă de ținute și rutine de antrenament și cel târziu pe seară sunt arse îngrozitor de soare. Fructele din restaurantul jucătorilor sunt mereu proaspete, barul cu salate e bine aprovizionat și peste tot găsești avocado. (Jucătorii de tenis sunt ușor de mulțumit).

Piețele sunt de un albastru azuriu și reflectă lumina nefiltrată a soarelui orbitor direct în ochii celor din jur. Seara te întrebi de unde durerile constante de cap de deasupra tâmplei stângi.

Toți oamenii sunt teribil de amabili. De asta îți dai seama, deși de cele mai multe ori înțelegi doar pe jumătate din ce spun. Australienii sunt un amestec straniu de britanici care ar vrea să fie americani şi, cel mai adesea, sunt nişte oameni îngrozitor de albi care au aterizat, dintr-un motiv sau altul, în cel mai călduros colţ al planetei. Peste tot găseşti cremă de protecţie solară. Afişele de pe uşile toaletelor îţi aduc aminte să te ungi cu cremă. Grădina Botanică din Melbourne colecţionează toate plantele pământului. Totul e nou. Găseşti cel puţin 100.000 de soiuri de mâncare asiatică, a cărei iuţime îţi stoarce şi ultimele picături de sudoare. Australienii sunt obsedaţi de cafea. Îi dau nume amuzante, aiuritoare şi adesea călătoresc cu propria cafetieră (poveste adevărată). Şi iubesc micul dejun, sportul şi patriotismul. Poţi să-ţi iubeşti ţara sau poţi să iubeşti sentimentul de a-ţi iubi ţara. Australienii fac parte din a doua categorie. Un întreg continent radiază timp de o lună pe an de febra tenisului – cu bună dispoziţie şi protecţie solară.

Într-un an, pe terenul al doilea, am câştigat un meci de trei ore împotriva Petrei Kvitová, 9-7, în cel de al treilea set. În ultimele douăzeci de minute ale meciului am avut impresia că stadionul va exploda şi fanii ne vor ateriza în braţe.

Într-un alt an am învins-o pe Maria Şarapova pe arena Rod Laver şi îmi amintesc şi astăzi acel sfert de secundă de linişte care s-a lăsat când ea a jucat ultimul punct şi a dat un forehand în fileu.

Îmi răsună şi astăzi în urechi fluierăturile şi huiduielile, când Venus Williams a abandonat meciul împotriva mea, la scorul de 1-0, în primul set.

Mai văd şi astăzi voleul de forehand al Annei Keothavong, jucătoarea venită din calificări, împotriva căreia a trebuit să apăr în runda a doua mingi de meci. Ea a dat un aut lateral, într-un moment decisiv al meciului. Văd şi acum uluirea şi disperarea de pe chipul ei şi felul în care s-a prăbuşit psihic. Îmi aud tatăl şi antrenorul strigând la victorie şi îi văd îmbrăţişându-se, ridicând pumnii spre cer. Am un sentiment nemaiîncercat, pe care filozofii îl numesc fericire, adrenalina îmi răsună în urechi, rațiunea mea dispare.

Îmi amintesc de nopțile în care, aflată în propria mea
admirație, îmbătată de succesul și de viața mea, nu puteam
dormi de atâta fericire. Îmi amintesc de lacrimile sărate de pe
buzele mele, când totul s-a sfârșit brusc la serviciul chinezoaicei
Li Na, simt furia din cauza fericirii furate, îmi dau seama cum
Dumnezeu se tăvălește de râs deasupra norilor, văzându-mi
îndrăzneala tinerească.

Am învățat. În fiecare an, în Australia, am învățat. Iar soarele mi-a luminat fără milă chipul în tot acel timp. Cel puțin
acolo am fost (aproape) întotdeauna bine-dispusă. Și dată
cu cremă.

French Open – Roland Garros

Roland Garros a fost primul turneu de Mare Șlem din viața
mea. Aveam doar nouăsprezece ani și mă aflam în calificările dinaintea turneului, unde aveam nevoie de trei victorii ca să
ajung pe tabloul principal.

Soarele strălucea de trei zile neîntrerupt. Jucam în ultima
rundă de calificări, în fața câtorva spectatori, împotriva finlandezei Emma Laine. Cu doar două săptămâni mai devreme
o învinsesem la un turneu de zgură din Croația. Îmi dădeam
seama de șansa mea mare și simțeam cum pe umerii mei apăsa
un bolovan imens de beton. Eram condusă cu 1–4 și înjuram
neîntrerupt în conversații cu mine însămi. De două ori mi-a
zburat racheta (ha, ha) din mână și arbitrul m-a certat cu priviri
lungi, pline de reproș.

La schimbul de terenuri ședeam cu prosopul pe genunchi
pe bancă și mă uitam căpoasă, țintă înainte. Privirea mi-a căzut
pe un tânăr cu păr lung până la umeri și barbă mare. Radia
încredere și liniște și m-am relaxat. Ca să fiu sinceră, aspectul
lui îmi amintea un pic de Isus și nu voiam să mă port complet

aiurea când Dumnezeu își trimitea fiul în vizită. Până la urmă s-a dovedit că nu era totuși Isus, ci jucătorul sârb de tenis Dušan Vemić, care își propusese să se uite mai îndeaproape la nemțoaica cu nume sârbesc. Ne-am împrietenit, iar mai târziu, când a încetat să mai joace, a devenit antrenorul meu. Maestrul meu zen, așa cum l-am numit. La nouăsprezece sau la treizeci de ani, adesea el era singurul care reușea să mă calmeze.

— Andrea, spunea el mereu, ai încredere în proces.

— Care proces, Dušan? L-am întrebat într-o bună zi.

— Procesul vieții, a răspuns el și a privit melancolic, dincolo de urechea mea stângă, spre un viitor îndepărtat. (Cel puțin așa presupun.)

Am câștigat atunci partida împotriva Emmei Laine cu 6–4, 6–1. Când am fructificat mingea de meci, a început să plouă și nu s-a mai oprit timp de trei zile. Nu s-a putut juca în tot timpul ăsta.

În aceeași seară am urinat cu sânge. Mă luptam cu o infecție urinară pe care o ignorasem consecvent, pentru a nu pune în pericol primul meu turneu de Mare Șlem.

Ploaia a fost ca trimisă de Dumnezeu, iar la cei nouăsprezece ani ai mei au fost de ajuns trei zile ca să mă vindec. Tinerețea și berea fierbinte cu miere pe care m-a obligat Barbara Rittner, antrenoarea echipei germane de Fed Cup, să o beau în fiecare seară m-au ajutat. De acolo provin probabil iubirea mea nesfârșită pentru bere și pentru Barbara.

Am câștigat prima partidă pe tabloul principal, ceea ce pentru inocența mea tinerească era o senzație, asta înainte ca perspectiva mea să fie distorsionată de lăcomie și orgoliu. Lăcomia și orgoliul, diavolii de pe umerii atleților care îți suflă aceleași cuvinte în urechi.

Cu primul Mare Șlem e ca și cu prima dragoste, nu o uiți niciodată, în ciuda sau mai ales tocmai pentru durerea pe care ți-o provoacă. La Paris am jucat cele mai emoționale partide. Cele mai dureroase și cele mai euforice.

Una dintre cele mai dureroase poate deveni reprezenta-tivă pentru toate celelalte. 2010, a doua rundă împotriva rusoai-cei Kuznețova, pe terenul 1.

Terenul 1 la French Open era terenul meu favorit. Multă vreme a fost singurul teren de tenis din lume construit ca o arenă de coridă și îi provoca pe fani să intoneze cântece spani-ole care se sfârșeau cu *Olé!*. Era renumit pentru cele mai nebu-nești, lungi și emoționale partide pe care le găzduia.

Svetlana Kuznețova a intrat în competiție în 2010 ca să-și apere titlul, însă, încă din prima rundă, a dat de greutăți împo-triva unei adversare necunoscute. De la început am văzut că era nervoasă și nu avea încredere în forțele proprii. Juca prea din scurt pe forehand, cu care de regulă imprima mingii o mișcare înaltă de rotație, dar acum manevra nu avea eficiența-i obișnuită.

Am reușit să interceptez rapid mingile și să exercit pre-siune asupra ei. Tenisul este o permanentă tatonare mentală a adversarului. Când a constatat că nu îmi este teamă de numele ei și că mă simțeam bine pe scena aceea mare și-a pierdut con-secvența și a început să facă greșeli.

Fanii tenisului se simt magic atrași de partide unde favo-ritul sau favorita e pe cale să fie eliminat din competiție. Arena de coridă se umplea tot mai mult și atmosfera devenea tot mai încinsă. Nu mă gândeam la nimic, mintea mea era goală. Mă aflam într-o zonă dincolo de timp sau spațiu, unde conta doar momentul prezent. Toată ziua cerul fusese înnorat și, în sta-rea nepământeană în care mă aflam, aveam impresia că norii vuiesc deasupra mea.

La 6-4, 5-4 și 40-0, cu mine la serviciu, ceva a deranjat liniștea mea zen. Un gând. Nu mai știu exact care.

Un alt gând.

Pot să o elimin acum și aici pe deținătoarea titlului!

Apoi încă unul.

Ce zic oare părinții mei? Vor fi mândri de mine?

Şi apoi: *Încotro să servesc? Pe backhand, nu? Ăsta e mai slab la ea. Dar ea se aşteaptă la un backhand, mai bine o surprind cu un forehand. Sau mai bine un as? Mai bine servesc şi urmează schimb de mingi. Mă duc la fileu, joc la sigur? Fac asta sau ailaltă? Ce va crede el, ce va crede ea? Sunt oare la televizor? Câţi oameni se uită?*

Primul gând a fost ca o pietricică lipicioasă pe care se prinsese un pic de zăpadă, dar când m-am poziţionat pe linia de fund ca să servesc pentru meci, pietricica declanşase o avalanşă care s-a îndreptat direct spre mine şi m-a aruncat în prăpastie.

Am pierdut următoarele trei puncte.

Egalitate.

Încă o minge de meci.

Egalitate.

Am pierdut ghemul.

Şi pe următoarele trei.

Vuietul deasupra mea a devenit mai puternic. M-am uitat în sus: nu fusese doar imaginaţia mea. O picătură mare m-a plesnit pe faţă. La 5-7 am întrerupt partida. Ne-am întors la vestiare. M-am schimbat în haine curate, mi-am zis că e totul în regulă, dar când am ieşit din nou pe teren ca să continui partida, meciul îmi scăpase din mână. Kuzneţova se întorsese miraculos transformată. Juca mai lung şi mai forţat şi, deşi m-am luptat pentru viaţa (şi reputaţia mea), avalanşa mă aruncase de mult în hău.

După partida asta am zăcut cinci zile în pat şi nu am mai vrut să mă dau jos. Îmi părea îngrozitor de rău, dar în realitate eram foarte supărată pe mine. Mă lăsasem distrasă de lucruri fără importanţă.

French Open a avut loc în mai şi până în octombrie tot nu reuşisem să las în urma mea cele întâmplate.

La fiecare minge de meci pe care am avut-o în aceste luni, mă năpădeau gândurile din arena de coridă.

Până în octombrie, când am jucat la Tokyo, din nou împotriva Kuzneţovei. Am condus din nou. De data asta cu 6-3,

6-5, 40-0. M-am dus spre linia de fund şi gândurile m-au năpădit. Le-am alungat cu brutalitate de unde veniseră. Am ridicat mingea cu piciorul. Am tras aer în piept. Am aruncat mingea în sus şi m-am întins după ea până când racheta mea a atins cerul - şi am servit un as direct pe mijloc. Traumă încheiată. Următorul, vă rog.

French Open are, cu siguranţă, cel mai specializat public - iar unii (şi eu) ar îndrăzni să spună şi că e cel mai frumos. Bărbaţii au bucle frumoase, negre, care le atârnă elegant pe frunte, poartă sacouri bleumarin pe orice temperatură şi adesea chiar şi un şal aruncat lejer în jurul gâtului. Fumatul, care e dezaprobat în Germania, e ok la Paris. Doamnele duc peste tot cu ele mici pahare de vin, au buzele date cu ruj roşu şi poartă părul despletit. Sunt comentate poveşti interesante cu dat ochii peste cap şi pufnit puternic din buze. Clişee, desigur, dar în spatele fiecărui clişeu se află un franţuz fumător, cu şal la gât şi părul frumos aranjat.

Am jucat la French Open pe orice fel de vreme. Pe căldură uscată, dogoritoare, care transformă mingea în ghiulea şi terenul în beton. Pe ploaie rece, mocănească. Pe ceaţă, în timp ce ciorile se roteau şi ţipau deasupra mea. Pe vânt aşa de puternic, încât un lob care trebuia să aterizeze afară a fost suflat de o rafală înapoi pe teren. (Atunci când biserica dă greş, tenisul poate converti atei în credincioşi.)

Un meci pe care nu o să-l uit niciodată l-am jucat în 2019, pe terenul 14. Era un teren nou construit, care aducea spectatorii mai aproape şi permitea transferul de energie dintre jucători şi fani. Jucam împotriva numărului 25 mondial, taiwaneza Su-Wei Hsieh. Meciul a început după-amiaza târziu şi avea să dureze până spre seară.

Su-Wei era neobişnuit de talentată, se zvonea că era cel puţin la fel de leneşă, dar iubea tenisul - asta se vedea la fiecare mişcare, la fiecare lovitură. Era o artistă care picta pe pânza terenului de tenis, o magiciană cu racheta pe post de baghetă magică. Creativitatea îi curgea prin toate arterele. Îmi puteam imagina că intra în grevă, că disprețuia sesiunile zilnice de antrenament.

Eu eram exact opusul ei. Iubeam sesiunile lungi de antrenament la care puteam uita de tot și de toate în jurul meu, puteam să-mi deconectez mintea pentru o clipă și să rețin repetițiile care îți intrau în sânge, modele de care mă puteam agăța în momentele dificile. Spre deosebire de Su-Wei, eu urăsc să improvizez. Asta nu înseamnă că nu o pot face, doar că nu îmi place. Era de parcă am fi fost legate cu o panglică întinsă peste fileu, iar eu, prin intermediul acestei panglici, absorbeam puterile ei și invers: trebuia să fiu creativă ca să o pot învinge, ea trebuia să fie disciplinată pentru a mă putea învinge. Și uite așa, alergam și săream mereu la un metru de zona noastră de confort și ne avântam spre înălțimi nebănuite.

Arhitectura terenului transfera plasa fină de energie pe care noi, jucătoarele, o țeseam împreună, asupra publicului care ovaționa tot mai frenetic.

În setul al treilea, la scorul de 0–1 am luptat timp de douăzeci de minute ca o furie, scuipând foc pentru serviciul meu. În momentul în care, la minge de set, am servit un as în colțul exterior, publicul, care se afla deja prins neajutorat în mrejele unei adevărate tragedii grecești, a vuit cu un freamăt atât de puternic care mi-a pătruns în sânge cu atâta forță, încât m-au podidit lacrimile, și mi s-a făcut pielea de găină când m-am uitat să văd ce se întâmplase. Am ridicat pumnul spre cer și am urlat până mi s-au încălecat corzile vocale. Strigătul din tribune s-a contopit cu strigătul meu, transportându-l spre depărtări.

Boxele jucătorilor în care stau echipele și familiile jucătorilor se aflau una lângă cealaltă. La un moment dat, după un schimb nebunesc de mingi – nu mai știu cine îl câștigase – m-am uitat spre echipa mea – doar ca să îi descopăr pe toți în îmbrățișări cu echipa și familia lui Su-Wei.

Victoria și înfrângerea dispăruseră sub scandări, strigăte de *Allez* și de ovații în picioare. Am traversat o pădure a extremelor și mi-am revenit doar când am servit pentru meci la 7–6 în setul al treilea. (Al treilea set se joacă complet la French Open.) M-am calmat, eram în armonie cu mine însămi, cu mediul înconjurător și în armonie cu adversara mea. Trebuia doar să rămân cumva în viață.

Următoarea minge de meci am dat-o în fileu.

A doua minge de meci. Am servit și ea a returnat în unghiul ei favorit, care deschidea larg terenul pe backhandul meu. Mi-am forțat picioarele supraacidificate pentru un ultim șpagat dureros și am surprins-o cu un backhand lung, defensiv, puțin înaintea liniei de fund. Ea s-a retras în defensivă, așteptând cu ochi de argus loviturile mele de atac puternice. Eu am pus un stop. Femeia disciplinei a bătut-o pe femeia magiei cu o minge jucată plină de emoție, trimisă scurt dincolo de fileu.

Pe chipul lui Su-Wei nu a tresărit niciun mușchi. Ne-am îmbrățișat la fileu, în armonie una cu cealaltă, cu publicul, cu sportul nostru, care dă mereu dovadă de umor. Sfârșitul scenei.

Wimbledon

Wimbledon.

Wimbledon. Wimbledon.

Singurul turneu de Mare Șlem la care nu am trecut dincolo de runda a treia, dar unde am devenit, totuși, membră a legendarului Club Last Eight, pentru că, din greșeală și cu ajutorul unei partenere puternice, am ajuns o dată în semifinala de dublu.

Ce ironie.

Cu toții cunoaștem Wimbledonul. Încununarea creației tenisului, tigrul din pădure, leul de pe stâncă, vulturul peste vârfuri.

În aer pluteşte ceva subtil, regal, atunci când te plimbi pe acolo. Toţi jucătorii şi jucătoarele sunt îmbrăcaţi în alb şi întâlneşti surprinzător de mulţi bărbaţi în costume din trei piese, în culori pastelate, cu bastoane aurite în mână, în loc de o damă la braţ. Poate că e şi din pricina benzilor fără reclame, de un verde închis, care în lumea saturată de reclame radiază o superioritate rebelă. Plante tunse cu precizie, care mărginesc drumurile, şi o linişte neobişnuită care domneşte datorită gazonului, acesta absorbind zgomotul mingilor. Interiorul clădirii este căptuşit în lemn de culoare deschisă, cu mobile bej, cahle maro şi balustrade de un verde închis. Doamnele sunt machiate decent şi coafate elegant. Parfumul căpşunilor proaspete pluteşte în aer şi accentul elitist de Oxford se aude şoptit din toate colţurile.

Primele dăţi m-am simţit cât se poate de nelalocul meu în celebrele săli de la Wimbledon. Garderoba mea de culoarea fildeşului nu schimba cu nimic faptul că era, totuşi, un costum de antrenament. Faptul că din spatele întrebărilor politicoase despre vreme răzbătea, totuşi, conştiinţa de clasă a englezilor, în care valorezi ceva doar dacă te-ai născut în familia potrivită, îmi era străin. De neînţeles pentru cineva care îşi construise viaţa bazându-se pe credinţa în puterea propriilor mâini.

Chiar şi aşa, iubeam atmosfera. Iubeam Anglia cu toate particularităţile sale. Poate tocmai pentru că nu am aparţinut unui mediu anume şi am tânjit toată viaţa după asta.

Am admirat perfecţiunea formulelor de politeţe, „understatementul", cu care sunt primite complimentele printr-o fluturare de mână şi uşurinţa *small talk*-ului, pe care îl stăpâneşte fiecare englez. Eu, în schimb, râdeam prea tare la bancuri nepovestite niciodată sau transformam discuţia în interogatoriu, punând prea multe întrebări de natură personală.

Îmi plăcea să stau după-amiaza, de la ora cinci, în puburi şi să observ oamenii de toate etniile şi categoriile de vârstă cum încercau să îşi abată atenţia de la viaţa lor. Ce făceam eu altfel? Şedeam în faţa unei halbe de Stella pe care o sorbeam cu plăcere pe parcursul serii și priveam peste marginile cărții mele, pe care o foloseam ca să mă ascund, la cei doi bătrâni din colț care jucau șah și își dădeau mâna serioși după fiecare partidă. La femeile de la bar, care, după o zi lungă de muncă, își schimbau pantofii cu toc și, imediat apoi, și dispoziția. La tânărul mereu în același costum gri și cu cercei lungi, aurii, care ședea de fiecare dată în colțul barului și citea poezii de John Keats.

Îmi plăcea cafeaua apoasă de la micul dejun și ceaiul negru tare de după-amiază. Mâncam ouă ochiuri pe pâine prăjită moale, tăiată în triunghiuri. (De fasole nu mă apropiam – nu trebuia exagerat cu spiritul britanic).

Cu toate astea, pe pământ englezesc nu am reușit cine știe ce.

Cu siguranță că avea o legătură cu relația mea complicată cu iarba. Ca fetiță, crescusem foarte repede în înălțime și mă luptasem până pe la cincisprezece ani cu brațele și picioarele mele lungi. Adesea aveam dureri de umeri și de genunchi. Coordonarea mea era la nivelul: brațele funcționează, picioarele merg, dar când trebuie să funcționeze împreună, sunt nevoită să am grijă să nu cad. Aveam mai multă forță decât celelalte fete de vârsta mea, dar să transpun forța asta într-o lovitură rectilinie (mai ales la serviciu) nu îmi era întotdeauna foarte la îndemână. Iar când am ajuns la pubertate (ceea ce s-a întâmplat relativ târziu), peste corpul meu lungan s-a așezat un strat încântător de grăsime, care m-a scos complet din film.

Tocmai în această perioadă au eșuat și primele mele tentative de a păși pe iarbă.

Iarba solicită un stil complet diferit de tenis. Mișcarea pe iarbă e diferită față de alte suprafețe. Trebuie să te poziționezi mai jos și mai degrabă să mergi decât să alergi pe teren. Fiecare mișcare explozivă poate să-ți producă o cădere pe suprafața vie, care poate iute deveni alunecoasă. Tehnica loviturilor trebuie adaptată, mișcarea de elan trebuie scurtată. Jucătorii care au un punct bun de contact al rachetei cu mingea şi care preiau viteza, mai degrabă decât să o genereze, au avantaje pe iarbă. Mingea face salturi mai joase şi alunecă pe iarba tunsă scurt, dincolo de punctul de contact.

Ca să fiu mai explicită: dacă arunci mingea pe asfalt înspre înainte, aceasta va sări în funcţie de forţa loviturii în sus şi în faţă. Aruncată cu aceeaşi forţă pe iarbă, mingea alunecă în faţă. Astfel punctul de contact se poate deplasa înapoi, daca nu îţi iei elan din timp sau nu ajungi destul de repede la minge.

De regulă e mai uşor pentru jucătoare şi jucători mai „moi" să se simtă mai iute în largul lor pe iarbă. Roger Federer, Novak Đoković sau Nick Kyrgios la bărbaţi, Angie Kerber sau Agnieska Radwanska la femei. Profesionişti care lucrează cu sincronizare, ai căror muşchi sunt mai relaxaţi şi nu încordaţi, care se leagănă înainte de a lovi şi nu lovesc direct. Cei care se mişcă asemenea unor feline pe teren, de parcă ar aluneca pe patine. Genul de jucători ca Rafael Nadal sau ca mine (haha, motiv bun să amintesc de mine şi Rafael Nadal în aceeaşi propoziţie), care joacă cu putere, a căror musculatură poate fi urmărită în funcţionarea ei biologică, al căror talent este să se înfigă în joc, au nevoie de mai mult timp. Poate să funcţioneze, aşa cum s-a putut vedea la cele două victorii la Wimbledon ale lui Rafael Nadal, dar poate să dureze şi zece ani până să te simţi pe iarbă ca un viţeluş proaspăt fătat pe pajişte. Sau poate să fie şi pentru că eu nu sunt Rafael Nadal.

Oricât de elitistă mi s-a părut această suprafaţă, ea este, totuşi, în comuniune cu natura. E perioada din an în care noi, jucătorii, atunci când ne trezim, ne ducem direct la fereastră, ca să ne uităm spre cer. O singură picătură de ploaie poate să declanşeze întârzieri în desfăşurarea turneului. Deja umiditatea în aer poate să facă gazonul ud şi alunecos, prea periculos ca să alergi pe el. Jumătate din sezonul ăsta jucăm, cealaltă ne-o petrecem în vestiare, aşteptând. Uneori, când e cald şi soarele străluceşte câteva zile, iarba se usucă, se scofâlceşte şi devine maronie, apar porțiuni chele pe pământul cenușiu, care modifică elasticitatea mingii. Este o suprafață vie, la care trebuie să te adaptezi continuu, zi de zi, uneori oră de oră. O provocare pentru cineva care preferă să se facă comod în structuri prestabilite.

Î n primii ani eram enervată de fiecare dată când începea sezonul de iarbă. Acest sezon, care e oricum cel mai scurt, nu putea să se termine îndeajuns de repede pentru mine. Treptat, în ultimii ani a apărut însă o schimbare. După atâția ani de eșecuri pe iarbă, am descoperit umorul din fatalismul acestor eșecuri. Am jucat la fileu precum Stefan Edberg în vremurile sale cele mai bune, am folosit backhandurile tăiate marca Steffi Graf, unul după altul, și m-am aruncat ca Boris Becker după loviturile câștigătoare care păreau fără speranță.

La început nu se petrecea mare lucru – alegeam momentele greșite ca să ies la fileu, puneam slice-urile prea sus și odată ce mă aruncam la pământ, nu mă mai ridicam. Dar la un moment dat am început să citesc gazonul, să înțeleg particularitățile jocului pe iarbă. Mi-am îmbunătățit serviciul, am învățat să atac mingile în urcare și să folosesc tempoul adversarelor în avantajul meu.

În pregătirea pentru Wimbledon din 2019 nu am pierdut nici un meci. Am învins timp de o săptămână jucătoare care erau în clasament în fața mea, jucătoare care nu îmi conveneau, jucătoare care erau mai bune ca mine. Și am pornit plină de curaj întâlnirea din prima rundă împotriva Monicăi Niculescu.

Meciul împotriva româncei, care este una dintre cele mai neortodoxe jucătoare din lume și a cărei suprafață preferată e iarba, a fost complicat. Ea a jucat pe partea de forehand un slice neobișnuit pe dreapta, îmbinând asta cu un topspin de backhand, folosind reflexele la fileu ca pe o sabie. În ciuda noii mele iubiri, gazonul începuse să mă dispere.

Ne disperam reciproc. În ghemul al cincilea din primul set am văzut cum i se prelingeau lacrimi adevărate pe obraji.

La 5-5 în setul al treilea, din fațada mea cu „Eu iubesc gazonul!"
se prăbuși o bucată zdravănă, Monica Niculescu își concentră
lovitura cu ambele mâini exact într-acolo și o demolă complet.

Am pierdut meciul după un break în setul al treilea, cu 7-5.

Cel mai greu în toată treaba asta nu a fost meciul pierdut.
Pierdusem așa de multe meciuri pe iarbă, încât unul în plus nu
conta foarte tare. A fost așteptarea față de lumea care îmi datora
o recompensă doar pentru că eu mă împăcasem cu o problemă
creată în primul rând de mine. Când, de fapt, recompensa con-
sta în problema pe care o depășisem, în bucuria pentru anul
următor și pentru faptul că pe viitor toate rachetele mele aveau
să supraviețuiască sezonului pe iarbă. Speranța moare ultima.

US Open

S tau pe stradă și mă uit la tenișii mei. E cald și gălăgie.
Mașinile gonesc pe lângă mine și valeți de hotel ridică
valize după valize din mașinile gri metalizat și le duc în urma
oaspeților, în foaierul hotelului. Cafeneaua, un Starbucks, se
află aproape, pe partea cealaltă a străzii. Trebuie să trag aer în
piept și să îmi adun curajul înainte să îmi pun tenișii în mișcare
sub mine. În buzunarul drept de la pantaloni am pregătită suma
exactă pentru un ceai de mentă, comand într-o engleză nesigură
și spun că numele meu e Andy.

Când iau paharul în primire, pe el scrie Handy.

În primul meu an la New York, timp de două săptămâni
nu am îndrăznit să mă aventurez mai departe de două străzi de
hotelul meu. Larma, agitația, expresiile neprietenoase de pe chi-
purile newyorkezilor mă făceau de fiecare dată să încremenesc
pe strada din fața hotelului. Era unul din marile lanțuri hoteliere
de pe 57th Street, în Midtown, cu 40 de etaje și mi-am petrecut
mare parte din timp în camera mea, încercând să-mi adun cura-
jul pentru o întâlnire cu lumea din fața ferestrelor mele. Acestea
erau bine închise ca să evite sinuciderile. Dacă atmosfera în

cameră devenea prea sufocantă, trebuia să pornești climatizarea, care transforma camera într-un frigider și vibra amenințător.

Dacă îmi lipeam fruntea de sticlă și-mi întorceam capul cu 45 de grade la dreapta, vedeam doi copaci care făceau parte din Central Park.

În decursul anilor am mai coborât în preferințele mele de hotel mai spre Downtown până când mi-am găsit o a doua casă în Brooklyn. Între timp, împing la fel de enervată la o parte turiștii, mă plâng de trenurile supraaglomerate cu program neregulat spre Manhattan și nu ridic privirea din cartea mea, nici dacă se așază lângă mine cineva în pielea goală sau, mai rău, în costum de Star Wars.

A u trecut ani de când eram nevoită să îmi adun tot curajul ca să traversez până la un Starbucks și să comand un ceai de mentă. Atunci mă așezam la tejgheaua înaltă, cu scaunele îndreptate spre fereastră și îmi propuneam să mă împrietenesc cu străini cu ajutorul *small talkului* despre câini și filme favorite, dar în mare parte din timp citeam din cartea adusă cu mine, în care personajele nu aveau de ales decât să îmi devină prietene.

Între timp am trecut de la lanțul hotelier la un hotel trendy pe 29th Street, am urcat de la o jucătoare în calificări la o jucătoare de Top 10. Managerul hotelului prelua costurile hotelului în schimbul biletelor în lojă la meciurile mele și unul dintre valeții hotelului îmi cădea în brațe la fiecare victorie. Managerul mă notase în registru sub nume fals pentru ca, spunea el, adversarele mele să nu încerce vreo faptă rușinoasă cu somnul meu și a poruncit să se brodeze pe fețele de pernă numele de artist ales de mine: Haruki Foster. (Pe atunci citeam cărți de Haruki Murakami și David Foster Wallace – Haruki Foster îmbina frumos fantezia și logica, gândeam eu).

Ca la celelalte turnee de Mare Șlem, caracterul orașului se reflecta cu lipsă înspăimântătoare de sensibilitate în fiecare stand de vânzări, în fiecare cort cu mâncare de pe domeniul de tenis, pe fiecare teren și în mod straniu mai ales în stilul de a se îmbrăca al fanilor. În Australia vedeai multă piele dezgolită și maiouri bărbătești, sandale, flip-flops. La Paris vedeai femei în rochii vaporoase, albe de vară și bărbați cu sacouri purtate relaxat pe umăr și cămăși deschise până la părul de pe piept. La Wimbledon, femeile erau îmbrăcate în taioare severe și cu pălării regale pe cap, care blocau vederea celor aflați în spatele lor. Bastoanele de plimbare deja amintite și costumele în trei piese, pastelate, ale bărbaților erau neobișnuite doar dacă îi vedeai îmbrăcați așa pe actori precum Gerard Butler sau Bradley Cooper, în rest lucrurile erau obișnuite în SW19 Londra.

În Queens, New York, visul american mergea încălțat în pantofi de sport Nike. Vedeai mai mult ca la alte turnee băieți și fete în cele mai noi colecții de costume de tenis ale respectivelor mărci. Din cap până în picioare, de la bentița de pe frunte până la pantofi și șosete, îmbrăcați unitar în hainele sportivilor lor favoriți.

Bărbați între două vârste purtau pantofi de sport cu șosete albe la care asortau șepci de baseball de la Yankees, Jets sau Giants. Purtau pantaloni scurți, cargo, în buzunarele laterale păstrau bani, cărți de credit și tot restul vieții lor. Nenumărate tricouri albe se plimbau fără țintă de la un stand la altul. Mirosul de popcorn și de prăjeală atârna ca un văl peste tot domeniul. Vedeam oamenii mâncând pui prăjit, aluat prăjit, biscuiți prăjiți și pizza prăjită (?). Mirosul de ulei ars atrăgea uneori un abur amenințător de artere blocate peste terenurile noastre de antrenament.

Prietenii mei erau mereu de găsit în Heineken Café, deși cuvântul Café era pur și simplu un eufemism pentru bar. Cel care avusese ideea de a face un cort cu numele de Heineken mai prietenos pentru familii adăugând cuvântul Café, merita să fie promovat.

Acolo era coach Michael, care era de origine din Boston și își dădea rușinat jos șapca cu Red Sox când își croia loc prin mulţimea de la US Open. Îi spuneam coach pentru că preluase într-un an acreditarea tatălui meu, după ce acesta plecase mai repede şi pentru că spunea tot mereu:

— Trebuie să ţinem capetele în jos, să ne concentrăm şi să dăm ce avem mai bun.

Mai era şi Matt, palidul galez care apăruse prima dată la 40 de grade în costum negru, strâmt, pentru că în copilărie văzuse la televizor bărbaţi în costume pastelate în tribune, la Wimbledon, şi costumul negru era singurul pe care îl avea. Nu a lăsat, însă, să se vadă nimic, a transpirat în schimb impresionant şi s-a ars zdravăn pe moacă. Mi-a povestit că prietenii lui s-au mirat când l-au văzut cum arăta. În zece ani de când era la New York nu-l văzuseră niciodată bronzat, respectiv înroşit. Frumoasa lui prietenă Emily, cu păr fantastic şi temperament vioi se ţinea stoică şi mândră de mâna lui. Era o artistă talentată. Am descoperit desenele ei minunate, întâmplător, în camera ei, când a devenit colocatara mea în Brooklyn şi am vrut să împrumut un uscător de păr de la ea.

Mai era şi trupa Tennis, cu care fusesem în turneu pentru un reportaj, şi care insista să vină în fiecare an, pentru câteva zile, de la Denver la New York, ca să vadă primele mele două meciuri. Solista trupei avea un afro natural, blond, era hotărâtă şi directă, o chema Alaina şi scria versuri superbe pentru cântecele lor. Patrick era copia hipster a lui Boris Becker, cel mai drăguţ om pe care îl cunosc, născut în aceeaşi zi cu mine (ceea ce, din păcate, nu schimbă nimic din lipsa mea de drăgălăşenie).

Fusese pe vremuri un jucător bun de tenis, cu aspiraţii de colegiu, până când se îndrăgostise de Alaina, plecase cu ea pe o barcă, spre apusul de soare (chiar aşa a fost) şi au înfiinţat apoi trupa asta.

Mai era şi Jesse, care ani mai târziu avea să devină prietenul meu şi care era singurul fan adevărat al sportului, dar ascundea curajos acest lucru în spatele tatuajelor şi a atitudinii de star rock.

Şi mai era Sean, fotomodelul, care îşi făcea apariţia în tricou alb cu guler şi cu un pulovăr bleumarin sau bleu pe umeri, arătând întotdeauna înnebunitor de bine. Spunea mereu că lucrează într-o agenţie de publicitate şi credea sincer că oamenii o luau de bună. Niciun bărbat cu mâini aşa de fine, ochi aşa de verzi-albaştri şi pielea ca un bibelou de porţelan nu lucrase vreodată într-o agenţie de publicitate.

Când jucam eu, stăteau cu toţii adormiţi şi mahmuri în loja mea, ascunzându-şi cearcănele în spatele unor ochelari mari de soare, şi asudau. Când nu jucam, şedeau în Heineken Café şi beau berea oferită de tatăl meu (presupun că Heineken strong). El şedea în mijlocul lor şi bea şi el până când obosea, îl ajungeau din urmă emoţiile zilei şi se ducea cu autobuzul de oraş înapoi la hotel, să tragă un pui de somn de amiază.

Pentru o jucătoare de tenis în a cărei ţară nu există un turneu de Mare Şlem, care juca pentru o ţară în care abia dacă mai existau turnee de tenis, US-Open era cea mai bună alternativă la un campionat mondial în ţara natală. Mă uitam la loja mea plină, la tatăl meu şi la echipa şi la prietenii mei care stăteau acolo şi strigau şi mă încurajau gălăgioşi, mă purtau spre victorii şi mă consolau la înfrângeri. Când am întors rezultatul împotriva Jelenei Ostapenko, pe stadionul Louis Armstrong, în setul al doilea, după 3-6 şi 1-4, nu a mai fost de ajuns să sară în sus, ci s-au aplecat aşa de tare peste balustradă încât trei dintre ei erau să cadă pe teren. Când am câştigat pe acelaşi teren împotriva Petrei Kvitova, numărul cinci în lume pe atunci, s-a zvonit mai târziu că până şi britanicii dintre ei avuseseră lacrimi de fericire în ochi.

Prietenii mei nu erau cine ştie ce mari entuziaşti ai sportului şi îşi petreceau timpul mai ales în raza a cincisprezece străzi din East Village. Pe cât de palpitantă şi de romantică se spunea că e viaţa de artist în New York, pe atât de plictisitoare şi de deprimantă era de cele mai multe ori. New York e un oraş scump și peste tot se simțea lipsa banilor. Într-o lume a internetului și a social media e dificil să extragi semnificații cultural-artistice ale evenimentelor, atunci când sunt comentate și postate în timp real.

Au avut și faze bune, în care au fost creativi, dar adesea îi întâlneam în același bar, în fața acelorași beri și cu aceleași povești, dar fără idei. Beau prea mult, iar când asta nu era de ajuns, puneau mâna și pe altceva. Golul era umplut cu ironie și jocuri de cuvinte. Eu eram figura exotică, singura sportivă din cercul de prieteni, care învățase de timpuriu de la David Foster Wallace că ironia distruge toate sentimentele neplăcute – dar o dată cu ele și pe cele bune, frumoase.

US Open era concediul nostru comun. Exista ceva pentru care merita să iei metroul murdar și fierbinte spre Queens. Exista ceva pentru care te puteai entuziasma, care uneori genera lacrimi – din cele bune, dar uneori și din cele amare. Era ceva cu sens. Era limitat ca timp și ca suprafață, dar însemna ceva. Atunci, știu asta, prietenii mei simțeau acest lucru, deși nu au priceput nici până în ziua de azi cum se ține punctajul în tenis. God bless them!

HOT-DOGI ȘI
TORTURI DE NUNTĂ

Doctor, what should I rid myself of,
tell me, the hatred... or the love?
(Philip Roth, *Portnoy's Complaint*)

Doctore, spune-mi,
de ce anume ar trebui să mă debarasez,
de ură... sau de dragoste?[09]

---

09   Philip Roth, *Complexul lui Portnoy*, traducere de George Volceanov, Editura
     Polirom, 2011.

N e plăcea la nebunie când erau hot-dogi la masă. Nu din cei tipic americani, așa cum îi știm de la televizor. Mama cumpăra pâinițe de culoare deschisă, care arătau ca niște baghete mai mici, ungea o jumătate cu maioneză groasă, pe cealaltă punea câteva foi de salată iceberg, pentru tata înghesuia câte doi crenvurști, iar pentru ea, pentru mine și pentru sora mea, câte unul – și masa noastră preferată era gata. Ironia era că apela la această soluție extremă doar când era în criză de timp. De obicei, mama petrecea ore întregi în bucătărie, bătând șnițele, gătind cartofi, rulouri de varză cu carne și spăla salata în apă rece, fiecare frunză în parte de câte trei ori. Făcea cele mai bune clătite din lume, foarte subțiri și unse cu Nutella care se topea în clătita caldă. Tocanele de fasole cu bucăți mari de slănină în ele am învățat să le iubesc abia ca adult.

De-a lungul timpului, vechile feluri de mâncare balcanică au făcut loc bucătăriei mai moderne și unei nutriții mai sănătoase. Dar mama nu a redus niciodată timpul investit în prepararea alimentelor.

Din clasa a VII-a până într-a XII-a am trăit o viață la foc continuu. Dormeam la mansardă, unde vara căldura era cea mai puternică. Biroul meu era sub fereastra dinspre vest, iar patul sub cealaltă fereastră, la est. Am ales-o pentru că patul era după colț și în paranoia mea tinerească îmi vedeam intimitatea mai bine protejată. Că acolo dimineața soarele strălucea și mă trezea, iar după-amiezele, când trebuia să studiez, aproape că-mi dădea foc la caietele de exerciții, am înțeles doar când era prea târziu, iar părinții mei au refuzat să-mi mute patul. *Așa l-ai vrut. Mută-ți-l singură dacă te deranjează.*

Dar eram prea leneșă pentru asta. Și așa, vara mă trezea soarele, care părea să aibă ceva împotriva feței mele, iar iarna, tatăl meu care îmi deschidea ușa – așteptând ca acest lucru să fie suficient pentru cineva care vrea să realizeze ceva în viață. Un mod remarcabil de eficient de a trezi adolescenți care par să se târască afară din scorburile lor ca nişte zombi atunci când sfântul lor tărâm este în pericol.

În zilele în care voiam să realizez mai puţin, o auzeam pe mama strigând de jos. *Este timpul SĂ TE SCOLI! Îţi spun doar de trei ori: din nou şi ultima dată!* Apoi o auzeam mormăind ceva despre lenea mea, dat fiind că uşa era deja deschisă.

Mă duceam la toaletă, mă uitam la coşurile nou încolţite şi la punctele negre, mă spălam pe dinţi, îmi pieptănam părul peste frunte până la ochi, pentru că în acea vreme eram toţi emo, apoi îmbrăcam ţoale de băieţi şi coboram scările. Micul dejun era deja pe masă. Era brânză de vaci, unt şi brânză, pentru că pe atunci încă mai credeam că produsele lactate încurajau creşterea, erau bune pentru oase şi formidabil de sănătoase. Dacă aveam noroc, tatăl meu mă ducea la şcoală. Dar de cele mai multe ori mergeam prin vânt şi vreme rea până la staţia de tramvai Wagenhalle. Pe atunci nu existau podcast-uri care să fi scurtat timpul – sau erau numite piese radiofonice: *Benjamin Blümchen* şi *Bibi & Tina, Cei trei ???.* Dar asta era prea nemţesc pentru mine. Nu cunoşteam pe nimeni care să călărească cai de plăcere şi, chiar dacă, oricum nu aveam nici walkman, nici discman ca să ascult piese radiofonice. Aşa că porneam la drum, prizonieră în abisul creierului meu tânăr, trecând pe lângă aceleaşi case în fiecare zi, în fiecare zi numărând tot al cincilea copac, şi atunci nu mai era aşa de departe, în fiecare zi pe lângă şaormerie, al cărei miros îngreţoşa dimineaţa, iar după amiaza făcea să-mi plouă în gură. Erau dimineţi când era atât de întuneric, încât singura dungă pâlpâitoare de lumină era tramvaiul pe care tocmai îl pierdusem.

Când nu-l pierdeam, stăteam în tramvai şi mă uitam pe stradă, semi-adormită. Blocuri înalte şi colorate, locuri de joacă părăsite şi tei treceau în zbor pe lângă mine. Copii şi tineri gălăgioşi, punkeri cu frizuri irokeze roşii care urcau şi apoi coborau şi oameni mai în vârstă care picoteau în căldura liniştitoare a scaunului.

O vreme - citeam doar cărți despre vrăjitori - am încercat să influenţez telepatic oamenii din jurul meu, făcându-i să se miște. Mă uitam fix la ei, îmi concentram toată energia mentală pe o mână, un picior sau un genunchi și îmi imaginam că le vor mișca. Uneori, când funcţiona din greșeală, mă simţeam invincibilă toată ziua, dar niciodată n-aș fi îndrăznit să repet încercarea.

La școală stăteam cu prietenii mei pe culoarul din faţa sălilor de clasă și vorbeam despre călătoriile mele prin turnee. Lăsam deoparte părţile mai puţin cool - ca momentul în care am plâns în prosop de dor de casă. Nu eram cea mai populară fată din clasă, dar nici cel mai nepopulară. Nu eram suficient de prezentă ca să devin atât de importantă, cât să fiu iubită sau urâtă.

După școală, mama mă aștepta în parcarea cu gropi din spatele sălii de sport. În caserole Tupperware îmi aducea mâncarea gătită timp de ore întregi, deja tăiată în bucăţi potrivite, cu o furculiţă înfășurată în hârtie de bucătărie. Mă năpusteam flămândă peste mâncare și, după ultima mușcătură, adormeam pe scaunul pasagerului. Ajunse la Offenbach, mă târam pe pavajul din piatră cubică, la antrenament. Mama se așeza puţin mai departe, dar mereu astfel încât s-o pot vedea, cu o carte și ochelari, pe un scaun alb din plastic.

Toate acele zile, mama mă zorea după antrenamentul de la Offenbach să urc în mașină, pentru a ajunge cât mai repede acasă, iar eu mârâiam și mormăiam. Pentru mine era un timp furat, timp pe care l-aș fi petrecut cu prietenii mei pe terenul de tenis. Nu eram conștientă că mama stătea pe teren scrâșnind din dinţi, în speranţa că mă sprijină în ambiţiile mele, dar în același timp disperată că o neglijează pe sora mea, care era acasă.

E ste de mirare cât de puţin din grijile părinţilor ajung copiii lor să afle, dacă ei sunt hotărâţi să nu le spună nimic. Abia la maturitate am înţeles că mama era într-o stare permanentă de stres. Venise în Germania ca mamă tânără, fără să știe niciun cuvânt în limba germană, lăsând în Bosnia studii, prieteni și familie. Într-o țară nouă, cu un copil mic și un soț care lucra de dimineață până seara pentru a-și menține familia pe linia de plutire, a fost împinsă în rolul unei gospodine pe care ea – sacrificându-se până la renunțare – l-a îndeplinit. În interiorul ei, trăia probabil o utopie în care viața nu depindea de circumstanțe externe, în care putea să studieze și să lucreze și să aibă copii – iar soțul să ajute din când în când la gospodărie, deși era sârb.

Conform metodelor educaționale tradiționale din Balcani, părinții mei păstrau tot ce era problematic sau deranjant departe de noi, copiii. Dacă mai târziu, în viață, mi s-a reproșat că nu am vorbit mai devreme despre problemele mele, am explicat de fiecare dată că în familia mea se tăcea și se aștepta până când toți cei implicați uitau deja de ce apăruse problema.

Și, așa, problema era rezolvată.

Nu pot decât să bănuiesc cum a fost pentru părinții mei să trăiască în Germania, în timp ce Tuzla, orașul meu natal, care se află într-o vale, era bombardat de pe dealurile din jur. Îmi amintesc vag de o perioadă în care unchiul meu dormea pe canapea în prima noastră locuință mică, până când au apărut cele două verișoare ale mele și cu mătușa, și nu i-am mai văzut decât în week-end. La un moment dat a apărut una dintre bunici, apoi și cealaltă, și, într-un final, a venit și bunicul în Germania și a trebuit să ne mutăm. Refuzau să învețe germana, sau erau prea bătrâni, dar mai ales erau ferm convinși că într-o zi se vor putea întoarce înapoi în țara lor, care, însă, aluneca tot mai tare în haos. Locuințele erau confiscate sau distruse, tot mai multe rude și prieteni depindeau acum de ajutorul părinților mei ca să reușească să fugă din calea războiului. Alții erau prea mândri, prea încăpățânați sau prea disperați să încerce un început nou. Nu toți puteau fi ajutați.

Cele două verișoare ale mele erau destul de mari pentru a fi trăit în mod conștient evadarea din ceea ce era atunci

Iugoslavia. Îmi povesteau despre lovituri nocturne la uşă, căutări disperate de documente şi paşapoarte şi evadări în grabă în pădurile din jur. Povesteau despre cazărmi umede şi reci, unde nu pătrundea lumina, despre focuri de armă şi explozii şi urlete dinspre pădurea deasă. Au povestit cum au fost despărţite şi cazate la rude necunoscute, care cu greu îşi hrăneau propriile familii, darămite copiii altora.

Părinţii mei trebuie să se fi simţit în acelaşi timp vinovaţi şi uşuraţi. Vinovaţi, pentru că locuiau într-un loc sigur şi erau pe cale să-şi construiască o nouă existenţă, în timp ce prietenii se temeau pentru viaţa lor. Uşuraţi, pentru că locuiau într-un loc sigur şi erau pe cale să-şi construiască o nouă existenţă, în timp ce prietenii lor se temeau pentru viaţa lor.

Sora mea şi cu mine înţelegeam mult mai puţin. Noi mergeam la grădiniţă şi la şcoala elementară, apoi la gimnaziu, iar eu jucam tenis. O viaţă burgheză. Mama ne-a crescut sever – nu tolera contrazicerile, nici abaterile de la morală. Tata şedea frânt de oboseală la masa de seară sau dormea după-amiaza pe canapea.

În week-enduri, însă, când se aduna toată familia – unchii şi mătuşile mele, verişoarele mele (eram opt fete!) – îşi dădeau drumul. Mâncau mult şi se certau mult. Tare şi vehement, cu înjurături, fiecare insistând asupra punctului său de vedere. Se certau de dragul cerţii, argumentele lor ascuţindu-se pe măsură ce se certau; când nimic nu mai ajuta, atunci urlau unii la alţii până când se înroşeau. La un moment dat au închiriat împreună o grădină alocată – atât de nemţeşte – şi frigeau acolo purcei la proţap – atât de sârbeşte. Acolo puteai să strigi cât de tare şi să cânţi cât de fals.

Singurele momente în care vedeam că rudelor mele le era dor de ţara lor era atunci când toată lumea bea mult prea mult şi unchiul meu – cel cu inima la fel de mare ca stomacul său – despacheta chitara adusă „din întâmplare" şi începea să cânte melodii vechi iugoslave. Un nor de nostalgie se lăsa asupra tuturor și toți căpătau o privire tulbure, care căta în depărtare. Unchiul meu cânta întotdeauna aceleași cinci melodii cu texte poetice, la limita kitschului. Într-una dintre piese, Goran Bregović îi cerea iubitei lui „să-l nască ca pe un pui de cerb în zăpadă" și apoi „să-l uite dacă ar putea". Dificil, dacă tu, ca femeie, naști un cerb care e în același timp și iubitul tău, și încă în zăpadă.

Iubeam însă toate aceste melodii, mai ales cea a lui Bajaga despre safirele albastre.

Altminteri petreceam fiecare minut liber pe terenul de tenis. În weekend jucam în turnee sau eram invitată la cursuri și, în cele câteva ore libere pe care le aveam, când soarele strălucea la biroul meu de sub fereastră, stăteam după-amiaza și învățam. Mă uitam la parcarea din fața rândului nostru de case și încercam să mă concentrez. Iepurele surorii mele bătea neîncetat în peretele de lemn al locuinței sale din grădină. Cifre și litere îmi fugeau prin fața ochilor, dar ambiția mă ținea pe linia de plutire.

Mentalitățile diferite ale celor două patrii se vedeau în lucrurile mărunte. Iepurele din grădină al surorii mele era unul dintre ele. În Balcani animalele erau de fermă, nu erau păstrate pentru distracție sau pe post de prieteni. Părinții mei luptaseră, așadar, cu mâinile și cu picioarele împotriva unui animal de companie, pentru ca apoi să cedeze sub condiția că „poate trăi în grădină, din partea mea". Dar, desigur, până la urmă tatăl meu a fost cel care se scula noaptea și lua iepurele în brațe, să-l liniștească, atunci când acestuia îi era frică și bătea în peretele de lemn. Și, desigur, până la urmă mama mea, cea care ani de-a rândul a trântit ușa în nasul pisicii negre a vecinului, a ajuns să gătească pui pentru ea. Argumentul ei era că acelei pisici îi puteai citi inteligența în ochi. Așadar, Einsteinul pisicilor se întâmplase să crească la vecinii noștri.

Când începea vacanța de vară, părinții mei ne trezeau pe sora mea și pe mine la două dimineața și ne urcau în mașină. Porneau la drumul lung de 1.264 de km până la Novi Sad, când noaptea era beznă totală și noi, copiii, încă dormeam. Transpiram în maieuri, în căldura de vară și așteptam, în coloana de mașini colorate, la graniță. Uneori soldații băteau în fereastră și verificau jucăriile noastre și portbagajul. Adesea însă ne făceau semn să trecem mai departe, după ce descopereau rachetele de tenis. Soldații strigau pe atunci „Monica Seles" și ridicau degetele mari.

În arșița miezului de vară, în Balcani, ziua se dezintegra în două părți. Dimineața devreme, înainte de soarele puternic al prânzului, părinții mei stăteau pe terasă citind ziarul și bând cafea, în timp ce eu, semi-adormită, scuturam zgura rosie din pantofii de tenis. Purtam pantaloni scurți albi și șapcă. Apoi, eu și tatăl meu luam bicicletele și gențile de tenis în spinare și porneam spre clubul de tenis, trecând pe lângă biserici ortodoxe cu acoperișurile lor rotunde, cu câini vagabonzi și pisici în fața lor. Bătrâne cu basmale și dinți lipsă vindeau pepeni și semințe de floarea-soarelui, pe marginea drumului. După ce o coteam pe strada nepavată, cu gropi la fel de mari ca pepenii bătrânelor, nu mai aveam mult de mers.

Mă uitam cum tatăl meu uda terenul de joacă, luptându-se cu praful care se ridica. Antrenamentul cu el în vacanța de vară era ca o meditație de dimineață. Repetam toate loviturile: forehand cross, backhand cross, forehand în lung de linie, *backhand* în lung de linie, voleuri, retururi, servicii – și nu aveam nici teme de școală, nici întâlniri, nici gânduri. Liniile terenului de tenis erau singurele delimitări ale lumii mele.

Când povestesc astăzi despre cariera mea în tenis, vorbesc mai ales despre meciurile mari, primele succese, accidentările și victoriile din turnee. În realitate însă, viața unui sportiv constă mai ales din momentele liniștite din sălile de forță, când afară este întuneric, înăuntru este rece și toți ceilalți sunt plecați.

Constă din rutină şi ritualuri, din jocuri de umbre pe teren şi din haine şi pantofi transpiraţi şi murdari. Eşti atlet atunci când îţi este întotdeauna foame şi faci duş mult prea des. Când îţi iubeşti şi urăşti corpul în acelaşi timp, când vrei cu el şi nu poţi fără el. Îl agresezi, îl duci peste frontiere nepăzite de niciun soldat din lume, iar el loveşte înapoi cu singurele mijloace pe care le are. Dar durerea este doar o provocare la duel, pentru că cele mai bune momente aşteaptă acolo unde doare, când eşti obosit în ultimul hal. Acelea sunt momentele care alcătuiesc mare parte din viaţa unui sportiv: singurătatea pe teren, în sala de forţă, pe pistă - singur cu respiraţia lui şi cu sângele pulsând în ureche.

După antrenament, eu şi tatăl meu curăţam terenul. Îmi plăcea să trec cu plasa mare peste urmele muncii picioarelor mele, să netezesc acolo unde fusese agitaţie şi să şterg cu mătura liniile pătate de zgură, care redeveneau din nou albe. Uneori, stăteam cu tatăl meu pe terasa clubului de tenis şi beam limonadă sau alegeam o îngheţată, dar de cele mai multe ori mergeam acasă. El cumpăra câte un pepene verde de pe marginea drumului şi-l echilibra cu pricepere pe portbagajul bicicletei sale - din punct de verere optic ajungeam să ne asortăm cu praful oraşului.

Miezul zilei nu exista. Ne aşezam în spatele jaluzelelor închise, în răcoarea plăcută a casei, citeam sau dormeam, beam suc de afine care ne colora dinţii şi limba şi aşteptam până când dogoarea zilei se liniştea. Când după-amiaza se transforma în seară, verişoarele mele, sora mea şi cu mine ne spălam somnolenţa zilei în Dunărea tulbure. Se spunea că Dunărea fusese contaminată de bombardamentele asupra Serbiei, aşa că după înot făceam duş, ne frecam şi ne spălam pielea până când devenea roşie, crezând că asta va alunga oxizii şi demonii.

Mai târziu, când tenisul a devenit serios, am ratat aceste vacanţe. Mergeam la şcoală şi aveam grijă de notele mele, iar, când erau zile libere sau vacanţe, mergeam în turnee. Seara stăteam singură cu pizza şi suc de mere în camere mici de hotel, mă uitam la televizor în limbi pe care nu le puteam înţelege şi îmi schimbam overgripul rachetelor. Mă aşezam în autobuze, trenuri şi avioane în drum spre următoarea mare realizare.

Nu am fost de faţă când s-a căsătorit verişoara mea cea mai mare. Nu am fost de faţă când s-au căsătorit celelalte două verişoare ale mele. Am ratat toate cele trei naşteri ale nepoţilor mei (generaţia următoare pare să fie formată doar din băieţi, ca o dreptate egalizatoare a naturii). Când s-a căsătorit verişoara mea cea mai mică, am urcat în maşină imediat după semifinala pierdută de la Linz şi am condus spre casă, fără pauză, iar la ora două dimineaţa am prins ultimele momente ale petrecerii şi o ultimă felie de tort.

Nu a fost întotdeauna uşor să cresc într-o familie mare şi probabil traumatizată, care locuia într-o ţară străină. Părinţii au fost nevoiţi să-şi vadă copiii absorbind noua cultură, vorbind germana între ei şi studiind materii care nu i-au făcut pe toţi doctori şi avocaţi. S-au căsătorit mai târziu şi au avut mai puţini copii, unii dintre noi nici măcar nu ştiau dacă vroiau să aibă vreodată copii.

Într-o familie numeroasă, întotdeauna toţi au vorbit unii peste alţii şi şi-au băgat nasul peste tot. Părinţii au insistat cu încăpăţânare să domine vieţile copiilor lor, deoarece ţara în care trăiau le rămânea uneori străină. Unii dintre noi au fugit în alte oraşe, alţii au fugit în lume, alţii au rămas exact acolo unde erau. Iubiţii au fost puşi pe fugă de mult prea mulţii membri ai familiei, de rachiul de prune artizanal, nediluat, servit înainte de mese, după mese, în timpul meselor, când cântecele sunau cel mai bine, când se cânta cel mai tare, când aveai febră, când erai stresat sau când aveai dureri de cap. Rachiul de prune este răspunsul sârbesc la ceaiul britanic, în toate situaţiile de viaţă. Timp de luni de zile, taţi şi fiice nu au vorbit între ei, deoarece fiicele refuzau cu încăpăţânare să invite la nunta lor toate rudele îndepărtate, mamele și tații rudelor îndepărtate și restul satului. Lumea, în Germania, a continuat să se învârtă – uneori indecis și lent, alteori implacabil și rapid.

Dar a existat un lucru pe care l-am avut întotdeauna în comun: sportul. Ne întâlneam să jucăm tenis și să privim tenisul. Părinții noștri și-au câștigat locul în societatea germană cu ajutorul tenisului (nu numai tatăl meu, doi dintre cei trei unchi ai mei care locuiau în Germania erau antrenori de tenis – iar al treilea era antrenor de fitness în clubul de tenis). Tenisul a mijlocit contacte și a inițiat prietenii. A forțat familiile noastre să iasă din pielea lor de sârbi și să se îndrepte spre noua țară în care ajunseseră pentru a-și construi o viață nouă.

Casa în care am crescut, liceul la care am mers, prietenii pe care i-am avut, familia mea: toate acestea sunt solid ancorate pe forma dreptunghiulară a unui teren de tenis. Când jucam pe marile scene de tenis ale acestei lumi, acasă curgea și mai mult rachiu de prune decât de obicei – avea în același timp efect de mângâiere, dar și de stimulent.

Unele lucruri au rămas pentru totdeauna balcanice. Când unchiul meu a făcut un infarct, iar fiicele și soția sa au înnebunit de frică și îngrijorare, s-au înființat în păr. Mătușile, unchii și verii stăteau și dormeau afară, pe coridoarele spitalului. Prelucrau grijile și durerile așa cum au făcut-o de-a lungul secolelor: gătind mâncare, bând rachiu, certându-se, plângând, răcnind și stând în calea tuturor. Pentru că un lucru l-am înțeles mult prea târziu în viață: dacă familia ta nu îți stă în cale și nu te împiedici la fiecare pas de ea, de unde poți să știi că este mereu acolo pentru tine?

Nu am fost atunci la spital. Eram într-un turneu în America. În vechea tradiție, nu mi s-a spus nimic, pentru a nu-mi face griji înainte de meciul meu cu Venus Williams. Zile mai târziu am plâns în spatele unui prosop în vestiar, unde eram în siguranță și nimeni nu mă vedea. Mi-am spălat mâinile și fața cu apă rece, mi-am legat o coadă strânsă în vârful capului, mi-am încălțat pantofii de tenis și m-am dus la antrenament. *The show must go on.*

Paturi de spital nevizitate, bucăți de tort nemâncate, dansuri de nuntă care nu au fost dansate – acesta a fost prețul pe care l-am plătit pentru o viață în lumea de afară, oriunde era vară.

DANIELLE

hello to my own blue soul. hello, blue soul. hello.
(Mary Szybist)

Stăteam la barul unui restaurant pescăresc și fundul metalic al scaunului era rece. Sticlele aliniate în spatele barului, lustruite și iluminate, străluceau ca un altar. Era chiar înainte de miezul nopții și bucătăria era deja închisă.

— Îți pot aduce o supă de pește, mi-a spus barmanul, după ce a verificat în bucătărie.

— Mulțumesc, mi-ai salvat viața. Am zâmbit obosită, dar recunoscătoare.

— Probabil că ești prima persoană căreia o supă de pește îi salvează viața, spuse cineva două locuri mai încolo. O femeie în jur de 45 de ani într-un costum bărbătesc alb ca zăpada și pălărie asortată. De sub pălărie răsărea o coamă uriașă de bucle. Părea stranie. Cum de n-am observat-o de la început?

— Ce bei? Femeia s-a mutat pe locul de lângă mine.

— Încă beau apă. Am scuturat paharul și cubulețele de gheață au zornăit.

A râs.

— Ei bine, asta poate fi remediat rapid.

Barmanul s-a întors și am comandat un whisky cu suc de lămâie și miere.

— E din partea mea, a spus femeia către el, apoi s-a întors și mi-a întins mâna:

— Danielle.

— Andrea. Ce ținută cool!

— Chiar? Găsești? Nu arăt cam excentric?

— Depinde. Tu ce faci în viață?

— Sunt artistă.

Am râs tare.

— În mod clar: nu e doar o ținută cool, e perfectă.

A zâmbit șireată.

— Și ce te aduce pe tine... se uită ea la telefonul mobil..., zece minute înainte de miezul nopții, singură și, presupun, europeană?

A ridicat ambele sprâncene, întrebătoare, iar eu am încuviinţat şi am aruncat:

— Germană.

Ea ridică teatral o mână la piept:

— Ce te aduce îmtr-un restaurant cu fructe de mare din Charleston, South Carolina?

Am oftat.

— Inima, i-am răspuns, apoi am acceptat clişeul cu încredinţaţi-vă-grijile-unui-străin-la-bar şi i-am povestit despre ultimele mele săptămâni.

Din când în când, în viaţa fiecărei persoane apar crize. Încerci să le alungi sau să te furişezi pe lângă ele. Să le împingi la o parte ajută pentru o zi, dar sunt ca un bumerang care seara bate din nou la uşă. Să te strecori pe lângă ele e ca şi cum ai încerca să treci printre doi oameni goi, în cadrul uşii – incomod şi fals. Aşadar, trebuie să priveşti direct în ochiul roşu şi neliniştit al crizei, să te confrunţi cu ea şi să mergi mai departe. Pentru asta ai nevoie de curaj şi energie.

În viaţa unui jucător de tenis, crizele apar la fiecare două-trei săptămâni. Una sau două înfrângeri nefericite şi lumea se prăbuşeşte în tunete şi furtuni. Se furişează îndoieli, care fac ca braţul să se balanseze mai puţin hotărât, apoi urmează alte înfrângeri, noi îndoieli se iţesc şi se ajunge la un ciclu al pierzaniei. Adeseori îţi lipseşte curajul pentru a depăşi momentul. Întotdeauna lipseşte energia. Urcuşurile şi coborâşurile într-un sport al cărui sezon durează unsprezece luni sunt la fel de epuizante. Vârfurile sunt prea înalte pentru a putea sări peste golurile care urmează.

Pierdusem la cele mai importante două turnee din Indian Wells şi Miami, fiind în top, şi de fiecare dată din prima rundă. Ambele meciuri avuseseră propriul lor parcurs dramatic, dar ambele cu acelaşi rezultat.

În deșertul de la Indian Wells am jucat împotriva vântului și a grindinii cu o adversară creativă – de departe mult mai creativă decât mine. Am condus mereu, dar, de fiecare dată când ar fi trebuit să o împing de pe stâncă, o forță mai înaltă îmi împingea mâna înapoi. A început să plouă torențial. Un scaun alb din plastic a fost aruncat de vânt pe teren. Un spectator s-a prăbușit în public. Era grindină, dar cea mai mare forță care m-a împiedicat să câștig a fost incapacitatea mea de a ignora toate acestea, deși în rest mă descurcam când era vorba de ignorat. Am pierdut meciul cu 7-5 în setul al treilea, mult după apusul soarelui. După meci stăteam îngrozitor de dezamăgită, singură, consternată și fără să-mi vină să cred, în vântul deșertului californian, privind când la mâinile mele, când la munții din depărtare și nu mai voiam decât să mă duc acasă.

Meciul de la Miami a avut loc la 35 de grade la umbră. Îmi ardeau degetele când atingeam agrafele metalice care îmi țineau părul în spate. Nori întunecați de furtună tunau și se buluceau la orizont, fără să înainteze, însă. Umezeala plutea în aer și învăluia totul într-o ceață atotcuprinzătoare care ajungea dincolo de ochi. Culoarea violet a terenului mă durea până la un nivel inconștient al groazei.

Dar am jucat. Așa. La naiba. Bine. A fost unul din rarele meciuri în care ambele jucătoare au putut juca la cel mai bun nivel, simultan și mult timp. Spectatorii făceau *uuh* și *aah*, în timp ce o mână magică stătea protectoare asupra jucătoarelor, eliberându-le de sentimentul rivalității. Eram într-un fel de dans de cuplu, o simbioză paradoxală, dintre care una ar fi murit fără cealaltă, dar în final doar una rămânea în viață.

Am pierdut în tie-break-ul ultimului set. Omoloaga mea, acum din nou adversară, și-a desfăcut brațele și s-a învârtit. Când ne-am dat mâna la fileu, mâna ei era umedă și ciudat de slabă și nu puteam înțelege cum de această mână tocmai mă învinsese.

La duş îmi frecam şamponul în ochi pentru a ascunde că plângeam. După aceea m-am ascuns sub o pălărie şi m-am amestecat cu mulţimea de fani ai tenisului, am traversat strada din faţa complexului şi m-am dus la plaja goală de la Key Biscayne.

Soarele tocmai apunea. Am văzut păsări mari şi negre care se înălţau şi care mie mi se păreau ca nişte vulturi. M-am uitat la mare. Părul nu mi se uscase complet şi picăturile reci de pe ceafă îmi făceau pielea de găină. Mă simţeam abandonată şi singură, şi, fiindcă mi se părea că cele două înfrângeri dramatice necesită un gest la fel de dramatic pentru a restabili echilibrul universului, am decis să zbor acasă. De la Miami la Frankfurt pentru două zile şi înapoi în America, la Charleston, Carolina de Sud, unde urma să aibă loc următorul turneu.

Nu a fost cea mai inteligentă decizie din viaţa mea, dar dramatică a fost. Am ridicat din umeri şi m-am gândit: „no drama, no fun". La urma urmei, eram pe jumătate sârboaică.

În timpul zborului m-am gândit la modul în care aş putea supravieţui acestei scurte călătorii în Europa cât mai nevătămată posibil. Dacă mi-aş păstra mesele şi orele de somn la ritmul american, aş putea să-mi reîncarc emoţional bateriile acasă, fără să mi se deterioreze prea mult forma fizică. Mă simţeam incredibil de inteligentă cu planul meu sofisticat.

În practică, şedeam noaptea în camera mea şi priveam fix peretele, dormeam până la ora două după-amiaza, luam micul dejun la trei şi mă certam şi cu mama, care considera că sunt nebună, refuzând să-mi gătească o masă completă chiar înainte de miezul nopţii. Întrucât abilităţile de gătit ale mamei mele făceau parte din planul de reîncărcare emoţională, a fost un pas înapoi foarte amar.

Un alt obstacol a fost faptul că am zburat într-o duminică, adică am fost acasă luni dimineaţă şi trebuia să mă întorc înapoi miercuri. Prietenii mei erau oameni normali care lucrau luni şi marţi şi nu aveau timp să mă privească la micul dejun la ora trei după-amiaza și să nu se întrebe dacă nu-mi filează vreo lampă. M-am dus la spectacolele cu filme de artă, de la ora 17:00, m-am așezat pe rândul din spate și am înlocuit abilitățile de gătit ale mamei mele cu floricelele. Antrenamentul era exclus din cauză că eram prea obosită; nu mai dormeam pentru că eram prea trează. Cel mai clasic eșec al unui plan de când Statele Unite au crezut că au ce căuta în Vietnam. Sau orice țară europeană în Rusia vreodată.

Zborul către Charleston, Carolina de Sud, a fost lung și istovitor. M-am uitat prin „Anna Karenina" a lui Tolstoi, dar nu am citit din ea, comedii ușurele rulau pe ecranul din fața mea și mă uitam din când în când pe mica fereastră ovală. Afară trona un alb pur, fără nicio textură. Până atunci doar rezervele mele emoționale se epuizaseră, dar acum se epuizau și rezervele fizice.

Seara, turneul organiza o petrecere de bun venit în Acvariul orașului. Am îmbrăcat singura rochie pe care o aveam cu mine. Era scurtă, din piele de căprioară și într-un fel de stil nativ american. Cu câțiva ani în urmă o descoperisem pe o stradă pariziană îngustă, prăfuită, în vitrina unui butic, am încercat-o și am cumpărat-o fără să mă uit la preț. Mi-am împletit părul pe spate, mi-am rimelat genele și mi-am făcut două puncte întunecate în mijloc, sub ochi. Cu cât machiajul meu era mai întunecat, cu atât era și umbra sufletului meu mai întunecată; iar cele două puncte ar fi trebuit să emane exotism. Sau să fie lacrimile metaforice de la butoniera existenței mele. Pe degetul mic al mâinii stângi purtam un inel mare auriu, cu sigiliu, pe care îl cumpărasem la Montreal, de pe stradă, cu 14 dolari canadieni.

Când am coborât din mașină la Acvariu și am traversat curtea lungă prin vipia din Charleston, eram într-o dispoziție mohorâtă. Aspectul meu era în concordanță pașnică cu viața mea interioară. Și melancolia din care am extras un soi de mândrie sfidătoare s-a cuibărit fără efort în clădirea modernă, frumoasă, cu fațade din sticlă și beton, tavane înalte, spații deschise și colțuri curbate. În mijlocul încăperii principale se afla o coloană imensă, înaltă până în tavan, iluminată în albastru, în care înotau pești, broaște țestoase și rechini mici. Am trecut încet de-a lungul ei, trecându-mi vârful degetelor peste sticla rece.

Încăperea era scăldată într-o lumină surprinzător de strălucitoare, iar pe margini erau aliniate standurile care ofereau bucătăria tradițională sud-americană. Vedeam oameni râzând, cu pahare de vin în mână, înfundându-se cu chestii prăjite. Celelalte jucătoare purtau rochii scurte, strâmte, viu colorate, cu pantofi cu toc înalt și bucle lungi. Cei câțiva bărbați se uitau după sportivele în mare parte mai înalte decât ei și se loveau cu coatele conspirativ unii pe alții.

Tocmai când eram pe punctul să mă dedic peștilor, l-am văzut pe *el*. Cel mai frumos om din lume. Eram foarte trează. Stătea pe un scaun alb din plastic și nu se potrivea în peisaj. Avea părul blond care se apăra cu curaj împotriva cărării cu care încercase să și-l îmblânzească. Purta un tricou alb, simplu, cu buzunar la piept și blugi decolorați, care aveau pete stranii albastre de vopsea pe piciorul drept. Brațele îi erau împodobite de tatuaje care păreau să fi fost desenate și „înțepate" de el însuși. Hainele arătau pe el de parcă ar fi dormit, ar fi muncit și s-ar fi spălat cu ele.

În schimb chipul îi strălucea. Avea ochii de culoarea hortensiilor albastre și dinții păreau sculptați în fildeș. Nasul arăta moale – de parcă ar fi cedat dacă l-ai fi atins. Emana căldură, bucurie, jovialitate, miros de prăjituri calde cu scorțișoară, într-o după-amiază înzăpezită de februarie. Am rămas nemișcată lângă Acvariu, o dungă dreaptă. Mâna mea stângă căuta stabilitate pe sticla rece. Antrenorul meu se întorsese cu bere și stătea acum lângă mine.

— Cine-i ăla? l-am întrebat.

— Cine e ce?

— Tipul cu paharul de whisky și tatuajele, am făcut un semn din cap în direcția acestuia.

— Nu știu, nu arată ca unul din tenis.

— Bine, cool, mă duc la el.

Am luat sticla de bere a antrenorului și am tras o înghițitură zdravănă.

— Ăă, ce faci?

Dar eram deja pe drum.

La jumătatea drumului, curajul m-a lăsat și m-am întors înapoi tiptil.

Am repetat același dans în seara aceea cam de 700 de ori. De fiecare dată îmi adunam tot curajul, îmi făceam drum spre el ca să-l abordez, să-l întreb ce face la o petrecere de tenis, ce a făcut în viață, de ce nu l-am cunoscut și de ce nu m-a cunoscut. Și, de fiecare dată, la jumătatea distanței, curajul mă părăsea din nou. O dată sau de două ori am reușit să ajung până la cinci metri distanță, pentru ca apoi să mă răsucesc pe călcâie și să mă întorc iarăși.

— Trebuie să fie gay.

— Pentru că te ignoră, trebuie să fie gay?

— Absolut. Port cea *mai bună* rochie a mea.

— Porți *singura* ta rochie, Andrea.

I-am aruncat antrenorului o privire disprețuitoare. Mă comportam ca o școlăriță puberă de 15 ani, care mersese la școala de fete și acum era confruntată cu băieți. Am stat tot timpul în apropierea lui. Am râs prea strident. Am dansat prea sălbatic. Și m-am uitat cu disperare la părul său blond, sperând că îmi va arunca doar o privire, îmi va vedea rochia Pocahontas, va înțelege că cele două puncte de sub ochi sunt lacrimi simbolice, îmi va lua mâna și mă va elibera de această viață. În schimb am primit: nimic. Nicio privire, nicio mână, nicio viață nouă.

Când am ieșit din clădire, l-am văzut lăsându-și paharul de whisky și mușcând cu poftă dintr-un morman de vată de zahăr albastră, care era mai mare și mai stufos decât capul lui. Când m-am întors în camera de hotel am urmărit filmul lui Spike Jonzes, „Her". M-am răsfățat cu o singurătate imaginară digitală timp de două ore și șase minute și în final m-am dedicat propriului meu analog. M-am uitat la mâini. Pierdusem inelul fals cu sigiliu.

După ce i-am spus Daniellei despre nenorocirea din ultimele săptămâni, m-am uitat la ea cu speranță:

— Ai dureri de inimă din cauza unui băiat pe care nu-l cunoști? Sau pentru că ai pierdut în Miami și Oakland?

— La Indian Wells. Am pierdut în Indian Wells.

— Da, Indian Wells.

— Nici unul. Ambele. Nici eu nu știu.

Danielle râse.

— Acestea sunt cele trei opțiuni.

Am zâmbit.

— Cred că este de fapt o poveste clasică despre singurătate. Știi? Când ești singur, dar nu știi cu adevărat că ești singur. Și când te aștepți mai puțin, apare cineva care îți arată posibilitatea ne-singurătății.

Am făcut o pauză studiată, pentru a sublinia perspicacitatea replicii.

— Atunci îți dai seama că ai fost mereu al naibii de singură. Și, când nu funcționează, este mai rău decât înainte. Ca pe vremuri, când ne înțelegeam foarte bine fără telefoane mobile, iar acum facem crize de nervi dacă-l uităm în mașină.

— Ne-singurătate?

— Da, absența singurătății.

— Vrei să spui „întovărășire"?

— Mă rog, „întovărășire", dacă vrei neapărat.

Danielle se încruntă. Supa mea de pește era condimentată, uleioasă și fantastică. Bucățile mici și albe de pește file, în zeama roșie, mi s-au topit pe limbă.

Realitatea a fost că a doua zi, după petrecerea de bun venit, Benjamin, acesta era numele celui mai frumos om din lume, mi-a trimis un mesaj. Zicea: „Nu eram suficient de beat ca să intru în vorbă cu tine. Ai plecat probabil în timp ce mâncam vată de zahăr albastră".

Era artist în New York și deschisese o expoziție perso-nală la o galerie de artă modernă, după colț. Principalii sponsori ai petrecerii noastre de bun venit erau colecționari ai tablouri-lor sale. Așa a aterizat în Acvariu. Mi-a spus că avusese nevoie de toată voința lui și jumătate din răbdarea sa pentru a obține numărul meu. Fie avea multă răbdare, fie o voință îngrozitor de limitată.

— Deci nu e gay, a comentat laconic antrenorul meu când i-am arătat SMS-ul.

Am ieșit împreună deja în seara aceea. Eram atât de emo-ționată, încât, chiar înainte de a părăsi hotelul, m-am gândit foarte serios să anulez. Pe drum, în mașină, am vorbit cu mine ca înaintea unui meci important. Andrea, o poți face, ești deș-teaptă, ești amuzantă, ești fermecătoare. Dacă poți juca semi-finalele la French Open, atunci poți face față dracului unei întâlniri ridicole, fără să te jenezi. Am meditat, am respirat și am transpirat și, când am coborât din mașină, eram cea mai bună versiune a mea. Încrezătoare, cu spatele drept, limpede.

Restaurantul pe care îl alesese era un vagon vechi de tren convertit, cu un bar lung în mijloc și exact patru separe-uri. Când am intrat, el stătea la bar cu spatele la mine. Pe mese erau așezate lumânările. Asta era toată lumina. M-am simțit ca o actriță care intră pe un platou de filmare. Luminile stinse, reflectorul pe față.

L-am îmbrățișat ușor din spate și, pentru o clipă, mi-am îngropat nasul în părul lui. Era moale și subțire și mirosea a săpun. Când mi-am ridicat capul, expresia mea era sub control. El, în schimb, îşi pierduse calmul, se bâlbâia, apoi a râs. Apoi şi-a revenit. Am mâncat salată şi fripturi mediu făcute şi am stat în restaurant până la închidere. Pătrunjelul din salată mi s-a părut prea amar şi Benjamin m-a întrebat despre inelul meu cu sigiliu, pe care îl pierdusem în Acvariu.

În final am mers într-un bar din apropiere. Ne-am aşezat într-un colţ, pe scaune de lemn şi am băut bere la doză. Din acel punct, totul a început să devină spongios, ceţos, lipicios, precum căldura umedă din Carolina de Sud. Benjamin povestea despre pescarii care au ieşit pe mare din portul Charleston şi nu s-au mai întors. Eu povesteam despre căldură şi transpiraţie.

Şi aici am rămas până la închidere. Ne-am dus apoi într-un pub vechi, singurul care era încă deschis şi puţin mai departe. Benjamin schiopăta iar eu arătam în întuneric ca un moşneag. Cârciuma era plină de bătrâni beţi. Ne-am aşezat la o masă, între tonomat şi toaletă. Cânta „Wild Horses" de Rolling Stones. Mi-a trecut prin cap că degetele îi erau prea scurte pentru mâna lui. Încetul cu încetul, ultimii bătrâni au plecat şi pub-ul s-a golit.

Când am ieşit, dimineaţa, umiditatea din aer era la fel de apăsătoare ca în ziua precedentă. Noaptea de deasupra era neagră şi fără lună, dar deja se ivea ziua la orizont. Jaluzelele metalice mi-au zăngănit în urechi, când le-a închis barmanul.

L-am mai văzut pe Benjamin abia după doi ani. Mesajul pe care mi l-a trimis la trei zile după seara noastră împreună a fost: „Mi-aş fi dorit să fi fost într-un alt timp şi alt loc. Şi am fi fost alţi oameni... n-ar fi asta definiţia fericirii infinite?"

Nu am răspuns. A trebuit să merg mai departe. Să joc mai departe, să câştig mai departe, să pierd mai departe. Mai departe.

Şi Danielle? Îmi dăduse sfaturi despre cum să-mi reinventez modul de gândire. Ar trebui să arunc toate rutinele peste bord şi să creez altele noi. Asta mi-ar da energie creativă pe teren. Ar trebui să o sun pe clarvăzătoarea ei. Ar trebui să acord mai multă atenție preceptelor astrologice. Am râs, neștiind dacă vorbea serios.

Nu am sunat-o pe clarvăzătoarea ei. Nici acum nu acord mai multă atenție legilor astrologice, decât am făcut-o înainte. Dar data următoare când am întâlnit-o pe Danielle la bar, seara, nu mi-am mai încredințat grijile unui străin, ci unui prieten. În ciuda preceptelor astrologice.

Benjamin a rămas întotdeauna cumva la periferia existenței mele. Uneori îmi trimitea mesaje care ajungeau la mine pe la patru noaptea și nu aveau niciun sens. O dată i-am văzut profilul într-o revistă de artă. Eram lângă un chioșc pe o stradă zgomotoasă din mijlocul New York-ului și un vuiet mi-a răsunat în cap.

Când l-am văzut din nou, era logodit. Era încă frumos. Dar venise în viața mea într-un moment în care inima mea era cuprinsă de o singură gaură neagră mare de singurătate. Nu reușise să o închidă, dar ceva se schimbase: gaura se transformase într-o lună. Nu ideal, dar când era lumină în care să se reflecte, era acolo, negreșit.

Și avea dreptate: dacă am fi fost alți oameni, într-o altă viață, am fi putut mânca piersici pe o verandă adăpostită, unde umezeala din aer nu ar fi dispărut niciodată. Dar eram Benjamin și Andrea, doi rătăcitori care erau prea ocupați cu propria lor viață pentru a lăsa pe altcineva să intre. Și cumva a fost bine așa.

DESPRE RIVALITATE

Genius is not replicable.
Inspiration, though, is contagious...
(David Foster Wallace, *String Theory*)

Geniul nu poate fi copiat.
Inspirația, însă, poate fi contagioasă...[10]

Traducere de Ioana Gruenwald.

E-n regulă. Ajunge. L-am văzut în mormânt şi e mort. S-a dus. Sunt numărul unu."

Pictorul Willem de Kooning a spus aceste cuvinte după înmormântarea prietenului şi rivalului său, Jackson Pollock, care, suferind de alcoolism şi depresii, a intrat beat cu maşina într-un pom şi a murit.

Prietena de atunci a lui Pollock, Ruth Kligman, a supravieţuit accidentului şi, după un an, s-a combinat cu Kooning. Poate că el chiar crezuse pentru o clipă că s-a terminat şi că el era câştigătorul. Însă Ruth Kligman a publicat mai târziu o carte cu titlul „Love Affair - A Memoir of Jackson Pollock". Acolo a scris: Willem n-a încetat nicio clipă să-l invidieze - chiar la mulţi ani după moartea lui Jackson mai era încă gelos pe el.

Au!

Invidia este un abis uman fascinant. Poate cel mai fascinant.

Willem de Kooning şi Jackson Pollock sunt astăzi artişti de renume internaţional, pionieri ai expresionismului abstract, mişcare care s-a născut în New York-ul anilor 1940. Împreună au revoluţionat arta modernă cu tablourile lor uriaşe, care acoperă pereţi întregi în muzee. Ambii sunt preocupaţi să redea emoţii, fără să-şi bată prea mult capul cu fineţuri tehnice. Într-un anumit fel, au democratizat şi au americanizat artele plastice, America cu istoria ei scurtă fiind la acea vreme obsedată să-i ajungă din urmă pe europeni în materie de cultură şi artă.

Amestecul potrivit de diferenţe ireconciliabile, invidie şi dorinţă permanentă de a fi mai bun decât celălalt este ceea ce face o rivalitate bună. Începe să devină cu adevărat interesant doar atunci când în personalitatea celuilalt există un aspect ale cărui seminţe ar putea exista şi în noi înşine, dar pur şi simplu nu vor să încolţească. Asta e ceea ce condimentează toată povestea şi care intră în cărţile de istorie. Şi uneori eliberează energii. Chiar dacă doare.

De Kooning era un desenator fantastic, care se putea compara din punct de vedere tehnic cu cei mai mari maeştri din istoria artei – un mare talent al secolului. În schimb, Pollock executa temele de la şcoala de artă neîndemânatic şi fără să se concentreze. Desenele sale erau şleampete şi îi înnebuneau pe profesorii săi.

Deşi admirat de colegi, de Kooning suferea în tăcere, ca un câine. Încăpăţânat, se chinuia să-şi găsească autenticitatea artistică blocându-şi astfel orice originalitate. Ani de zile a produs tot mereu aceleaşi imagini, virtuoz din punct de vedere tehnic, dar cumva plictisitor. Indiferent cum le răsucea, blocajul rămânea.

Până când Jackson Pollock a schimbat totul cu aşa-numitele sale „drip paintings". Astăzi, fiecare copil cunoaşte pânzele sale gigantice, pe care le învârtea şi le stropea cu vopsea, într-o nebunie creativă. Nu este probabil la fel de iscusit ca rivalul său, dar a reuşit să-şi depăşească slăbiciunile pur şi simplu nerespectând regulile. Ceea ce a creat, ne place sau nu, a fost original; a fost *nou*. Şi cu această noutate şi-a eliberat eternul său adversar, Willem de Kooning, din blocajul în care se afla. Tocmai de Kooning care, ca niciun alt pictor din New York îi amintea mereu lui Pollock de propriile-i neputinţe.

Artiştii, când muncesc, sunt fiinţe fundamental singuratice. Oricât de mulţi asistenţi, consultanţi şi galerişti s-ar agita în jurul lor, în adâncul lor ştiu că fiecare moment al procesului artistic este un moment cu o mie de posibilităţi. Fiecare decizie în parte, care îi apropie de o operă de artă încă neterminată, conţine deja fructele succesului sau ale eşecului.

Jocul de tenis nu este foarte diferit. Şi tenismenii au antrenori, manageri şi fizioterapeuţi în jurul lor, dar în cele din urmă ajung singuri pe terenul de tenis, care ascunde nenumărate posibilităţi şi capcane. Sentimentul pe care îl trăiesc când mă aflu pe teren este probabil cel mai paradoxal lucru pe care îl cunosc: mă simt în aceeaşi măsură părăsită şi puternică. Momentele triumfătoare de depăşire a slăbiciunilor, à la Pollock, alternează cu situaţii intelectuale fără speranţă, à la de Kooning. O luptă minunată cu tine însuţi.

A duce această luptă interioară către exterior poate fi uneori eliberator. Energia pe care o punem în lupta cu noi înşine poate deveni mai puternică atunci când o putem direcţiona către altcineva. Un mecanism de apărare împotriva voracelor îndoieli de sine.

Pentru mine, cea mai minunată dintre toate rivalităţile din tenis este cea dintre Rafael Nadal şi Roger Federer. Pe de o parte, maestrul elveţian care pare să nu transpire niciodată, chiar în momentele cele mai solicitante fizic se mişcă imponderabil şi elegant, o sursă infinită de talent şi simplitate artistică. Pe de altă parte, taurul spaniol, Rafael Nadal, care până şi cea mai simplă lovitură o face să arate ceea ce este cu adevărat – rezultatul unui proces de muncă asiduă. Zi după zi, an după an de pregătire disciplinată. Acolo, pe teren, pare că luptă de fiecare dată pentru viaţa lui, fiecare punct e un ultimatum.

Producătorii de echipamente sportive, genii de marketing dintotdeauna, au ştiut să exploateze aceste diferenţe. L-au îmbrăcat pe Federer în tricouri cu guler şi culori stinse şi pe Nadal în tricouri fără mâneci, în culori luminoase de neon, care îi subliniază muşchii braţelor. În acest fel, au creat o diferenţă vizuală uriaşă, chiar dacă cei doi bărbaţi au de fapt un fizic aproape identic: aceeaşi dimensiune, aceeaşi greutate, aceeaşi anvergură.

În timp ce mass-media din tenis îşi toceşte dinţii cu diferenţele, aparent uriaşe, dintre cei doi jucători de top, eu mă miram, în schimb, de asemănările, ei bine, da, dintre ei, care îi fac să pară chiar identici. S-ar putea ca ei să nu fie atât de diferiţi pe cât ar vrea ziarele să credem? Amândoi înfloresc în faţa adversităţii; în momentele cele mai dificile ai senzaţia că au crescut fizic, atât de strălucitoare este aura lor. Amândoi au o insațiabilă foame de victorii, desigur, dar și de perfecționare constantă. În fiecare lună, când veneau la următorul turneu, Roger și Rafa aveau ceva nou în repertoriul lor. Rafa, specialistul pe terenul de zgură, reușea brusc să joace pe iarbă și pe asfalt, pentru că își mutase întregul joc cu un metru mai aproape de linie și, întâmplător, mărise viteza de servire cu 20 de kilometri pe oră. Iar Roger s-a întors de la pregătiri, la un moment dat, lovind fiecare rever în urcare, în loc să-și joace slice-ul preferat.

Dar, mai presus de toate, puteai vedea literalmente, la amândoi, modul în care gândirea lor se simplifica, se canaliza și se concentra, spre sfârșitul meciului. O contracție a sprâncenelor, o gură mai îngustă – orice ar fi fost – se vedea când intrau în starea de flux.

Ceea ce proiectau în exterior putea fi foarte diferit, dar fundamentul jocului interior, forța mentală, era exact la fel. Și când cei doi se întâlneau, rivalitatea lor avea un limbaj propriu. Un limbaj al iubiților cărora nu li se permite să fie împreună. Sau al oamenilor care se înțeleg orbește, dar din păcate trebuie să se anihileze reciproc, pentru a-și asigura propria supraviețuire. În sens figurat, desigur – nu suntem aici la patinaj artistic.

Willem de Kooning și Jackson Pollock semănau mai mult unul cu altul decât ar fi vrut sau ar fi putut să vadă. Ambii erau înclinați spre alcoolism, dependenți de droguri în anumite perioade și amândoi trăiau cu panica, frica, de a nu pierde cumva faima pe care o dobândiseră. De Kooning nu prea obișnuia să conducă mașina.

Uneori te afli, fără să știi, în mijlocul unei rivalități. După ce buna mea prietenă, Angelique Kerber, a câștigat primul dintre cele trei turnee de Grand Slam din Australia, o săptămână mai târziu am jucat la FedCup la Leipzig, în fața unei mulțimi de acasă. La conferința de presă, cu trei zile înainte de începerea competiției, era plin de lume, cu camerele TV aliniate în rândul din spate, cu cameramani îmbrăcați în negru, care mestecau gumă plictisiți și priveau din când în când pe ecran. În primul rând, fotografii adulți se împingeau ca niște copii ca să obțină cel mai bun loc. Jurnaliști din toată țara veniseră să-i pună lui Angie măcar o singură întrebare, iar cei trei sau patru jurnaliști veterani care scriau despre tenis, chiar și în vremurile în care nimeni nu era interesat, își roteau ochii contrariați. Cred că până și BILD a fost acolo.

Întrebările erau, toate, pentru Angie. De la întrebări evidente, care conțineau și răspunsul - despre cum se simte în calitate de câștigătoare de Grand Slam, până la cele banale despre culoarea ei preferată, totul era acolo. M-am așezat lângă Angie și am văzut cercurile întunecate sub ochii ei, din cauza diferenței de fus orar și a lipsei de somn, dar am văzut și sclipirea din privirea ei și rânjetul lipit în colțul gurii. Părea epuizată și fericită. Minunat.

Ori de câte ori sunt pe drum pentru o perioadă lungă de timp, îmi lipsesc prietenii și familia și încerc să mă gândesc conștient la ei, mi-i imaginez în această stare. Epuizați și fericiți. Angie după Australia. Tatăl meu seara, după ce a câștigat ultima rundă de golf. Mama, când tatăl meu încetează să mai vorbească despre această ultimă rundă de golf. Sora mea, când vine acasă de la serviciu și eu am făcut de mâncare (ceea ce se întâmplă foarte rar, de aceea este atât de special). Epuizată și fericită.

Ultima întrebare de la conferința de presă mi-a fost pusă brusc mie:

— Andrea, cum e pentru tine să vezi schimbarea în jurul lui Angelique?

— Absolut fantastic. Ultima dată când am ținut noi două o astfel de conferință de presă era o singură persoană acolo și cred că am făcut-o în spatele toaletei. Și, dacă mă gândesc bine, această persoană era medicul echipei noastre.

Sala a izbucnit în râs și conferința de presă s-a încheiat. În drum spre ieșire Angie m-a tras ușor de mânecă. M-am întors spre ea și am pus un braț în jurul ei.

— N-am să știu niciodată să mă port la fel de bine cu presa cum o faci tu. Pur și simplu nu-mi iese, a spus ea, ridicând din umeri.

— Prostii, Angie, tu ești mult mai bună.

M-am întors în camera mea de hotel și m-am întins pe pat. Stăteam întinsă pe spate și mi-am încrucișat mâinile în dreptul buricului. Presupun că este poziția mea de gândire, cu excepția faptului că Rodin nu a făcut din ea nicio sculptură de bronz, ceea ce, evident, este o mare pierdere pentru umanitate. Nu mi-am putut scoate din cap ultima frază a lui Angie. De ce se gândea la asta acum că a câștigat primul ei turneu de Grand Slam? Dacă ar fi domnit între noi vreun fel de rivalitate (și credeți-mă: dacă Angie ar fi înțeles la fel de repede ca mine cât de bună era, nici nu ar mai fi fost vorba vreodată), cel târziu acum ar fi fost îngropată, ca săracul Jackson Pollock, la 44 de ani.

Era ca și cum, pentru o clipă, s-ar fi deschis o poartă în mintea lui Angie, în care am putut arunca o privire. Mi-am dat seama că în toți acești ani în care o admirasem și o invidiasem pe Angie pentru talentul ei incredibil în tenis, pentru capacitatea ei de a se adapta la toate circumstanțele în câteva secunde, la vânt, mingi, soare, goluri pe teren pe care eu nici măcar în *slow motion* nu le puteam observa – la naiba, era chiar mai puternică, mai rapidă și mai rezistentă decât mine datorită eficienței sale feline pe teren, deși, în afara competiției, o terminam în toate unitățile de fitness – în tot acest timp, tocmai această Angie, care mă bătuse probabil de 150 de ori în lunga noastră viață de tenis (eu pe ea exact de trei ori, știu și când, și unde), se pare că mă invidiase puțin și ea pe mine. Cu cât mă gândeam mai mult la asta, cu atât îmi era mai clar. Am invidiat-o pe Angie pentru conștiința ei de atlet și pentru încrederea în sine ca jucătoare de tenis. Ceva care pentru mine a rămas o luptă până la capăt. Şi Angie mi-a invidiat siguranţa în afara terenului, în relaţiile cu presa şi cu cei din jur.

Şi încă un lucru mi-a devenit clar: Angie se dezvoltase în lunile dinaintea câştigării primului său Grand Slam. Devenise mai încrezătoare în sine, mai liberă în relaţiile cu străinii (fusese întotdeauna relaxată şi amuzantă cu prietenii ei) şi mai relaxată în interviuri şi conferinţe de presă. Mi s-a părut că pusese piatra de temelie a succesului ei în afara terenului de tenis.

Parcă mi s-a ridicat un văl de pe ochi. Nu îi invidiem pe ceilalţi pentru ceva ce au şi noi nu. Invidiem oamenii care reuşesc să-şi depăşească limitele cu o mână de posibilităţi şi să obţină tot ce este mai bun pentru ei – în timp ce noi ne luptăm cu handicapurile noastre în loc să le regândim. O barieră care ne lasă să ne prăbuşim în autocompătimire, în loc să ne stimulăm să inventăm reguli noi. La fel ca Pollock, Dumnezeu să-l binecuvânteze. Dar fără alcoolism, dacă se poate.

Există un pasaj în noul show de *stand-up* al lui Dave Chappelle de pe Netflix care m-a făcut să râd atât de mult într-o călătorie recentă cu avionul, încât oamenii care stăteau lângă mine au crezut că mă înecasem şi că aveam să mă sufoc. Cu lacrimi, roşeaţă şi tot restul.

Dave Chappelle este unul dintre cei mai importanţi comedieni negri de *stand-up* din America, care ştie cum să combine umorul şi politica în aşa fel încât să rămână întotdeauna amuzant, fără să pară amar (chiar dacă pentru o persoană de culoare, în America, ar exista suficiente motive pentru a fi amărât, trebuie spus. În vara pandemiei de coronavirus, aceastâ furie avea să fie descărcată după moartea lui George Floyd în timpul unei operaţiuni filmate de poliţie, în proteste globale împotriva rasismului. şi violenţei poliţiei. Dave Chappelle a găsit - ca întotdeauna - cuvintele potrivite la momentul potrivit. Şi de data asta, cu multă mânie).

Chapelle este în primul rând un bun povestitor. În partea care mă făcuse să râd, el povestește cum fiul său adolescent vine la el și îi cere bani pentru un bilet la un spectacol de comedie. Dave îl întreabă: „Ce spectacol de comedie, fiule?" Și fiul răspunde: „Kevin Hart, tată."

Contextul: Kevin Hart este, de asemenea, un comediant de culoare, cu doar cinci ani mai tânăr decât Dave. Așadar, Papa Chappelle cumpără bilete pentru el și fiul său și descoperă că biletele pentru spectacolul lui Kevin Hart sunt cu 40 de dolari mai scumpe decât cele pentru propriul său show. Și apoi continuă să înșire loviturile încasate: cum publicul râde mai tare de poantele lui Kevin („își loveau coapsele de atâta râs, frate!"), cum acesta primește la final ovații în picioare („parcă publicul abia aștepta să sară în picioare, omule!"), cum Kevin Hart îi invită pe Dave și fiul său în, culise, după spectacol, iar Dave își dă seama că până și cateringul este mult mai luxos decât al lui.

Povestea se încheie fără nicio poantă. Fiindcă Dave Chappelle este prea inteligent pentru a o spune cu glas tare. Și ceea ce îmi place cel mai mult este că se bazează pe faptul că publicul său este suficient de inteligent ca s-o înțeleagă, chiar și nerostită: fără Dave Chappelle, nu ar exista Kevin Hart. Dave Chappelle i-a pregătit drumul.

Fără Angie Kerber, nu ar exista Andrea Petković și invers. Și asta nu are nicio legătură cu nivelul actual de rivalitate (inexistentă), ci cu faptul că, la vârsta de doisprezece ani, jucam una împotriva celeilalte cel puțin o dată pe lună, în turnee - și pierdeam. Și am mai pierdut o dată, și încă o dată. Angie era clar mai bună atunci, dar mă forța să încerc măcar să micșorez diferența. Și o vreme am făcut-o. Și poate că și Angie se gândea „o înving pe Andrea în fiecare sesiune de antrenament și ea câștigă turnee și se numără printre primii zece jucători din lume - atunci și eu pot face asta".

Fără Roger Federer, Rafael Nadal probabil că nu ar fi câștigat niciodată Wimbledonul pe iarbă sau US Open pe hard, nu și-ar fi îmbunătățit serviciul și nu și-ar fi apropiat jocul de linie. Și fără Rafael Nadal, Roger Federer probabil nu ar fi învățat niciodată un rever cu o singură mână. Iar Rafa, cu loviturile înalte de topspin, stângaci fiind, nu a reușit până acum să facă față slice-urilor lui Roger.

Și nu cred că e nevoie de nicio explicație suplimentară, că fără Jackson Pollock nu ar fi existat Willem de Kooning. Totuși, nu era neapărat necesar să-i fure prietena.

FED CUP

Mă uitam fix în carte şi citeam ultima propoziţie pentru a 25-a oară, dar oricâtă bunăvoinţă aş fi avut, tot nu înţelegeam. Degetele mi se făcuseră albe, atât de strâns ţineam cartea în mâini:

— Cât e?

Mirco, managerul echipei noastre, păşea neliniştit în sus şi în jos, uitându-se tot mereu pe fereastra camerei care dădea spre Center Court din Brisbane, Australia. Mă instalasem într-un fotoliu gri, cu spatele la fereastră şi mă holbam în *Contele de Monte Cristo* al lui Alexandre Dumas, de parcă viaţa mea ar fi depins de el.

— 5-3 pentru Angie, Stosur a servit, 15-0.

Aerul condiţionat îmi sufla direct pe gât, dar eu transpiram.

Jucam pentru intrarea în finala de Fed Cup 2014, versiunea noastră de campionat mondial pe echipe. Germania împotriva Australiei. Era 2-0 pentru noi. Angelique Kerber o spulberase pe numărul doi al Australiei, Casey Dellacqua, în mai puţin de o oră, cu o zi înainte, în faţa unei mulţimi uimite, iar eu câştigasem anterior, în două seturi, împotriva numărului unu al Australiei, Sam Stosur.

Dacă Angie ar câştiga acum meciul împotriva lui Stosur, am ajunge în finală - pentru prima dată din 1992, pe atunci cu Steffi Graf.

Barbara Rittner jucase şi ea acolo. Acum stătea pe bancă în calitate de şefă de echipă şi antrenoare principală şi îşi tot dădea nervoasă părul de pe faţă. Totuşi, dacă Angie ar pierde, aş merge direct pe teren şi aş juca împotriva lui Casey Dellacqua. Eram prinsă între euforia în faţa victoriei atât de apropiate şi nervozitatea faţă de propriul meu meci posibil şi asta mă transformase într-o imensă băltoacă de sudoare.

Ocunoscusem pe Barbara la Darmstadt. Căuta pe cineva cu care să se antreneze. Aveam 14 sau 15 ani şi eram disponibilă. În noaptea dinaintea antrenamentului am visat că îmi uitasem rachetele.

Am jucat în spate, pe terenul nr. 8, era înnorat şi vânt şi îmi venea să intru în pământ de ruşine ori de câte ori greşeam. Mă antrenam cu o adevărată profesionistă în tenis şi îmi imaginam că aş fi fost în stare, cu nesiguranţa mea, să distrug pregătirea ei pentru turneele de Grand Slam – pentru turneele reale care se dădeau la televizor. Cu timpul, mi-am mai revenit.

În aceeaşi seară, mult după miezul nopţii, am dat peste ea la festivalul oraşului Darmstadt. M-am dat cool şi i-am făcut semn cu mâna – ştiind că viaţa mea, aşa cum o ştiam, s-ar fi încheiat dacă părinţii mei ar fi aflat de ieşirea mea nocturnă. 100.000 de oameni – iar eu mă întâlnesc taman cu viitoarea mea şefă de echipă. Ghinion.

Câţiva ani mai târziu, Barbara a anunţat că se retrage şi, în acelaşi an, a devenit căpitanul echipei de Fed Cup. De asemenea, Federaţia Germană de Tenis îi încredinţase şi munca cu tinerii, iar ea a decis destul de repede să îndrăznească un nou început cu jucătoarele tinere.

Eu eram una dintre ele. Cealaltă se numea Angelique Kerber. Nu avea un nas rău pentru o antrenoare începătoare.

Din acelaşi grup mai făceau parte Tatjana Maria (pe atunci Malek), Julia Görges şi Anna-Lena Grönefeld, singura care avea deja peste douăzeci de ani la acea vreme.

Anul în care am ajuns în finala Fed Cup nu a început deosebit de promiţător. A trebuit să jucăm cu Slovacia în prima rundă şi ceea ce am crezut iniţial că este un lot fezabil s-a întors împotriva noastră pe parcursul primelor două turnee ale anului. Numărul 1 al Slovaciei, Dominika Cibulková, care până atunci fusese o jucătoare solidă din top 20, s-a infiltrat, în primele luni ale anului, reuşind să ajungă campioană absolută.

A ajuns în sferturile de finală ale turneului pregătitor pentru Australian Open de la Brisbane și apoi, senzațional, în finala primului Grand Slam al anului, după victorii împotriva Mariei Sharapova, Simonei Halep, Agnieszkăi Radwańska și a lui Li Na, printre altele. Era, în mod evident, în formă maximă și hotărâtă să facă o tură de onoare în fața mulțimii de acasă.

Echipa noastră era formată din Angie Kerber, înainte de a fi câștigătoare de Grand Slam, Andrea Petković după accidentare, Jule Görges, mai-bună-la-dublu-decât-la simplu, și specialista noastră la dublu și sufletul bun al echipei, Anna-Lena Grönefeld, care, apropo, fusese cândva o jucătoare de single al naibii de bună. Am jucat în deplasare, în fața unui public slovac euforic, care ar fi vrut s-o ducă pe prima lor finalistă la victorie doar prin țipete. Eram favorite pe hârtie, dar Dominika Cibulková a reușit să ne facă să ne îndoim.

Îndoiala nu este tocmai o strategie benefică în sport, dar uneori nu strică să faci puțin pe tine de frică. Mai ales când, ca atlet individual, ești brusc înconjurat de o echipă cu care îți poți împărtăși temerile. În condiții normale, lucru de neconceput pentru noi, jucătorii de tenis. Cu cât zilele competițiilor se apropiau, cu atât strângeam mai mult rândurile. Cu cât presa slovacă o lăuda mai mult pe Dominika Cibulková și succesele ei, cu atât mai mult ne lăudam noi reciproc. Barbara avea control deplin asupra noastră.

În momentul în care am simțit căldura primelor raze de soare ale anului pe brațele mele goale, stând în mașina lui Dariush după examenul de Bacaluareat - fiind oficial în afara școlii, și devenită tot oficial jucătoare de tenis profesionistă - Barbara aștepta deja de cealaltă parte a ușii. M-a lăsat să locuiesc în apartamentul ei din Leverkusen pentru că găsisem în apropiere un antrenor pe care trebuia să-l plătesc, deși nu aveam niciun cent. Am lăsat în casa ei pustiu și haos. A fost acolo când mi-am rupt ligamentul încrucișat, prima mea accidentare majoră. M-a nominalizat pentru prima dată la Fed Cup și m-a urmărit eşuând. M-a repus totuşi pe picioare, şi la scurt timp, m-a urmărit câştigând.

Eu şi Barbara ne confruntam adesea. Ea era mentorul şi sponsorul meu, dar, ca în cazul oricărei relaţii intense de acest fel, graniţa dintre personal şi profesional devenea uneori cumva neclară. Barbara avea toane şi se enerva repede. Eu aveam un temperament rapid şi nediplomatic. Aveam o problemă cu autoritatea, pentru că de multe ori credeam că ştiu mai bine. Nu prea simpatic, ştiu.

Aveam fiecare mintea noastră proprie şi încercam să ne impunem. Dar în toate conversaţiile şi sesiunile de antrenament era clar că eram dependente una de cealaltă. Nu ştiu dacă, copil de emigranţi fiind, am vrut să compensez lipsa de origine germană, dând o importanţă deosebită jocurilor Fed Cup – sau dacă, în calitate de atlet individual, înfloream doar în medii de echipă, de două sau trei ori pe an. Oricum, Barbara ştia că eram în stare să-mi sacrific un membru sau mai multe pentru echipa Fed Cup (dar niciodată vreun membru al echipei, haha) – şi fiecare echipă are nevoie de o nebună care depăşeşte limitele. Eram legate de câte un picior şi puteam să mergem mai departe doar dacă înaintam la unison. Dificultatea era să ne punem de acord asupra modului – altfel aveam acelaşi scop.

Spiritul de echipă este unul din acele fenomene minunate, legendare, pe care toată lumea pare să le cunoască, dar nimeni nu le poate explica. L-am perceput întotdeauna ca pe un vârtej de energie care ridică frecvenţa tuturor celor implicaţi la acelaşi nivel. Deodată nu mai funcţionezi singur, ci ca parte a unui organism mai mare care, la fiecare rever, pare să fie în spatele tău, în faţa ta, lângă tine şi în tine. Totul este sincronizat. Primeşti exact perspectiva de care ai nevoie. Auzi exact cuvintele care te ajută. Iei exact deciziile care sunt necesare. Un fel de determinism fascinant care face ca zarurile să cadă întotdeauna în favoarea ta.

Dar spiritul de echipă este și o pasăre magică, fragilă. Abia dacă poți zări de unde vine și te și uiți uimit după ea, când o pornește din nou în lumea largă pentru a face următoarea echipă fericită cu prezența sa. Ca un adolescent plin de toane în plină pubertate, ca un cal care te aruncă în șanț după ani de călărit în siguranță.

Dar există anumite condiții de care spiritul de echipă are nevoie ca să apară și să rămână în viață. Este necesar un biotop echilibrat care să îi asigure supraviețuirea.

An de an, Barbara avea aceiași oameni în echipă, care își asumau aceleași sarcini. Rezultatul era o interdependență strânsă care nu putea fi ruptă din exterior și care ne oferea nouă, jucătoarelor, siguranță.

Fiecare membru al echipei trebuia să se simtă apreciat. Fie că era maseurul, managerul echipei sau jucătoarea de rezervă care nu a ieșit niciodată la scenă deschisă, dar era întotdeauna acolo - mai presus de toate, acestor oameni trebuia să li se dea senzația că sunt la fel de importanți, ca și presupușii protagoniști care obțineau punctele pentru Germania în ochii publicului.

Exista o ierarhie clară în echipă. Nu exista război de tranșee. Programul turneului, pentru noi jucătoarele de tenis, nu ne permitea să petrecem mai mult timp împreună decât o săptămână de antrenament înainte de fiecare weekend de Fed Cup. Drept care, orice rivalitate internă care ar fi dus la întărire și forță mentală pe termen lung, ar fi costat energie pe termen scurt - și ar fi slăbit spiritul de echipă.

În plus, era absolut necesar un lider puternic, incontestabil în calitate de șef al echipei. În haosul competiției - iar competiția este întotdeauna haos - emoțiile se revarsă și gândirea rațională se încețoșează. Persoana din vârf te calmează, păstrându-și capul limpede și, în momentele importante, având capacitatea de a lua decizii.

Acasă, în fața televizorului, după o zi lungă de muncă, este tentant să faci pe antrenorul federal. Dar în situația propriu zisă, când toți sunt înhămați la același car și lumina reflectoarelor strălucește în fața ta, e greu să vezi limpede.

Poate că omul seamănă mai mult cu un anume animal decât vrem să recunoaștem. O haită de lupi își apără membrii cei mai slabi până la moarte. Cu toate acestea, dacă cineva are îndrăzneala să atace animalul alfa, lupii dau înapoi și urmăresc de la o distanță sigură, să vadă cât de puternic este într-adevăr liderul lor, pentru ca la final să se plaseze de partea corectă.

Nu este foarte diferit în cazul nostru, oamenii. Barbara era în același timp căpitan, antrenor și funcționar. Adunarea tuturor acestor interese diferite sub aceeași pălărie era ca un dans pe sârmă, cu tocuri înalte.

Știu toate lucrurile astea astăzi. În acea perioadă vedeam totul din perspectiva jucătorului de tenis și îi făceam Barbarei viața grea. Uneori îmi imaginam că stătea trează noaptea, gândindu-se furioasă la mine. Se gândea la toate lucrurile pe care le făcuse ea pentru mine – și cum i-am mulțumit eu cu nesupunere și împotrivire.

D ar înapoi în Slovacia. Așa cum în politică un adversar din exterior te poate face să uiți de toate tranșeele politice interne, la fel și în sport, cel mai puternic accelerator în dezvoltarea spiritului de echipă este un adversar puternic și circumstanțele cele mai nefavorabile posibile (loturi deplasate, călătorii lungi, puțini fani călătorind cu tine). Nimic nu ne adună mai repede, decât cineva care ar dori să ne ia gâtul.

Ca să scurtăm povestea: biotopul a fost pregătit și am câștigat împotriva Slovaciei. Am apărat punctele meciului, Angie a câștigat un tie-break maraton – toate ghemurile, toate punctele decisive, toate loviturile în lung de linie au fost în favoarea noastră. Spirit de echipă. Un vârtej de energie. Fericire? Soartă? Puțin din toate. Dacă o persoană nu știe exact ce controlează și ce nu, inventează motive. Firul nostru comun pentru explicarea victoriei noastre, în toate interviurile, a fost spiritul de echipă. Și ceea ce a început ca un fir comun s-a încheiat cu o promisiune de auto-împlinire pe care, cu cât am menționat-o mai des, cu atât mai des a fost îndeplinită și pe care, prin urmare, am menționat-o din nou, data următoare.

Pentru cina finală ne-am dus la cel mai bun restaurant italienesc din oraș, care ne-a primit cu toate onorurile - fetele germane care au pus-o la locul ei pe Dominika Cibulková, aflată la zenitul carierei sale. Starea de spirit era exuberantă. La fiecare zece minute, cineva ridica un cuțit și un pahar cu apă, ciocănea, *pling, pling, pling* și spunea câteva cuvinte. Chiar și cei mai timizi dintre noi și-au uitat stânjeneala și și-au ridicat paharul. Declarații de dragoste pe care le faci doar în vârtejul euforiei postcoitale, inundate de hormoni care înmuiau totul: „Vă iubesc. Este cea mai bună echipă din lume. Exact această echipă care acum este adunată aici, exact acești oameni, vreau să-i am în viața mea pentru totdeauna", „Acesta este cel mai bun moment din cariera mea. Aș renunța la toate victoriile din lume pentru a câștiga potul cu această echipă", „Ne-am căutat și ne-am găsit. A fost predestinat".

Cuvinte pe care le spui atunci când noaptea este cea mai întunecată și dimineața este încă departe. Când lumina dură a zilei îți face pielea să pară mai bătrână cu zece ani, dai jenat din cap și speri că celălalt a uitat totul, sau cel puțin are decența de a se preface.

A m crezut că trecusem un test dificil și acum urma să fim recompensate. Dar în semifinale am căzut cu Australia. În Australia! Din nou în afara orașului, dar de data aceasta nu un zbor de trei sferturi de oră spre Viena și o jumătate de oră cu mașina până la Bratislava, cu familia și prietenii ajunși la țanc pentru îmbrățișările obligatorii. Ci un zbor de 24 de ore către Australia, o diferență de timp de zece ore, la mijlocul sezonului.

Înghesuite în fereastra de zece zile pe care o aveam după turneele din America și înainte de turneul nostru de acasă din Stuttgart. Cum naiba s-o facem și pe asta?

Nu se putea, fizic era imposibil. Firește că puteam zbura din Miami spre casă, cu decalaj de șase ore, apoi două zile de somn, ca să urcăm pe urmă într-un avion spre Australia, cu decalaj de zece ore, acolo antrenament de mai puțin de cinci zile, ignorarea diferenței de fus orar, apoi două sau trei meciuri, apoi înapoi în Germania, zece ore, dormit o zi, ignorat fusul orar și din nou meciuri în fața mulțimii de acasă, din Stuttgart. Și tot așa mai departe, pentru următoarele trei săptămâni, până la French Open, ca și cum nimic nu s-ar fi întâmplat.

Am fi putut face acest lucru, dar aveam sentimentul puternic că nu va funcționa. La un moment dat, în cursul acestui plan, ceasul biologic ne va arăta degetul mijlociu, se va așeza în colț ca un copil jignit și nu va mai ieși până nu îi vom da șapte zile de somn neîntrerupt în cea mai întunecată cameră din casa noastră (nici n-am mai menționat schimbarea suprafețelor de joc, de asemenea de trei ori – de la „zgura" verde americană, la hardul australian și apoi la zgura roșie europeană).

Toate astea nu se puteau face fără a lua în considerare o scădere semnificativă a performanței. Și, dacă facem calculele corect, acest lucru s-ar face în timpul sezonului pe zgură. Ne puteam ruga numai lui Dumnezeu să putem privi din nou prin ambii ochi, cel târziu până la French Open.

Poate că Shakespeare se afla într-o situație precară asemănătoare când l-a pus pe Hamlet să spună: „A fi sau a nu fi, aceasta este întrebarea".

Voiam să fim o echipă sau nu voiam să fim o echipă? Chiar voiam să luăm „strachina aia", așa cum ne juraserăm cu ochi strălucitori în lumina obscură a restaurantului italian din Bratislava? Sau am prefera să strălucim individual, să câștigăm mai mulți bani și să adunăm puncte importante pentru clasament? A fi o echipă sau a nu fi – aceasta era întrebarea.

Am decis să fim. Iar decizia de a ne alătura echipei a inclus la pachet şi propria noastră cădere. Ceea ce ne-a sedus a fost sentimentul de unitate pe care l-am dezvoltat la Bratislava. Nu era nimic tangibil, nimic material – fără bani, fără maşină, fără ceas – care să ne convingă. Era sentimentul că, în ciuda egoismului caracteristic jucătorilor de tenis, puteam renunţa la o parte din egoism pentru a crede în ceva mai mare. Şi sentimentul că soarta voia să ne pună de data asta la grea încercare. Eram tinere, megalomane şi eram gata să aruncăm mănuşa soartei (ca să rămânem stilistic la contele de Monte Cristo).

Din toate aceste motive – şi pentru că Barbara mă lăsase atunci să locuiesc în apartamentul ei şi mă iertase când am uitat, în mijlocul verii, să scot gunoiul (viermi, mulţi), şi mă mai iertase că am uitat să-i dau cheia înapoi şi a ajuns într-un scandal cu proprietara ei (poveste lungă) şi pentru că a fost acolo când mi-am rupt ligamentul încrucişat – stăteam acum, în Brisbane, cu spatele la teren, holbându-mă în carte şi transpirând în timp ce aerul condiţionat îmi sufla pe gât.

Între timp se făcuse 5-4 pentru Angie. Samantha Stosur îşi jucase cu uşurinţă ghemul de serviciu la 5-3, dar acum Angie servea pentru meci şi pentru finala Fed Cup. Nu mai suportam. Când m-am ridicat, am lăsat o pată de sudoare de forma fundului meu pe fotoliul cu tapiţerie gri şi pe Contele de Monte Cristo. Semnul de carte a căzut la pământ ca o pană în vânt. Am alergat spre ieşire, am lovit butonul liftului ca o nebună, apoi am decis s-o iau pe scări şi am fugit cât de repede am putut spre teren. Managerul echipei noastre, Mirco, a încercat să ţină pasul cu mine.

Astăzi nu mai pot spune dacă jocul a fost strâns sau nu, dacă Angie a produs lovituri câştigătoare sau Samantha Stosur a greşit. Ştiu doar că m-am strecurat pe teren, ghemuită în colţul din spate, iar Angie m-a văzut. A părut surprinsă pentru o clipă, pentru că ştia că trebuia să mă pregătesc pentru propriul meci.

Apoi a zâmbit aproape imperceptibil. Prezenţa mea i-a dovedit că aveam încredere în ea. Am zâmbit înapoi şi am dat din cap încurajator către ea.

În acel moment pielea mi s-a făcut de găină cum nu mi se mai făcuse niciodată până atunci. A început de la ceafă chiar sub linia părului şi mi s-a dus până pe spate. Şi a rămas aşa când Angie a luat mingea de meci cu un as. A rămas când am fugit cu toţii pe teren, neştiind cu cine să ne îmbrăţişăm mai întâi şi apoi unii pe alţii, după cum se nimerea. A rămas în timp ce am dansat şi am cântat sălbatic într-o îmbrăţişare de grup şi a rămas când am ridicat ochii şi am văzut că întregul stadion era tăcut.

Niciodată n-a fost tăcerea mai asurzitoare ca în acel moment.

CURAJUL DE A FI URÂTĂ

Uneori, când îmi merge al naibii de rău, când plouă cel puţin 22 de zile consecutive, când a treia bucată de prăjitură nu mai e la fel de bună ca prima, când *Game of Thrones* a stricat finalul sezonului şi James Blunt anunţă un nou album, fac ceva ce n-aş recunoaşte vreodată în faţa cuiva.

Oh... îmi deschid computerul, merg direct pe YouTube şi, aruncând o privire agitată în spatele meu, tastez A N D R E A P E T K O V I Ć VS. M A R I A S H A R A P O V A în bara de căutare şi apăs *Play*. Mă uit la mişcarea picioarelor mele, la modul în care mă mut pe teren, la cât de devreme atac mingile şi cât de hotărât lovesc – ireproşabil şi plină de încredere în mine. Par neobosită în faţa uneia dintre cele mai mari vedete din tenisul feminin, câştig în două seturi consecutive. De cele mai multe ori dau clic pe videoclipurile sugerate în partea dreaptă, care se bazează pe un algoritm care ştie exact ce îmi place şi sfârşesc, patru ore mai târziu, cu un tutorial de machiaj pentru girafe.

Într-una din acele zile, însă – în video nu remarcasem vreo greşeală directă de a mea – am comis una cu consecinţe grave în viaţa reală. După terminarea videoclipului am derulat în jos pentru a citi comentariile. Or fi acolo opinii foarte la obiect, referitoare la meciul văzut?

Hm, nu.

„Întotdeauna câştigă cei urâţi..." Zâmbetul întors pe dos este însăşi expresia dezamăgirii faţă de nedreptatea care predomină în lume.

„De când au permis bărbaţilor să joace în competiţia femeilor?"

M-am uitat din nou la videoclip. Bine, eram musculoasă şi ţinuta nu-mi flata silueta şi poate că ar fi trebuit să-mi leg părul diferit? Nu într-un coc care era cel mai funcţional, ci într-o coadă lungă de cal, fluturătoare sau într-o coafură împletită, de exemplu?

„Oare în timpul sexului tot aşa gem? ;)"

Sfat prietenesc: Dacă prietena ta scoate exact aceleași zgomote în timpul sexului ca noi, jucătorii de tenis în timpul exercițiilor fizice extrem de intense, atunci poate că faci ceva greșit?

Parcurgerea comentariilor era o modalitate lentă de a ucide încrederea în propria persoană, iar eu am gustat-o din plin.

Fiind născută în anii '80, aparțin ultimei generații care a crescut în epoca analogică. Mi-am petrecut copilăria afară, în grădină, pe terenul de tenis și citind cărți. Ori de câte ori voiam să-mi văd prietenii, fie sunam la ușă, fie sunam la telefonul fix și trebuia să fac față unei discuții incomode cu unul dintre părinți. Ora întâlnirii era stabilită, pentru o anulare însemna să las pe cealaltă persoană cu ochii în soare. Prima mea confruntare adolescentină cu dispozitivele electronice și dependențele asociate acestora a fost un Gameboy, pe care mama, după o săptămână de jocuri excesive, mi l-a luat și l-a ascuns. Ani mai târziu l-am găsit în subsol, sub trei paltoane vechi de iarnă, într-o cutie de pantofi neagră.

Purtam mai ales tricourile tatălui meu, ale căror mâneci îmi ajungeau la coate și marginea de jos până la genunchi. Rareori puteam fi văzută fără o șapcă FILA veche și murdară, pe care o purtam pentru a) a-mi controla părul și b) a ascunde faptul că mama era frizerița mea și, probabil, și fan Beatles. Genunchii îmi erau plini de vânătăi și de sânge, pentru că îmi plăcea să mă arunc dramatic pe zgură, precum Boris Becker. Pantofii mei erau întotdeauna cu două dimensiuni mai mari, pentru a mai putea crește. De cele mai multe ori arătam cam prăfuită, pentru că, indiferent cât de des m-aș fi dușat, zgura terenului de tenis nu se spăla niciodată complet.

Așa că nu arătam neapărat ca o fată tipică. Dar avantajul acelor vremuri era că nu mi se arătau în fiecare zi sute de imagini pe Instagram despre cum ar trebui să arate o fată tipică. Mă îmbrăcam și mă tundeam cum mi se părea mie cel mai confortabil.

Î n timp ce citeam comentariile de sub videoclipul meciului meu, o piatră de mărimea unei mingi de fotbal s-a prăbușit în stomacul meu și a rămas blocată acolo. Adversara mea, Maria Sharapova, fusese nava amiral a turneului de tenis WTA încă de când câștigase Wimbledonul, în 2004, la doar 17 ani. Eram de aceeași vârstă și astfel a apărut inevitabil comparația cu propria mea viață. În acel moment credeam că sunt pe drumul cel bun și chiar eram. Dar Maria Șarapova a mers mereu pe drumul ei. Era înaltă, blondă, frumoasă, subțire și toate ținutele ei de tenis îi veneau al naibii de bine. De asemenea, era una dintre cele mai bune concurente din turneu și o femeie de afaceri inteligentă – o persoană dură în cel mai bun sens al cuvântului. Cam așa aș descrie-o. Ați citit și în articolele din ziare că era înaltă, blondă, frumoasă, subțire și că toate ținutele de tenis îi veneau al naibii de bine. Dar imediat după aia se spunea că era rece ca un șarpe, pentru că nimeni (nici o femeie) nu putea fi un asemenea profesionist lipsit de orice emoții.

Acea victorie împotriva Mariei Șarapova a fost prima mea întâlnire majoră cu mass-media, cu reportaje în ziare naționale și la televiziune. Pentru prima dată am văzut fotografii cu mine făcute în secunda lovirii mingii, cu toți mușchii încordați până la punctul de rupere, cu chipul meu sluțit de efort, pur și simplu nefavorabile din cap până în picioare. Imaginea pe care o aveam despre corpul meu concura brusc cu imaginile pe care alți oameni le aveau despre mine. Și nu aveam nicio șansă lângă o zeiță blondă, cu talie de viespe.

Mi-am sunat responsabilul cu echipamentul și i-am cerut să-mi trimită tricouri în loc de maieuri fără mâneci, pentru a-mi acoperi brațele la meciuri. Mi-am împletit părul și m-am dat cu rimel rezistent la apă. Pe scurt, am cedat presiunii de a mă conforma unui ideal de feminitate. Și s-a întâmplat cu un oftat blând, nu așa cum sperasem eu, cu dinții încleștați.

Retrospectiv, sunt extrem de enervată că am fost atât de ușor de manipulat și nu mi-am văzut de treaba mea. Și dacă chiar am făcut-o, ar fi trebuit să spun că am mușchi, ce naiba, asta e treaba mea, la urma urmei. Câțiva ani mai târziu, Madonna și-a afișat bicepșii întăriti, formați de numeroșii ei antrenori personali de fitness. A reușit să facă din corpul feminin musculos trendul anului în cel mai scurt timp, iar din acest punct de vedere am fost doar cu câțiva ani înaintea timpului meu.

De la bun început, tenisul feminin a însemnat mai mult decât doar sport. În anii 1920, Suzanne Lenglen a transformat dreptunghiul terenului de tenis într-o scenă pe care apărea cu paltoane de blană descheiate. Și-a învins adversarele fumând încontinuu și fără ciorapi pe sub fusta plisată. Bea coniac în timpul pauzelor și a făcut din modă o parte a culturii tenisului. Lenglen a fost prima femeie care a obținut bani din tenis și a putut trăi din asta, devenind probabil și prima sportivă profesionistă din istorie. A făcut tenisul acceptabil din punct de vedere social pentru femei? Nu știu. Dar a reușit să facă cunoscut tenisul feminin dincolo de granițele lumii sportive. Și nu ar trebui să rămână singura jucătoare de tenis care a reușit acest lucru.

În 1973, Billie Jean King a câștigat „Bătălia Sexelor" împotriva lui Bobby Riggs, un fost tenisman profesionist care avea 55 de ani și care încerca să împiedice alunecarea în superficialitate lansând sloganuri sexiste împotriva colegelor sale. El susținea că femeile sunt atât de inferioare bărbaților încât nici el, ca bărbat în vârstă de 55 de ani, nu ar avea vreo problemă să învingă actualul număr unu în clasamentul mondial feminin. Să învingă cu ușurință (!!!). La acea vreme, Billie Jean King era numărul unu în clasamentul mondial feminin și se afla într-o situație aproape fără speranță din cauza provocărilor lui Bobby Riggs. Dacă ar câștiga meciul împotriva bătrânului caraghios dependent de jocuri de noroc, ea, cea mai bună jucătoare de tenis din lume, la zenitul carierei sale, ar învinge doar un bufon bătrân. Dacă nu ar concura, ar fi considerată o lașă. Și dacă ar pierde, ar pierde în fața unui bătrân. O situație de trei ori perdantă.

Dar Billie Jean King nu era proastă. Era o femeie modernă care înțelegea că atenția pe care o va genera acest meci ar putea fi folosită pentru propriile ei interese. Așa că a dat din cap ascultătoare în fața camerelor, a râs de sloganurile sexiste ale lui Bobby, l-a învins, a îndurat comentariile răutăcioase ale bărbaților care și-au văzut o bucată din ego-ul lor masculin amputat, odată cu înfrângerea lui Bobby Riggs – și în fundal a pregătit înființarea WTA, care a avut loc în același an. De atunci, toate jucătoarele profesioniste de tenis se reunesc acolo.

La o săptămână după meci, terenurile publice de tenis americane au fost asaltate ca niciodată de clienți. Și, odată cu înființarea WTA, piatra de temelie a fost pusă pentru tenisul feminin așa cum îl cunoaștem astăzi. Billie Jean King este una dintre acele persoane care a reușit, an de an, să promoveze jucătoarele de tenis în topul celor mai bine plătite sportive din lume.

Majoritatea jucătoarelor de tenis pe care le cunosc se luptă cu trupurile lor. Încearcă să slăbească, să se îngrașe, și, și, și. Parțial asta ține și de natura sportului profesionist: corpul nostru este literalmente capitalul nostru – dacă o parte a sistemului refuză să funcționeze (în cazul meu erau, în general, genunchii), totul se bâlbâie și se blochează. În fiecare dimineață, trezirea aduce cu ea întrebări de genul: ce o să mă doară astăzi? O să pot rezista la tot antrenamentul? O anumită fixație asupra propriului corp este inevitabilă.

În cazul nostru, al jucătoarelor de tenis, se adaugă însă și faptul că formele noastre sunt evaluate în mod constant din exterior. Purtăm fuste scurte și tricouri strâmte, suntem obiect de show în întreaga lume, iar apoi plătim polițele pe internet, după meciurile pierdute.

Era ca o frânghie care se balansează peste o prăpastie abruptă, pe care Billie Jean King era pregătită să-și țină echilibrul. Știa că trebuie să permită o anumită sexualizare a fetelor sale pentru a le comercializa, în așa fel încât prima asociație profesională de jucătoare de tenis să poată supraviețui. Pentru ea, banii erau sinonimi cu puterea: odată ce îi obținea, putea stabili regulile jocului. Pentru a putea face acest lucru, trebuia să ajungă la mase, deoarece tenisul era mai presus de toate o afacere, un brand care trebuia vândut. Billie Jean King a adus la bord designeri pentru a croi rochii scurte pentru femei și stiliști pentru a inventa coafuri pentru terenul de tenis. Practic, ea a creat un de stil de viață care le-a promis jucătoarelor libertate și responsabilitate personală. Fustele scurte, tricourile strânse și capacitatea de a suporta privirile (masculine) au fost prețul pe care l-am plătit pentru această independență.

Până în ziua de azi, tenisul feminin a fluctuat între comercializare și performanță sportivă. Au fost și cazuri, precum Anna Kournikova, care într-o fază a tenisului feminin a făcut mai mulți bani decât toate rivalele sale la un loc, deși nu a câștigat niciodată un turneu individual (acest lucru nu mai este valabil în prezent, deoarece a fost depășită de multe jucătoare la capitolul încasări). Sau Serena Williams, cea mai bună jucătoare de tenis din toate timpurile, care a avut nevoie de unsprezece ani pentru a o depăși pe Maria Sharapova pe lista Forbes a celor mai bine plătiți sportivi, iar asta doar după interdicția de a juca, primită de aceasta din urmă.

Serena este o femeie de culoare și faptul că este atletă se observă de la prima vedere. Este musculoasă, lată în umeri, fiecare sesiune de antrenament, fiecare meci din lunga ei carieră este marcat pe structura ei fizică. Maria Șarapova și Anna Kournikova sunt ambele frumuseți blonde, înalte, cu dimensiuni de model. Nu le puteți învinui pe niciuna că și-ar fi folosit aspectul atrăgător - conform normelor sociale - pentru a câștiga bani. Dimpotrivă, oricât de multă invidie ar fi stârnit printre colegele lor, au contribuit în special la creșterea rapidă a premiilor în tenisul feminin, de care a beneficiat toată lumea. Cu cât sunt mai mulți spectatori interesați de sportul nostru, cu atât crește premiul în bani pentru toate jucătoarele din turneu.

Totuși, urăsc la fel de mult ca înainte să stau în bikini pe plajă sau la piscină. Mă tot gândesc că alți oameni se holbează la mine și îmi judecă corpul. Bineînțeles, e o prostie, dar această suspiciune s-a instalat atât de ferm în subconștientul meu, încât, cumva latent, nu mă simt în largul meu. Dacă tot mă confrunt cu privirile altora în timpul programului meu de lucru, îmi doresc liniște măcar în viața privată. Prefer să ies din apă ca o *Bond-girl*, fără să mă vadă cineva, aruncându-mi părul pe spate, legănându-mi șoldurile – și apoi să calc pe o scoică, să cad, înghițind apă sărată și să fiu adusă de valuri pe plajă, ca o focă. Cu ambele picioare în sus.

De nu știu câte ori m-am uitat la brațele mele reflectate în luminile neîndurătoare de neon ale magazinelor și mi-am dorit să fie mai subțiri. Am testat mii de blugi în care să-mi poată intra coapsele musculoase – până când am dat peste un Levi's din anii '70, dintr-o perioadă în care femeile erau mai voluminoase. M-am sucit și răsucit, am urmat o dietă vegană și vegetariană, fără gluten și fără zahăr, am evitat carbohidrații și nu am mâncat fructe. Uneori mă antrenam până cădeam din picioare, de parcă aș fi vrut să-mi pedepsesc corpul pentru că nu arăta și nu făcea așa cum voiam. Mi-am numărat cele opt cicatrici chirurgicale iar și iar, mi-am trecut degetul peste ele și ele erau acolo de fiecare dată – ca niște fantome din trecut, o întrerupere în pielea netedă și tânără. De nenumărate ori accidentările mi-au întrerupt cariera de jucătoare de tenis, lucru care ar fi putut fi evitat cu metode de antrenament mai blânde. Eram încăpățânată, obsedată de control și nu voiam să las nimic la voia întâmplării. Instrumentul meu pentru manipularea soartei era corpul meu. El a fost resursa vieții mele pe care am exploatat-o nemilos, până când nu a mai cooperat. Și toate astea pentru a controla ceva care nu poate fi controlat.

Femeile sunt „sexul frumos", cum se spune. Elegante, blânde, cu pielea moale și părul lung, curgător. Avem gene groase și, bineînțeles, ne place să dăm din ele. Dar când facem sport, fețele noastre se contorsionează, mușchii ni se încordează – și am auzit că nici ambiția nu ne avantajează prea mult.

Pierre de Coubertin, unul dintre fondatorii Comitetului Olimpic (nu că ar excela în a spune lucruri inteligente și interesante) a susținut, după ce a urmărit o femeie într-un bob: „Să vezi o doamnă în această poziție, cu fusta ridicată în sus, ținându-se cu mâinile de cele două manșe pentru a conduce vehiculul, este cu adevărat o insultă pentru ochi. Rareori am văzut ceva mai urât".

Și uite așa, nu luptăm doar pentru acceptarea femeilor în sport pe terenurile de tenis din această lume. Nu doar pentru același premiu în bani pentru toată lumea. Nu doar pentru independența financiară și democrația radicală, în care toată lumea, indiferent de culoarea pielii, sexualitate sau națiune, are o șansă. Mai presus de toate, luptăm pentru dreptul de a fi urâte. Să ni se permită să fim urâte, în toate variantele glorioase ale urâțeniei. Cu sudoare la subsuori și păr pe picioare. Cu murdărie pe față și sânge pe genunchi. Cu coafurile destrămate, machiajul scurs și haine care stau strâmb.

Și poate atunci, din toată urâțenia, când nu mai contează, iese la iveală ceva adevărat, pur, care se înalță spre Ceruri. Unii o numesc isterie, eu o numesc caracter.

BEST DAY EVER

Stăteam întinsă pe pat şi mă uitam pe lângă televizor. Nişte siluete îmbrăcate în alb aruncau o minge aparent grea pe trei beţe mici de lemn. Uneori o luau la fugă sau se veseleau din motive de neînţeles pentru mine. Stăteam pe spate. O menghină se instalase în jurul pieptului meu şi abia îmi permitea să respir. Fantome fără ochi o strângeau tot mai tare, minut cu minut.

Pereţii camerei de hotel veneau spre mine într-o mişcare lentă. Soarele strălucea prin fereastră, camera devenea din ce în ce mai fierbinte, dar nu aveam puterea să mă ridic şi să trag perdelele. Bătăile inimii mele aduceau cu un hit electronic underground, surd, fără viaţă, sfâşiat de luminile stroboscopice.

Din fericire, în cei aproape 13 ani de carieră, am trăit doar câteva incidente în care să fi fost cuprinsă de o panică atât de aprinsă, care mă neliniştea şi mă paraliza în acelaşi timp. Înaintea unui meci important, din starea mea de spirit, de multe ori, nu se poate distinge dacă este vorba de simplă emoţie sau frică latentă. Ambele condiţii sunt însoţite de mâini transpirate, mers la toaletă şi dureri de burtă.

Dar această panică era diferită. Nu mă lăsa să funcţionez.

Stăteam întinsă într-o cameră minusculă de hotel din Melbourne, cu o zi înainte de meciul meu din prima rundă împotriva unei jucătoare venită din calificări, iar oraşul de dincolo de fereastra mea se agita înaintea turneului de Grand Slam. Mă uitam la televizor şi tocmai încercam să pricep cricketul, sportul naţional australian, când mintea mi-a alunecat şi a început să alerge cu viteză periculoasă către diferite obstacole.

Se adâncea într-o spirală neîncetată de gânduri care se opreau, în cel mai bun caz, cu accidentări şi sfârşit de carieră, şi, în cel mai rău caz, cu moartea pe terenul de joc. Iraţional, desigur. Produceam o transpiraţie rece care mi se scurgea pe tâmple, lacrimile stăteau în spatele globilor oculari, dar erau prea paralizate ca să o ia la vale.

În prima fază a unei cariere te arunci în orice aventură cu o ignoranță sălbatică și reușești să faci față cu ajutorul unui instinct natural. În faza a treia ești suficient de experimentată pentru a evalua situațiile și posibilele lor efecte și pentru a le face față în consecință. Faza a doua a unei cariere este cea mai dificilă. Este faza în care ai văzut suficient pentru a înțelege ce urmează, dar nu ai experimentat suficient pentru a avea instrumentele necesare rezolvării problemei.

Am închis ochii. Întunericul nu a adus nici o ușurare. Am încercat să respir adânc, dar oxigenul nu-mi trecea prin plămâni. Am deschis ochii și m-am uitat în jur.

În căutarea distragerii, ochii mi-au căzut pe noptieră. O carte zăcea pe ea, neatinsă, cu titlul care mă privea rugător: „Crimă și pedeapsă". Numele de deasupra titlului m-a speriat – mă împiedicase de altfel să ridic cartea în ultimele două săptămâni. Fiodor Dostoievski. Asociam nori negri cu acest nume, melancolie, țarism și religie, un pluton de execuție de care autorul scapă în ultima secundă. O altă lume, una intelectuală de care nu aparțineam.

Am deschis cartea. În timp ce citeam prima frază, m-a învăluit o liniște atotcuprinzătoare. În acea clipă mă aflam la Sankt Petersburg, într-o zi fierbinte de vară. Stăteam în camera îngustă a lui Raskolnikov, care arăta ca un dulap. Am simțit îngustimea și neputința de a scăpa de acolo. Și cu cât Raskolnikow se încâlcea mai adânc în povestea sa, cu atât mai tare mă eliberam de propriile mele griji.

Astăzi știu că atunci am citit „Crimă și pedeapsă" ca pe un simplu roman polițist care m-a înșfăcat și m-a scos la lumină din starea în care mă aflam. Nuanțele filozofice, ideile morale ale indivizilor în raport cu societatea – toate acestea au trecut pe lângă mine atunci. M-am îndrăgostit nebunește de personajul lui Raskolnikov, studentul sărac, care ședea în camera lui și se gândea deprimat la lumea din jur. Era încăpățânat, un exclus care avea propriile principii etice, dar nu știa cum să le aplice într-o societate care îl uitase. Că era, de asemenea, arogant, recalcitrant, autosuficient și egoist, nu am înțeles decât ani mai târziu, când am recitit cartea cu ochi de adult.

M-am trezit din întâlnirea mea literară cu Raskolnikov pentru că îmi ghiorăiau mațele. Afară se întunecase. Am sunat la recepție și am comandat o supă de roșii cu pâine cu usturoi. Recepționera avea un accent australian atât de puternic, încât abia am înțeles-o. M-am așezat la fereastră, m-am uitat în noapte și mi-am așteptat mâncarea. Fereastra era răcoroasă când am atins-o cu fruntea. Luminile zgârie-norilor din Melbourne pâlpâiau și străluceau, furând spectacolul stelelor. Puteam vedea Rod Laver Arena din camera mea de hotel și știam că a doua zi voi funcționa. Anxietatea pe care o simțisem în acea după-amiază lăsase doar un gust amar pe limba mea. Ca atunci când, aproape moartă de sete, am băut trei înghițituri mari de lapte stricat.

De atunci, literatura a devenit fuga mea personală din calea stresului și a fricii. Când eram o adolescentă *emo* întunecată, îl citisem pe „Werther", scrisesem citate în caiet și vărsasem primele lacrimi pe o carte. M-a enervat criza vârstei de mijloc a lui Faust. Dar au fost momente trecătoare, care nu au devenit niciodată parte din ființa mea. „Crimă și pedeapsă" era altfel. Am cumpărat apoi toate cărțile lui Fiodor Dostoievski și, treptat, literele tipărite au pătruns în viața mea.

Ani mai târziu, stăteam pe o bancă de lemn, într-un parc. Parc este probabil un cuvânt prea prietenos pentru un spațiu împrejmuit cu opt copaci și un pătrat mic de gazon – restul era beton. În dreapta mea era o bucată de pizza pe jumătate mâncată, pe o bucată de carton îmbibată în grăsime. Băieți în pantaloni supradimensionați călăreau în jurul meu pe skateboarduri şi un adolescent cu aspect asiatic, cu o piele ca de fildeş, arunca o minge de baschet în coşul din lanţuri metalice.

În stânga mea stătea un tânăr care, cu mult timp în urmă folosise un proces chimic pentru a extrage pigmenţii din violete, iar acum le picta, uscate, pe o pânză. Purta pantaloni de culoare albastră, adidaşi şi un tricou destul de vechi.

Eu trăncăneam câte-n lună şi-n stele. Indiferent ce spuneam, el mârâia. Uneori zâmbea cinic sau îşi dădea ochii peste cap. Şi tot aşa, de săptămâni întregi. Când mă săturam şi plecam, îmi trimitea mesaje stăruitoare şi îmi cerea o următoare întâlnire. Când stăteam unul în faţa celuilalt se uita la mâini sau, alternativ, la obiecte precum farfurii goale şi şerveţele şi rămânea tăcut cu încăpăţânare. Nefiind o iubitoare a tăcerilor incomode, pălăvrăgeam până îl înnebuneam.

A trecut ceva timp până să-mi dau seama că ieşeam cu Raskolnikov. Era mohorât şi moralist. Sinistru în viziunea sa asupra lumii şi de o moralitate superioară – credea el. Tăcea crezând că nu pot vedea prin el, pentru că eram mai tânără şi sportivă, pentru că vorbeam foarte mult şi îmi plăcea să mă distrez, pentru că aveam prieteni cu care băteam din palme şi bârfeam şi pentru că uneori eram fascinată de Celebrity Gossip[11]. Mă privea de sus. Mă subevalua. Dar la un moment dat am înţeles cine era. Pur şi simplu refuzasem să îmi dau seama.

De ce am încercat cu încăpăţânare să-i câştig afecţiunea (nici nu-mi plăcea cu adevărat) este greu de explicat. A fost o provocare. Reprezenta un cerc intelectual din care nu am simţit niciodată că făceam parte. Însemna o Germanie în care mersesem la şcoală ca un copil refugiat cu accent sârbo-croat. Şi el era Raskolnikov. Prima mea mare pasiune literară.

Când l-am părăsit pentru că nu mai avea rost, nu am fost tristă. Doar rănită în mândrie. M-am uitat la fotografii cu el pe

---

11   Portal dedicat noutăţilor din lumea vedetelor din showbiz-ul american. (n.red.)

internet. În fotografie, cu părul înfoiat, ochelarii pentagonali și bărbia ușor proeminentă, arăta precum David Foster Wallace. A doua mea dragoste literară.

L-am descoperit pe David Foster Wallace într-o cameră de hotel, într-o seară, târziu. Mi-am agățat jacheta de cârligul din perete, de lângă ușă și, ca întotdeauna când dormeam singură într-o cameră de hotel, primul lucru pe care l-am făcut a fost să pornesc televizorul. În zilele bune, ușura singurătatea.

Erau știrile, iar eu m-am dus la baie să mă spăl pe dinți și pe față. Mi-am periat părul și am pășit înapoi în cameră. În prim-plan era un bărbat cu o voce blândă, ochelari și ușoare cicatrici de acnee pe față. Purta o cămașă verde închis și vorbea despre umor morbid și despre Ludwig Wittgenstein. Am uitat de părul meu și m-am așezat pe marginea patului cu peria încă în mâna dreaptă. Bărbatul părea nesigur și încrezător în același timp și își dezvăluia dinții când credea că a spus un lucru greșit, întrebând-o pe reporteră dacă ceea ce spunea avea sens. La un moment dat a spus: „Încerc disperat să par interesant aici".

Să fiu sinceră, au fost multe lucruri pe care nu le-am înțeles. Ca să fiu și mai sinceră, nu am înțeles aproape nimic. Nu știam cine este acest Wittgenstein. Nu știam nici cine era bărbatul de pe ecranul meu. „David Foster Wallace" scria sub o linie albă, în partea stângă jos, „autor".

„Ce este rău la divertisment este că e atât de al naibii de distractiv. Spuneți, dacă ați sta singur într-o cameră de hotel și ați zapa printre canale, v-ați uita la tocilarul care lălăie prelegeri despre literatură sau v-ați opri la Pamela Anderson alergând pe jumătate goală pe plaja din Malibu?" o întrebă el pe intervievatoare.

I-am notat numele cu litere curbate în caietul meu: David Foster Wallace. Și l-am subliniat de două ori. Cu un semn de exclamare.

Trebuie să fi fost luni de zile mai târziu, poate ani mai târziu. Mă plimbam printr-o librărie puternic luminată din Darmstadt, când o carte albă cu litere negre care păreau să cadă de pe copertă mi-a sărit în ochi. „Distracție fără sfârșit[12]". Mai jos: „David Foster Wallace".

Undeva, în subconștientul meu, a tresărit ceva. Nu am asociat imediat numele cu tânărul care fusese atât de dureros de conștient de sine într-un interviu de televiziune. Dar coperta cărții promitea ceva legat de tenis și mă obișnuisem să cumpăr cel puțin un lucru în librării sau în magazinele de discuri doar datorită designului. Uneori erau niște oribilități (muzică de fanfară din anii '70, din Franța, o blasfemie pentru oricine din Balcani), alteori erau descoperiri norocoase (fantasticul roman al Evei Babitz „Sex & Rage").

După ce am plătit, m-am dus la brutăria-cafenea de alături, m-am așezat într-un colț, pe un scaun de bar în fața căruia se afla o masă de metal, care în mod inexplicabil se clătina, în ciuda piciorului rotund, și am început să citesc. M-a invadat un haos urât mirositor, ca de cloacă, un amestec de droguri și depresie. Mă nelămureau notele de subsol care se întindeau pe pagini întregi, din totalul de 1545, personajele bizare, șarjate, care sufereau mereu de tot soiul de dizabilități și boli rare. Am citit cartea în limba germană, o limbă pe care credeam că o pot vorbi și tot trebuia să caut cuvinte pe care nu le citisem niciodată. Dar, de fiecare dată, în următoarele săptămâni, când eram gata să pun capăt, să mă despart de David Foster Wallace, să-l părăsesc așa cum l-a părăsit pe el bucuria vieții, mă aducea înapoi câte o idee uimitoare sau un adevăr care te ataca undeva între plexul solar și adâncul stomacului. Imagini care îmi fuseseră arse pentru totdeauna pe retină.

---

12   Roman de David Foster Wallace, apărut în 1996, celebru pentru structura narativă neconvențională și interminabilele sale note de subsol: *Infinite Jest*, Back Bay Books, 1996. (n.red.)

Femeia care își purta inima într-o geantă, care apoi i-a fost furată de un drogat.

Cea mai frumoasă fată din lume care a fost stropită de mama ei cu acid și care acum poartă un văl.

Drogatul care a luat o supradoză și care a generat cea mai ciudată și mai bună descriere a relației cu timpul pe care am citit-o vreodată într-o carte.

Descrierile orașului Tucson, când soarele era sus pe cer și strălucea nemilos peste acoperișuri.

Dar cel mai mult m-au inspirat pasajele despre tenis. Nu mai citisem vreodată un autor care să fie în stare să scrie astfel despre tenis. David Foster Wallace a apucat monotonele zile de antrenament de ciuf, le-a rupt capul și le-a transformat într-un adevăr despre viață pe care eu l-am simțit, dar nu am putut să-l exprim în cuvinte. Da, se trăia într-o monotonie zilnică în vederea unor momente grozave care treceau atât de repede, încât nici nu le puteai înțelege. Și, astfel, întreaga viață a devenit un ritual repetitiv.

Datorită lui Foster Wallace am înțeles că tenisul nu este atât de superficial cum îl prezintă cei mai mulți. Luasem cu mine complexul de inferioritate al unui copil de emigrant în lumea mare a tenisului – și David Foster Wallace mi l-a înlăturat. M-am simțit mai puternică intelectual. Deoarece, în vreme ce arta, literatura și filmele sunt încărcate de sens și încorporate în societate, sportul este în mare parte luat peste picior. Desigur, un concept bine gândit al unui film sau al unei opere de artă nu poate fi comparat cu niciun joc de fotbal. Dar în fiecare sportiv există decenii de valori trăite, cum ar fi disciplina, credința în ceva (în tine însuți), când toți ceilalți au pierdut-o și în confruntări cu limitele corpului și ale naturii fizice. Depășirea obstacolelor face parte din ADN-ul fiecărui sportiv. Când tinerii pornesc în lume să se regăsească, eu mă gândesc întotdeauna: trei meciuri sub presiune maximă sunt semnificativ mai ieftine și mai eficiente.

Nu pot spune că mi-a plăcut să citesc fiecare pagină din „Infinite Jest" - chiar nu - dar m-am luptat cu cartea, până la capăt, așa cum am învățat să fac în tenis.

În schimb, eseurile lui David Foster Wallace au fost adevărata „trezire" pentru mine. Romanele sale erau descrierile postmoderne, halucinogene ale stărilor sale sufletești - pe când eseurile erau reprezentări lucide ale prezentului. „String Theory", colecția de eseuri despre tenis, le citeam cel puțin o dată pe an. M-au ajutat să-mi înțeleg mai bine sportul și să-l explic mai bine în propriile mele încercări de a scrie.

Am citit despre dezamăgirea lui cu biografia lui Tracy Austin, plină de platitudini.

Am citit portretul său cult al lui Michael Joyce, un jucător profesionist, clasat pe atunci aproape de locul 70, care era incredibil de bun, dar nu la fel de bun ca Andre Agassi și ceilalți. Rareori se întâmplă ca autorul portretului să devină mai celebru decât obiectul descrierii.

Am citit cum a aplicat el cunoștințele de geometrie la meciurile de tenis și despre schimbarea unghiurilor în Illinoisul plat și brăzdat de vânt.

M-a atins mai ales pasajul despre prima sa întâlnire cu „o tristețe adultă", atunci când și-a dat seama că nu va fi niciodată suficient de bun pentru a deveni jucător profesionist de tenis. Pe atunci avea 14 ani. Tenisul l-a făcut să crească prea devreme.

Și, nu în ultimul rând, am citit despre felul în care Roger Federer celebrează tenisul.

La un moment dat, cineva mi-a spus cum a fost pentru Roger Federer întâlnirea cu cel mai mare scriitor al timpului nostru. „Nu pot să-ți spun exact. A stat zece minute în fața mea, s-a uitat fix la mine, apoi, într-un final, mi-a strâns mâna, mi-a mulțumit și a plecat fără să-mi pună nicio întrebare", ar fi spus Federer, cu accentul său moale elvețian și apoi a râs.

N-am îndrăznit niciodată să-l întreb pe Roger despre asta, dar sper că este adevărat.

D avid Foster Wallace și-a luat viața pe 12 septembrie 2008, la trei zile după ce eu împlinisem 21 de ani. Suferise de depresie o viață întreagă, pe care reușise să o țină cât de cât sub control cu medicamente.

Foster Wallace lucra la romanul său „The Pale King". Ar fi trebuit să fie următorul mare succes. A încercat să scrie un roman despre plictiseală și monotonie, care nu era plictisitor și monoton. Așa cum a scris în „Infinite Jest" despre pericolele divertismentului, rămânând însă distractiv. „The Pale King" l-a dus într-o fundătură. N-a mai putut înainta. A oprit medicamentația, fiindcă se temea că nu putea gândi clar din cauza asta. O săptămână mai târziu s-a spânzurat în casa lui.

„The Pale King" a fost publicat postum, neterminat, și se află pe raftul meu de cărți ca o amenințare. Până în prezent nu mi-am putut face curaj să deschid cartea.

C ând mă gândesc la toate călătoriile pe care le-am făcut – la numeroasele aeroporturi cu interiorul lor gri și strălucitor, mașinile din care mă uitam pe fereastră, hotelurile de rețea unde eram cazată – pe toate le asociez cu stări de spirit hrănite de vreme, de peisaj – de cărțile pe care le citeam.

Întinderea goală a deșertului din New Mexico, pe lângă care trecea autocarul formației „Tennis" – cu mine scufundată în romanul lui Roberto Bolaño, „2666".

Cu febră în rândul din spate al unui avion – chiar acolo unde oamenii fac coadă la toaletă – înfășurată în patru pături, forțându-mă să zâmbesc stewardesei în speranța că va confunda gripa incipientă cu frica de zbor – și citind „Război și pace" de Tolstoi.

Cam în același loc în avion am stat și când l-am citit pe David Sedaris, mă zguduiam de râs și după o oră am observat că locurile deveniseră libere în jurul meu. Dacă nu-l recunoști pe nebun, sunt mari șanse ca tu să fii nebunul.

Uraganul din Guangzhou, China, care ne-a ținut închiși în hotel zile întregi și care a sfâșiat mobilele de pe terase asemeni unui animal de pradă fioros. Am sorbit tăiței moi din supe picante și am văzut chinezi râzând și occidentali cu figuri speriate. Un scaun aruncat de vânt pe autostrada din fața hotelului, urmat îndeaproape de o frunză de palmier căzută, a provocat o mare distracție în rândul localnicilor. Citeam „I love Dick", o autobiografie scrisă sub formă de jurnal a artistei Chris Kraus. Dick era numele cowboyului tăcut care trăia singur în deșert și pe care ea credea că îl iubește. Dar numai eu, care citeam cartea, știam asta. Femeile se înroșeau, iar bărbații mă priveau sugestiv când mă vedeau cu cartea.

Eram în spital, îndopată cu anestezice, când am citit *Maestrul și Margareta* al lui Mihail Bulgakov și când Diavolul s-a întrupat plutind în fața ferestrei mele. Putea fi și datorită artei de povestitor a lui Bulgakov, dar cel mai probabil au fost medicamentele.

L-am citit pe Paul Auster când eram la New York, Joan Didion în Los Angeles. Henry Miller la Paris, Haruki Murakami la Tokyo. Și, la fel ca aspirina, l-am avut întotdeauna pe Ernest Hemingway cu mine. Personajele lui erau prietenii mei pe care îi puteam duce oriunde.

Uneori, entuziasmul pentru literatură ajungea și în viața mea reală. Într-o dimineață devreme de toamnă – tocmai ajunsesem de la Beijing pe aeroportul din Frankfurt – eram la controlul pașapoartelor, când telefonul meu a bâzâit în buzunarul jachetei. Mesaj: „Jonathan Franzen la Schauspiel Frankfurt, astăzi, din păcate nu mai sunt bilete disponibile!"

Am sunat-o pe prietena mea, Joni, la Darmstadt. Era opt dimineața, nu tocmai ora ei.

— Nu ești normală? Suni atât de devreme? Și a închis telefonul.

Am sunat din nou.

A respins.

Mesajul WhatsApp: *Joni, răspunde imediat. Altfel vin la tine acasă!*

Joni S. a părăsit chat-ul.

Am sunat din nou.

De data aceasta Joni a răspuns, vădit enervată.

— Tu. Ce. Vrei.

— Jonathan Franzen este în Frankfurt.

— Cine?

— Jonathan Franzen, scriitorul meu preferat.

— Am crezut că David Foster Wallace este scriitorul tău preferat.

— Da, dar a murit. Jonathan Franzen este acum noul meu scriitor preferat.

— Când o să mor eu, mă vei uita la fel de repede?

— Um, nu, dar nici nu am atât de mulți prieteni. Și există o mulțime de autori buni.

În liniștea de la celălalt capăt am putut s-o aud pe Joni, pe jumătate adormită, cum încearcă să-și dea seama dacă a fost un compliment sau o insultă.

— Ce vrei de la mine acum?

— M-am gândit așa: Mergem la Frankfurt, ne putem plimba puțin prin Târgul de Carte, dimineața, dar trebuie să fim aproape de teatru pe la ora 15, fiindcă nu mai sunt bilete. Haha, știu, dar o să facem coada la ghișeu și o să-i enervăm în asemenea hal, până când ne vor lăsa să intrăm.

— Nu. În niciun caz nu stau ore în șir în fața vreunui teatru...

—... Schauspiel Frankfurt.

... în fața ORICĂRUI TEATRU pentru a PÂNDI ORICE SCRIITOR! Înțelegi asta?

Era un obstacol ușor de gestionat, deoarece Joni era ușor de mituit cu prăjituri și burgeri vegetarieni. Câteva ore mai târziu am ajuns cu mașina până în dreptul apartamentului ei și am claxonat. A urcat cu o privire încruntată ca să arate că nu era în regulă să fie sunată înainte de opt dimineața și confruntată cu planuri bizare, chiar dacă știam foarte bine că în viață erau puține lucruri pe care le iubea mai mult decât planurile bizare. Am invitat-o la un burger în Bahnhofsviertel din Frankfurt, pe care a trebuit să îl plătească pentru că nu am găsit în portofel decât yuani chinezi.

Era prima zi rece din octombrie. Joni era îmbrăcată în negru. M-a trimis singură la ghișeul de la teatru, s-a oprit în fața vitrinei lungi de sticlă de la Willy-Brandt-Platz și s-a prefăcut că nu era acolo.

— Hallooo, am spus eu cu voce cântată. Bună ziua. Da, bine, știu că de fapt nu mai sunt bilete pentru Jonathan Franzen, dar ar însemna foaaarte muuuult pentru mine dacă l-aș putea vedea astăzi. Și vreau să spun, nu sunt o fană nebună, sunt o fană, dar nu nebună, nu mai nebună decât alții, înțelegeți. Anywayssss, dacă cineva anulează sau două bilete devin disponibile, anunțați-ne, bine? Sau spuneți-ne pe cine să ucidem!

Am făcut semn cu degetele de parcă aș fi împușcat pe cineva. Femeia din spatele tejghelei m-a privit îngrozită.

— A fost o glumă. Voi aștepta acolo, cu prietena mea. I-am arătat-o pe Joni, care ne-a întors imediat spatele, ostentativ. Cea cu haina lungă și neagră este prietena mea. Am arătat din nou spre ea, de data aceasta mai energic. Joni a aruncat scurt o privire peste umăr și s-a întors din nou cu spatele.

Am ieșit afară.

— Ei bine, ai fost din nou psiho? A întrebat ea.

— Nuuu, am fost foarte simpatică.

Joni nu crezu niciun cuvânt.

După vreo jumătate de oră s-a auzit un ciocănit în geam. O femeie scundă, cu ochelari și o rochie maro peste genunchi ne-a făcut semn cu mâna.

— Du-te tu.

Am intrat și am ieșit apoi triumfătoare cu două bilete. Aveam cele mai bune locuri, rândul 5, exact la mijloc, în dreptul autorului. Joni s-a mai liniștit.

Jonathan Franzen a urcat pe scenă îmbrăcat ca un intelectual din New York. Elegant-neglijent, cu pantofi purtați (niciodată pantofi noi, nu le arătați că vă pasă), pantaloni negri din velur, un pulover negru, sacou negru deasupra și o cămașă albă care ieșea de sub pulover. I-am iubit cărțile pentru observațiile lui despre păsări și pentru acel personaj hiper-moral care apare în fiecare din cărțile lui și presupunerea mea e că el însuși se credea o astfel de persoană. Dar, mai presus de toate, am iubit cărțile pentru descrierile precise ale relațiilor interumane și descompunerea lor. Mi-a plăcut autorul pentru că era ciudat, solitar, sumbru și arogant – cel puțin așa se spunea (Raskolnikov chiar m-a marcat pe viață). Mi-a plăcut pentru că în timpul liber urmărea păsările și pentru că era un prieten apropiat al lui David Foster Wallace. L-am descoperit pe Jonathan Franzen când răspundeau amândoi la întrebări despre decăderea literaturii, la Charlie Rose Show. Amândoi aveau cele mai jalnice și suferinde fețe, și tunsori și mai groaznice – era absolut spectaculos.

De data asta tunsoarea era incomparabil mai bună, la fel și starea de spirit. Vorbea germană (trăise și studiase la Berlin) și făcea glume la care Joni și cu mine râdeam cu voce tare. După lectură și jocul obișnuit întrebări-răspunsuri, s-a așezat la o masă în foaier și a semnat cărți. M-am așezat la coadă și am forțat-o să stea lângă mine pe Joni, care mormăia și bombănea cum doar Jonathan Franzen însuși mai putea. La un moment dat nu a mai putut suporta și mi-a spus că mă așteaptă la intrare. Stăteam la coadă în așteptarea unui autograf, iar alte persoane, care așteptau și ele, îmi cereau mie autografe. Meta!

Când a venit rândul meu, am făcut ceea ce fac mereu când sunt emoționată. Am vorbit. Prea mult, prea rapid, prea tare.

— Domnule Franzen, am vrut doar să spun: sunt o mare fană a dumneavoastră, v-am citit toate cărțile, sunt FAN-TAS-TICE. Cu adevărat fantastice. Da, acesta este cuvântul, într-adevăr fantastice sunt. Noroc în tot ce faceți!

M-a privit confuz, și-a pipăit părul, apoi ochelarii. O vedeam pe Joni lângă ușă, venindu-i să intre în pământ de rușine.

— Vreți să vă semnez o carte... sau...?

Mi-am deschis cartea teatral. A semnat și a scris o dedicație cu litere largi, cool. Când mi-am luat rămas bun, nu mai știam ce să mai spun, spusesem deja tot ce poți îndrăzni să-i spui unei persoane, în zece secunde, așa că am adăugat ca-n tenis: „Good luck, man!"

S-a ridicat nehotărât de pe scaun, mi-a întins mâna, părând că ar vrea să mă îmbrățișeze, dar s-a răzgândit în ultimul moment.

Am plecat cu un rânjet lipit definitiv pe față.

— Uau, asta chiar că a fost jenant. A clătinat Joni din cap.

Am mers prin seara rece din Frankfurt până la parcare. Am condus în tăcere peste Untermainbrücke și am lăsat în spate luminile sclipitoare ale orașului, care se reflectau în Main.

Tocmai când conduceam pe autostradă – radioul cânta încet – Joni a deschis vorba:

— Andy? Nu am vrut să spun nimic, dar chiar mi-a fost jenă. Am stat acolo lângă ușă și te-am urmărit: păreai atât de fericită.

Nasul ei mic și strâmb tremura de plăcere. Se amuza nemaipomenit.

— Habar n-am ce-ai făcut, dar tipul n-a dat mâna cu nimeni altcineva.

A pufnit.

Am privit-o dintr-o parte, neîncrezătoare, apoi nu m-am mai putut abține. Am tot râs de mine și de Jonathan Franzen, până când am ajuns la ieșirea Darmstadt-Stadtmitte. Cel puțin un an de zile a trebuit s-o suport pe Joni imitâdu-mă cum cer autograf.

ar nici că mi-a păsat. Best day ever.

ÎN TURNEU

The only true currency
in this bankrupt world is
what you share with someone else
when you're uncool.
(Lester Bangs)

Singura monedă
în această lume falimentată este
ceea ce împarți cu cineva
atunci când nu ești cool.[13]

Deci, dacă înţeleg bine... de fapt eşti o jucătoare de tenis în viaţa reală, dar acum ai pornit la drum şi vrei să scrii un articol despre o formaţie de rock care e în turneu?

— Exact.

Tipul de lângă mine, în avion, pare derutat. Pare mai confuz decât sună entuziasmul meu. Asta înseamnă ceva, pentru că nu-mi aminteam să fi fost vreodată mai agitată şi mai entuziastă. Voi însoţi o trupă în turneu! Prin New Mexico. Arizona. California. Într-un autocar adevărat, cu sex, droguri şi rock'n'roll. „Almost famous" pentru începători. Şi, pe deasupra, numele trupei este Tennis.

Tenis? Asta trebuie să fie mâna sorţii.

Tipul nu pare convins şi nu pot să-l învinovăţesc. A studiat oceanografia şi este posibil să se confrunte cu probleme mai convenţionale.

Primul lucru pe care îl văd când ies din avion, în Albuquerque, după ce ies dintr-un coridor lung şi lipsit de aer, este un stand de îngheţată Baskin Robbins, la Poarta 5. Mă întorc la dreapta spre zona de recuperare a bagajelor şi privesc prin ferestrele mari până în podea la peisajul sterp din New Mexico. Spaţiu. Atât de mult spaţiu şi atât de puţini oameni.

Tocmai am petrecut o săptămână la New York şi, în momentul în care păşesc pe pământul New Mexican, este ca şi cum filmul vieţii mele se derulează brusc cu încetinitorul. Vorbesc mai rar, paşii mei devin mai mari, respiraţia mea mai adâncă. Peisajul deşertului preia controlul, înlocuind rapid mulţimile cu care eram obişnuită în New York.

Urc într-un taxi negru şi vechi şi şoferul râde de entuziasmul meu la vederea peisajului. Are favoriţi negri, formidabil de stufoşi şi înţelege mult mai bine scopul călătoriei mele decât oceanograful. Îi explic că sunt nemţoaică şi că nu avem astfel de peisaje acasă, dar el crede că încerc să fiu amuzantă. S-a născut și a crescut în Albuquerque, „born and raised", cum spune el. Îmi recomandă o excursie de o zi la Santa Fe, dacă pot. Aruncă o privire semnificativă la pălăria și haina cu imprimeu leopard, pe care le port la 28 de grade Celsius.

Mă scufund puțin mai adânc în scaunul meu. Zile întregi m-am frământat cum să fac să arăt cât mai *cool*, dacă voi pleca cu o trupă Rock în turneu. Acum mă simt deghizată și devin nervoasă când mă gândesc la faptul că sunt pe cale să mă cufund într-o lume complet nouă.

Călătoria începe pentru mine cu o ușă încuiată. Stau în fața unei uși albe și murdare de garaj, flancată de doi oameni fără adăpost care încearcă să-mi vândă heroină. Sau vor să cumpere de la mine? Nu sunt sigură, pentru că nu au mai mult de patru dinți în cele în două guri și, într-adevăr, nu sunt prea ușor de înțeles. Pot distinge umbrele mișcătoare ale oamenilor prin mica fereastră orizontală din ușă, și bat și iar bat, dar nu se întâmplă nimic. Mă simt proastă și pierdută cum stau în fața unui bar cu ușă de garaj la intrare, într-un oraș pe care nu-l cunosc. Cei doi boschetari s-au plictisit de mine și mă ignoră, ceea ce cumva înrăutățește lucrurile.

Durează o jumătate de oră bună până când cineva mă vede la ușă și mă lasă să intru. Murmur că „sunt cu trupa" pentru prima, dar cu siguranță nu ultima oară, în această călătorie. Un entuziasm fără precedent îmi face nervii să tremure o fracțiune de secundă și face ca bătăile în ușă vreme de o jumătate de oră și privirea pereților de beton să fi meritat cu prisosință.

Managerul locului se uită plictisit la mine. Toate filmele muzicale pe care le-am văzut trec prin fața ochilor mei într-o clipă. Se opresc la o scenă din „Almost Famous" în care Lester Bangs, un jurnalist muzical uns cu toate alifiile, interpretat strălucit de Philip Seymour Hoffman, ține un scurt discurs despre *coolness*. Vorbește la telefon cu mult mai tânărul său coleg, William, care este pe cale să facă exact ceea ce fac și eu – să meargă în turneu pentru prima dată şi apoi să scrie despre asta. Lester Bangs îi spune lui William să nu creadă că este *cool* doar pentru că petrece timpul cu trupa. Nu e *cool*.

Mă văd din afară stând în faţa tipului cu mustaţă şmecheră, care are de-a face cu trupe zi de zi şi fiecare bucăţică de haină pe care o port mă face să mă simt aiurea. Mă simt expusă, goală, de parcă Domnul Mustaţă ar fi fost primul care ar fi văzut prin carcasa mea înşelătoare.

T rupa este deja la probe de sunet când mă prezint. Îl văd pe Patrick, chitaristul, un Boris Becker din anii '80 cu o tunsoare castron şi pantofi de tenis. Asemănarea este atât de izbitoare încât, pentru o clipă, mă îndoiesc de autenticitatea întregii afaceri. Alaina, soţia sa, cântăreaţă şi textieră a trupei, mă întâmpină cu o îmbrăţişare caldă. Este incredibil de mică, dar pare imediat mai mare când urcă pe scenă. Nu doar pentru că are un afro de invidiat, imens, blond, care îi împodobeşte capul ca un halou. Carisma ei cere spaţiu. Preia imediat controlul şi articulează ceea ce are de spus în fraze scurte şi clare.

Sunt impresionată. Admir prezenţa calmă a lui Patrick lângă ea şi răbdarea lui aparent nesfârşită cu toată lumea, o stâncă solidă în orice curs de râu. Sunt aici de mai puţin de cinci minute şi mi-am aruncat deja obiectivitatea jurnalistică peste bord. Super.

Mă gândesc la Hunter S. Thompson, la care voi continua să mă gândesc în timpul acestei călătorii. Thompson şi Lester Bangs: doi îngeri păzitori nedoriţi, deghizaţi în diavoli, pe umerii mei.

Urmăresc probele de sunet până la ultimul detaliu. Totul este mult mai tehnic decât credeam. Cablurile sunt aranjate, tăiate şi lipite la loc. Peste tot, pe scenă, e plin de bandă adezivă. Josh, sunetistul, aleargă transpirând de la scenă la mixer şi înapoi. Fiecare membru al trupei se concentrează la treaba proprie, încercând tot felul de piese pe instrumentul propriu. Alaina își încălzește vocea, toboșarul bate toba, chitara bas mormăie, Patrick testează diferite efecte pe chitara sa electrică. O cacofonie a zgomotelor care m-ar înnebuni pe terenul de tenis, dar nu deranjează pe nimeni pe scenă, și, dintr-o dată, de nicăieri, totul se reunește. Melodiile individuale caută și își găsesc afinități, se interconectează, comunică, colaborează și rezultatul este o muzică pop copleșitoare. Melodică, armonioasă și înduioșătoare.

Mă gândesc la încălzirile mele înainte de meciuri. Cum încep să trezească la viață fiecare parte a corpului meu. La început rigid și dezordonat și apoi tot mai dezmorțit, nefiind niciodată sigură dacă se întâmplă cu adevărat. Până când, în sfârșit, văd mingea, de mărimea unei mingi de fotbal, racheta devine o prelungire organică a brațului meu și singurul sunet real în urechea mea este cel al mingii care cade. Armonios? Da. Înduioșător? Uneori.

După probele de sunet fac cunoștință cu restul formației. Basistul Ryan locuiește în Nashville și formează un duo ritmic și comic împreună cu bateristul Stephen, care produce și videoclipurile formației. Se gratulează reciproc cu glume și jocuri de cuvinte și scurtează orele lungi de așteptare cu conversații amuzante. Inginerul de sunet, Josh, este conștiincios și precis în meseria lui, obsedat de latura tehnică a muzicii, un tocilar al sunetului dintre cei mai buni. Cu un an în urmă, un sunetist din San Francisco îl mușcase de mână fiindcă nu se puneau de acord pentru un *sound*. Deci, evident, gata să-și verse sângele. Randy, care răspunde de lumini și efecte vizuale pe scenă, este tăcut, cu un zâmbet fericit în colțul gurii, o prezență stoică lângă Josh, care arată ca un iepure Duracell crescut la tabloul de mixaj. Fratele Alainei, Josiah, stă noapte după noapte la standul de marfă și vinde tricouri. Vorbește încet și desenează în continuu într-un caiet.

Noi suntem trupa. O versiune distorsionată a lui „Prietenii tăi", probabil mai puțin arătoasă, mai puțin amuzantă, dar mereu în mișcare, în două autocare, de la concert la concert, de la un loc la altul. Ridicându-ne la răsăritul soarelui, vânând cel mai bun burrito din oraș pentru micul dejun, mâncăm prea mult, mâncăm prea nesănătos. Stăm în mașină, conducem prin deșert, șase ore, șapte ore, opt ore. Orașele, statele și peisajele devin una, încărcăm, descărcăm, probe de sunet, cina, emoția, spectacolul. SPECTACOLUL. Emoția după spectacol, adrenalină în urechi, voci prea puternice, bere prea trezită, whisky pentru Alaina, odihna vocii pentru Alaina, prea puțin somn, prea puțină igienă. Ne sculăm din nou la răsărit. Și totul de la capăt.

Primul spectacol se desfășoară fără probleme, din câte îmi dau seama în calitate de non-muzician. Îmi place diversitatea fanilor; lângă mine, doi adolescenți bârfesc și râd. Un cuplu mai în vârstă știu toate versurile pe de rost și în dreapta mea doi tipi cu mușchii umflați dansează în noapte.

Cu puțin înainte de spectacol, însă, zona din spatele scenei se transforma într-o oală în clocot – de parcă cineva ar fi ridicat temperatura camerei cu zece grade. Ryan și Stephen glumeau mai mult ca oricând, nervozitate, tonul vocilor ridicat, limbajul dezlănțuit. Stephen bătând la întâmplare ritmuri pe coapsă, probabil o ciudățenie a toboșarilor. Patrick părea să fie singurul netulburat de stresul care o ținea pe Alaina în ghearele sale de fier. Nervozitatea ei era cea mai palpabilă pentru mine, cea cu care mă identificam. Nervozitatea ei era nervozitatea mea. Ea este femeia din față, cântăreața. Ea face echilibristică pe o prăpastie mai mare decât celelalte, riscul de eșec este major. Am simțit imediat o atracție puternică față de ea și în acel moment sufletele noastre au intrat într-o ciudată simbioză. De atâtea ori mi s-a întâmplat, în propria mea carieră, am ajuns de atâtea ori să nu știu dacă trec printr-o stare de euforie sau de panică, atât de asemănătoare sunt simptomele.

Băieţii s-au contopit într-o îmbrăţişare de grup şi apoi au asaltat scena. Alaina a mai aşteptat o clipă. S-a uitat la mine, am dat din cap încurajator şi apoi a dispărut şi ea în spatele cortinei negre.

Totul pare OK de aici, de jos. Alaina şi-a mascat bine nervozitatea şi vocea ei sună fantastic. Sunetul este clar şi scena este perfect luminată. Lumina lui Patrick se mişcă peste tot, precum fluxul şi refluxul. Un angrenaj perfect uns, care nu se clatină niciodată. Între timp mi-am făcut prieteni în public. La urma urmei, port ecuson de *backstage* şi asta mă face mult mai *cool* decât orice carte pe care m-am forţat să o citesc la viaţa mea (Da, mă refer la tine, „Infinite Jest"...)

Conversaţiile din culise de după concert par mai degrabă uşurate decât euforice. Fusese primul spectacol al trupei după două luni şi nimeni nu era sigur dacă rutina avea să funcţioneze în continuare.

Lipsa de sex, droguri şi rock'n'roll nu m-a deranjat câtuşi de puţin. Sunt epuizată şi nu pot decât să ghicesc cum trebuie să se simtă trupa. Sexul nu este pe ordinea de zi, deoarece toată lumea din trupă este căsătorită şi igiena este într-adevăr foarte precară într-un astfel de turneu. Nu e tocmai apetisant. Drogurile ies din discuţie, pentru că sunt încă jucătoare de tenis în viaţa reală şi am reguli stricte antidoping. Şi ceilalţi par să abordeze problema foarte convenţional. Încep să-mi dau seama că un stil de viaţă iresponsabil într-un turneu nu este fezabil pe termen lung, dacă te uiţi mai atent la programul foarte strâns.

Măcar avem rock'n'roll în inimile noastre.

Prima mea noapte se derulează fără vise, într-un hotel de reţea, din Albuquerque, lângă aeroport. Când ceasul sună la şase dimineaţa, pentru un moment scurt şi iritant nu ştiu nici unde şi nici cine sunt. Acum câteva zile eram jucătoare de tenis în vacanţă şi acum sunt brusc o autoare în turneu cu o trupă, cu o cameră Polaroid în mână, pe care le-o pun în ochi membrilor trupei în momentele lor cele mai vulnerabile. În căutare de ceva autentic, ceva tangibil, ceva de scris.

S tau într-unul din cele două autocare umplute până la refuz. Valizele membrilor trupei, geanta mea, instrumentele și o parte din echipamentul tehnic sunt încărcate și ambalate după un algoritm sofisticat, astfel încât totul să se potrivească. Patrick conduce șase ore în fiecare zi, Alaina stă alături, ascultând cartea audio „Just Kids" de Patti Smith. Îmi place să le urmăresc dinamica interpersonală. Este un act de menținere a unui echilibru între o relație de muncă și cea de cuplu căsătorit. Conversațiile despre locații, bilete vândute, hoteluri și logistică de călătorie alternează cu discuții despre filme, cărți, muzică și politică.

Este ca o existență decupată dintr-o realitate alternativă. Peisajul sterp amplifică sentimentul de separare. Pe măsură ce străbatem deșertul pe întreaga lui lățime, fără să știm când se termină, este ca și cum timpul stă pe loc în timp ce lumea, afară, continuă să se învârtă. O nouă stare. Un timp nou.

Timpul este un lucru ciudat în turneu. Avem atât de mult și totodată ne alunecă printre degete. Se pare că așteptăm ceva tot timpul și totuși nu ne alegem cu nimic. Câtă vreme toți cei din autocar trăiesc același lucru în același timp, devine real.

În afara autocarului există cealaltă extremă. Un fel de hiper-realitate: mulțimi de oameni care te ovaționează, scene inundate de lumină și secvențe derulate pe repede înainte, îmbibate cu adrenalină. Ne deplasăm între sentimentele de înstrăinare – o stare asemănătoare transei, suprarealistă, de nomazi singuratici într-o lume aglomerată – și sentimentul de a fi singurul om semnificativ de pe această planetă – literalmente ridicat pe o scenă, o intensitate unică a vieții.

A m ajuns în Tucson, Arizona. Amplasarea scenei este oarecum similară cu cea din Albuquerque – ambele locuri se îmbină într-unul singur în capul meu. Dintr-o dată pot să înţeleg de ce artiştii din turneele de concerte confundă numele oraşelor. Scopul real al unei etape este de a fi înconjurat de oameni. Dar eu văd doar ziduri albastre, goale şi triste, abandonate. În loc de faimă şi glorie, ele radiază singurătate.

De data aceasta ajut la descărcarea instrumentelor. Mă simt mai confortabil în această lume nouă, simt deja că fac parte din ea. Şi se pare că am fost promovată de la jurnalist la *roadie*[14], în câteva momente.

Al doilea spectacol vine şi pleacă, o călătorie scurtă de o oră, puţin mai mult dacă pui la socoteală şi bisurile. Punctul culminant al zilei trece la fel de repede, de parcă cineva ar fi încetinit ceasurile în timpul zilei şi apoi le-ar fi pus să alerge de două ori mai repede, în timpul serii, în timpul concertului – în speranţa de a compensa timpul pierdut.

O nouă noapte într-un hotel anonim de aeroport. De data asta mă forţez să fac duş şi să păstrez astfel o ultimă rămăşiţă a umanităţii civilizate.

Tennis este o trupă solidă. Rareori se încurcă, şi atunci când o fac, nimeni nu observă. Sunt perfecţionişti. În special Alaina îşi depăşeşte limitele ori de câte ori poate. O bomboană de tuse, albastră şi lipicioasă, ţinută în gură, într-o parte, pe tot parcursul spectacolului, este pentru ea atât superstiţie, cât şi ritual. O formă de control de care are nevoie.

A doua zi, Patrick şi cu mine reuşim să petrecem ceva timp împreună. În ciuda unei alte runde istovitoare de şase ore de mers cu maşina prin deşert, peisajul devine treptat mai verde şi mai tulbure pe măsură ce ne apropiem de San Diego. Patrick şi cu mine luăm rachete şi mingi de tenis şi mergem în căutarea unor terenuri de tenis publice, ca să lovim câteva mingi. Patrick

Cei care se ocupă de transportul, instalarea şi menţinerea echipamentului unei trupe, pe parcursul unui turneu. (n.red.)

între faimă şi onoare se aşterne întunericul

este un jucător bun și pot bate mingi cu el fără probleme, fără să fie nevoie să mă opresc. Este distractiv să mă întorc într-o zonă unde mă simt acasă.

Nu am echipament de tenis la mine și joc în pantofii de tenis ai mamei lui Patrick, cu racheta ei și în niște blugi cărora le-am tăiat cracii ca să mă pot mișca. Arăt ca un amator, dar joc ca un profesionist. Nu este de obicei invers?

Suntem hitul absolut într-un parc public: reîncarnarea lui Boris Becker și un adevărat profesionist care luptă încrâncenat și transpiră pe terenul central. Administratorul m-a recunoscut și a refuzat râzând cei zece dolari pentru ora de joc. În schimb, și-a scos șapca Roger Federer, și-a expus chelia de pe ceafă și a rânjit cu dinți mari pentru un selfie cu mine.

La întoarcerea la hotel, Patrick profită de ocazie să-mi pună întrebări despre lumea tenisului și psihologia jucătorilor de tenis. El și Alaina au studiat amândoi filosofia și, prin urmare, au darul de a transforma destul de repede orice conversație superficială în teorii despre viață.

Începem să vorbim despre egoismul și egocentricitatea pe care acest sport ni le cere și cu care eu și colegii mei suntem binecuvântați sau pedepsiți, în funcție de perspectivă. Patrick spune că și muzicienii au ego-uri foarte mari, ceea ce nu prea vreau să cred după tot ce am observat în ultimele zile.

— Dar, Patrick, spun eu, voi lucrați mult mai mult ca o echipă. Noi, jucătorii de tenis, dăm doar ordine.

El a răspuns ceva la care încă mai reflectez și astăzi uneori.

— Este adevărat, Andrea, dar indiferent dacă ești jucător de tenis sau muzician - pentru a alege așa ceva ca profesie, trebuie să ai convingerea absolută că tu aparții acelui spațiu: pe scenă, pe terenul central. Trebuie să fii convins până în străfundurile ființei tale că ai dreptul să iei ce vrei.

Ultimul concert al călătoriei mele are loc în Los Angeles, orașul viselor sfărâmate. Teatrul Fonda este o minunată sală veche de concerte. În ciuda unor prime semne de decădere, radiază un farmec sublim, cu cortinele sale roşii care acoperă scena şi lojele de pe laterale. Un spaţiu potrivit pentru cel mai prestigios spectacol al turneului de până acum. Lista de invitaţi este plină de prieteni muzicieni şi oameni din showbiz. Pluteşte în aer zvonul că regizorul lui „Guardians of the Galaxy", James Gunn, va fi prezent în acea seară, iar trupa este pe bună dreptate agitată. După câteva zile într-un spaţiu atât de strâmt, am dezvoltat un puternic simţ al nervilor membrilor trupei, de parcă aş fi un dispozitiv de măsurare a stărilor de conştienţă. Probele de sunet durează aproape de două ori mai mult astăzi şi mai ales Josh are mult de lucru. Lojile şi dimensiunea încăperii par să provoace dificultăţi pentru pregătirea sunetului, altfel destul de intim, al trupei.

În spatele scenei, starea de spirit este exuberantă. Sunt mult mai mulţi oameni în culise decât la spectacolele anterioare. Oameni din mass-media, prieteni, formaţia din deschidere, care şi-a adus şi ea prietenii ei. În L.A. toată lumea vrea să facă parte din ceva, nimeni nu vrea să rateze nimic. Toate râsetele şi pălăvrăgeala, tamburul pe coapse şi încălzirea vocilor, clinchetul de pahare, salutările pe deasupra capetelor. Muzicienii nu par să fie deranjaţi deloc de zgomotul de fond. Noi, jucătorii de tenis, i-am fi aruncat de mult pe toţi afară – sau cel puţin ne-am fi uitat pasiv-agresiv la ei, astfel încât să priceapă.

Este prima dată când văd concertul din lateralul scenei, pentru că toate biletele sunt vândute. Deşi aici sunetul nu este la fel de bun ca în faţa scenei, îţi întăreşte sentimentul că faci parte din trupă, mai degrabă decât din public. S-a întâmplat în mod natural, organic, fără ca eu să fiu conştientă de asta. Când mă gândesc la cât de inconfortabil m-am simţit în prima noapte când oamenii se uitau la legitimaţia mea de culise, brusc mă simt foarte bine să fiu pe marginea scenei. Observ cum expresia mea este acel amestec de plictiseală, fiindcă am văzut deja spectacolul de mai multe ori, şi aroganţă, pentru că fac parte din trupă. Dar, la o privire mai atentă, poți observa o scânteie de mândrie. Acel gen ciudat de mândrie care te cuprinde când ajungi brusc în mijlocul unui cerc închis.

Când mă uit astăzi în urmă, imaginile care mi-au rămas din aceste zile sunt uneori aleatorii, alteori mișcătoare, alteori bizare. Văd brutăria mexicană din fața mea, unde, în prima dimineață, am așteptat o oră pentru un mic dejun cu burritos, în timp ce copiii se jucau în spatele tejghelei și muncitori matusalemici mexicani își umpleau tăvile cu *panes dulces* colorate. Văd soarele ridicându-se peste Tucson, scăldând peisajul într-o lumină roz, la șase dimineața, restul lumii în somn profund. Mă văd așezată în autobuz și uitându-mă pe fereastră, deșertul zburând pe lângă mine în toată splendoarea și singurătatea lui. Îl văd pe Patrick în ținuta sa improvizată de tenis, cu o expresie de concentrare pe față, în timp ce încearcă să pună în aplicare sfaturile mele pentru rever. O văd pe Alaina pe scenă, cu un trandafir în mâna stângă, cu microfonul în dreapta, scăldată în lumină roz din cap până în picioare. Dar mai presus de toate îi văd pe Patrick și Alaina îmbrățișându-se pe scenă, un gest spontan, în timpul probelor de sunet, care ar fi trecut neobservat – dar pentru asta eram eu acolo.

DISTRACȚIE CARE SE SFÂRȘEȘTE[15]

Gonna rise up
Burning black holes in dark memories
Gonna rise up
Turning mistakes into gold
(Eddie Vedder)

Mă voi ridica
Să scap de amintirile negre,
Mă voi ridica
Să transform greșelile în aur[16]

---

15   În original „Endlicher Spaß", joc de cuvinte pornind de la „Unendlicher Spass",
      varianta germană a romanului lui D.F.Wallace, *Infinite Jest*. (În traducere brută:
      „Distracție infinită"). Titlul capitolului propune varianta opusă: „Distracție care
      se sfârșește". (n.red.)

16   Traducere de Ioana Gruenwald.

Nu ştiu exact cum a început şi nici nu ştiu exact când a început. Ştiu doar că a fost acolo dintr-o dată. Şi când a fost acolo, părea că fusese acolo dintotdeauna. Stăteam în vestiar şi corpul meu s-a transformat brusc într-un corp străin care a început să fie zguduit de crize de plâns. Nu s-a oprit decât după patru zile. Nu am dormit, nu am mâncat, nu am citit şi nu am făcut nimic altceva. Nu am făcut decât să plâng patru zile şi patru nopţi la rând.

Când mă gândesc acum la acele zile din Zhuhai, China, văd primele semne. Văd cum cele mai mici decizii de zi cu zi pot duce, în mod surprinzător, la un dezastru colosal. Dar atunci am gândit doar: atât de multă emoţie pentru un meci atât de mic? Lucrul ciudat a fost că, în ciuda izbucnirilor dramatice de lacrimi, asemeni celor din filmele anime japoneze, nu am simţit nimic: nici tristeţe, nici dezamăgire, nici furie. Cel mult oboseală infinită. Un imens pustiu.

Dar să începem cu începutul.

Când mi-am început cariera profesională, am crezut că există o singură cale de urmat: drumul către vârf. Am avut răni uşoare ici şi colo, o ruptură a ligamentului încrucişat şi momente dificile, dar în esenţă urmam o traiectorie ascendentă. Am ajuns relativ repede în primele o sută, după care am spart pragul primelor 50, primelor 20 – şi într-o zi m-am trezit că am fost una dintre cele mai bune zece jucătoare din lume. Am fost crescută într-o familie bună, care m-a iubit, m-a susţinut, m-a ţinut cu picioarele pe pământ; am avut prieteni de şcoală care mă cunoşteau înainte de a-mi găsi poza în ziare şi am fost întotdeauna bună la învăţătură. Dacă am o înţelegere de bază a lumii, este convingerea că, în cele din urmă – chiar dacă drumul devine accidentat, chiar dacă te blochezi – totul va fi bine. Şi, ca o profeţie care se împlineşte singură, aşa a fost întotdeauna.

Până când, la un moment dat, n-a mai fost bine.

Mă întreb adesea dacă am fost fericită ca jucătoare de top 10. Ego-ul meu a fost alimentat constant de noi oferte de sponsorizare, de laude și de oameni care mă tratau brusc diferit, atunci când mergeam la un restaurant. Era ca un drog ale cărui efecte se diminuează în timp, obligându-te să mărești doza, ceea ce duce în cele din urmă la colaps. La fel este și cu ego-ul. Cu cât este hrănit mai mult, cu atât devine mai mare și mai puternic și cu atât are nevoie de mai multă hrană ca să fie satisfăcut.

Am fost întotdeauna mândră, probabil o moștenire a originilor mele sârbești – iar succesul m-a făcut și mai mândră, mai singuratică și mai încăpățânată. Am început să mă definesc după succesele mele din tenis, după banii mei din bancă, după privirile oamenilor și dimensiunea titlurilor din ziare. Când aveam parte din plin de toate astea, eram fericită. Când nu, stăteam câteva zile în camera mea de hotel și nu înțelegeam de ce toată lumea conspiră împotriva mea. Privind în urmă, eram tânără, naivă – și credeam că lumea îmi datorează ceva.

Dacă viața mea ar fi un basm sau o fabulă, atunci aș considera durerile mele de spate ca un semn al destinului care încerca să mă readucă pe drumul cel bun, care îmi servea o lecție pe care trebuia doar s-o recunosc.

Mă luptam deja cu durerile de spate de luni de zile. Începuseră într-un singur punct, chiar deasupra feselor, unde există două mici umflături osoase de ambele părți.

Le-am ignorat în mod deliberat. La un moment dat am observat cum, după o oră sau două de antrenament sau un meci, pierdeam coordonarea picioarelor – de parcă nu-mi mai aparțineau. Durerea s-a agravat, iar împunsăturile veneau și plecau tot mai des. În cele din urmă au rămas.

Am încercat să joc, în ciuda durerii, nu am vrut să fiu o bleagă. În fiecare dimineață era momentul adevărului: era durerea încă acolo? Sau poate cețurile magice din ceruri s-au milostivit și m-au transformat înapoi în vechea Andrea, printr-o vindecare miraculoasă? Dar în fiecare dimineață trebuia să descopăr în mod repetat că ființele cerești nu au timp pentru afecțiuni pământești. Deci, în cele din urmă, m-am ales doar cu metoda de vindecare pământeană, sub forma unui medic.

Cu o săptămână înainte de Australian Open, primul turneu de Grand Slam al anului, în care aş fi avut şanse mari să tremin în top 5, cu un rezultat acceptabil, am fost diagnosticată la Melbourne: fractură de stres la ligamentul sacroiliac, cel puţin trei luni pauză.

În mod interesant, primul sentiment care m-a cuprins a fost cel de uşurare. Toată presiunea ultimilor ani cum că trebuie să devin tot mai bună, pe zi ce trece, mi-a fost ridicată de pe umeri pentru un scurt moment. A fost o respiraţie lungă, dătătoare de viaţă, după ani petrecuţi în adâncul ambiţiei mele. Fusesem eliberată din exterior - şi voiam să las interiorul să urmeze.

Aşa că m-am resemnat, am zburat înapoi în Germania, am trecut prin sesiuni de recuperare şi am crezut că am învăţat ceva din asta. Acum îmi ascult corpul mai mult, îmi spuneam. Chiar şi sportivii - în special sportivii - au nevoie de pauze de odihnă. Pusesem prea multă presiune pe mine. Dar, în timp ce dictam toate aceste propoziţii - însoţite de o expresie serioasă - în microfon, ambiţia a izbucnit din nou în sufletul meu. Am început să număr puncte şi turnee şi am calculat în secret câte puncte îmi lipseau ca să ajung în top 5.

În acel moment eram în a patra lună de pauză şi turneul meu de acasă, din Stuttgart, era chiar după colţ, unde voiam să sărbătoresc revenirea mea. Nu mai aveam dureri de spate şi fractura de stres se vindecase. Totuşi, turneul a venit prea devreme pentru mine. Eram din nou sănătoasă din punct de vedere fizic, dar starea mea de spirit era aceeaşi ca înainte de accidentare. Nu folosisem pauza - aşa cum se presupunea - ca pe o perioadă de învăţare şi nu mă gândisem dacă nu era cumva timpul să schimb unele lucruri. O văzusem ca pe o mustrare, ca un jucător de hochei pe gheaţă care este schimbat pentru două minute ca penalizare, iar el nu-şi poate lua ochii de pe ceas şi înţelege că timpul este un lucru ciudat de subiectiv; mai degrabă perspectivă decât unitate măsurabilă.

Apoi, când am căzut în primul meci de pe Porsche Arena din Stuttgart, toate cele trei ligamente din articulaţia gleznei drepte mi s-au rupt unul după altul, ligamentul sindesmozei s-a rupt, iar partea interioară a piciorului s-a umflat atât de tare încât durerea a dispărut abia după operaţie. O parte din moralul meu s-a pierdut în noapte. Sentimentul care predomina era lipsa de încredere şi refuzul categoric al unui nou tratament de recuperare.

În ansamblu, recuperarea nu este o perioadă rea, dar două lucruri mi-o fac greu de suportat: plictiseala şi prezenţa constantă a bolilor şi poveştilor despre suferinţă. Plictiseala exerciţiilor, care sunt la fel în fiecare zi, nu implică nicio minge (cea mai gravă încercare pentru orice sportiv de minge pe care o cunosc) şi nu prezintă nicio îmbunătăţire directă. Vindecarea rănilor este ca şi cum ai privi părul crescând: nu-l vezi, nu-l simţi, dar ai încredere că se întâmplă.

Şi poveştile despre suferinţă sunt greu de suportat. Fie că vorbim de sportivi, fie de simpli muritori: rănile sunt enervante în cel mai bun caz şi îţi schimbă viaţa în cel mai rău caz. În ambele cazuri, sunt centrul vieţii lor pentru un anumit timp. Toată lumea vrea să-i spună vecinului de la aparatul de întins spatele ce necaz i s-a întâmplat şi, din moment ce eşti afectat, manifeşti grijă şi empatie pentru fiecare poveste. Abia după câteva săptămâni îţi dai seama cât de mult te-au tras în jos conversaţiile zilnice despre accidente, creşterea durerilor şi vindecarea cicatricilor.

Aşa că m-am aşezat într-o cameră mică lângă Stuttgart Center Court, în aşteptarea doctorului. Totul era gri: masa pe care stăteam, pereţii de beton – şi feţele antrenorului meu, ale tatălui meu şi ale kinetoterapeutului. Stăteau lângă mine în tăcere, stupefiaţi şi evitau să mă privească în ochi. Singura mea consolare din acea noapte nedormită a fost tulburătoarea lipsă de profunzime a televiziunii germane din acea parte a zilei când se presupune că nimeni nu se uită.

Urma să iau totul de la capăt: vizitele la medic, recuperarea, îndoielile. Patru luni libere fuseseră destul de rele. Dar erau opt luni fezabile? Oare cât de mult s-ar dezvolta tenisul în timp ce aş fi plecată? Oare cât de mult ar suferi corpul meu după o intervenţie chirurgicală? Nu aveam cum să-mi protejez poziţia actuală de clasament, deoarece acest lucru ar fi fost posibil doar după o pauză de şase luni de accidentare şi meciul de la Stuttgart era considerat ca jucat. Asta însemna că urma să cad în abisul fără fund al clasamentului mondial şi, probabil, cu puţine şanse de a mai ieşi de acolo.

Prima fază a accidentării se transformase în capul meu în povestea revenirii la viaţă a unui adevărat campion. Partea în care Rocky, însoţit de „beat"-ul puternic al coloanei sonore, urmăreşte găinile, sprintează pe cărări de munte, taie copaci şi ninge întruna. Pe a doua n-am mai văzut-o ca pe o şansă de îmbunătăţire, ci doar ca pe o condamnare fără speranţă la uitare, punct din care nu mai există întoarcere.

Nu numai că îmi fusese rănit piciorul, dar la fel era şi ego-ul meu. Mă obişnuisem să fiu admirată şi acum trebuia să mă descurc cu mila. Aş fi putut ignora mila, nu însă şi motivul. Avea mai puţin de-a face cu accidentarea şi mult mai mult cu faptul că din minţile şi privirile oamenilor dispăruse convingerea în întoarcerea mea, atunci când, în subtext, îşi exprimau condoleanţele pentru moartea carierei mele.

Când m-am întors în turneu, cu puţin timp înainte de US Open, eram o tenismenă terminată.

Nu mă înţelegeţi greşit, nu eram o persoană nefericită. Am fost fericită că m-am întors. M-am bucurat de fiecare picătură de sudoare care mi-a alunecat pe spate şi de fiecare pas pe care l-am parcurs nedureros. Mi-am văzut din nou racheta de tenis ca pe o extensie naturală a brațelor și mâinilor mele și nu am simțit decât recunoștință și fericire.

Însă jucătoarea de tenis din mine era ruptă. Credința de a putea fi mai bună decât oricine altcineva dispăruse în noaptea de la Stuttgart împreună cu acea convingere interioară atât de esențială succesului. Înfloream în antrenamente și eram îngrozită de meciuri. Înainte fusese invers; privisem întotdeauna antrenamentele ca pe un rău necesar cu care îmi câștigam fiorul meciurilor. Acum, meciurile erau doar justificarea unui stil de viață pe care nu mi-l puteam imagina altfel de când mă știam.

Tenisul este o reflectare a vieții. Tu duci cea mai bună viață pe care ești capabilă să o duci atunci când armonizezi toate posibilitățile, toate întrebările, toate îndoielile, fiecare clipă de fericire, de suferință, fiecare sărut, fiecare îmbrățișare, cu convingerile tale, cu valorile tale morale și cu identitatea pe care ți-ai ales-o pentru tine. În tenis este cumva asemănător. Ajungi la potențialul tău maxim dacă echilibrezi toate părțile corpului, toate îndoielile, toate convingerile, fiecare punct, fiecare joc, fiecare tactică. Picioarele trebuie să fie tensionate și funcționale, partea superioară a corpului relaxată și elastică. Concentrarea trebuie îndreptată către momentul individual, spiritul de luptă trăiește din rezultatul viitorului. Trebuie să știi să stăpânești planul de joc al fiecărei adversare, dar în același timp să fii liberă să improvizezi în cadrul acelei forme prestabilite. Trebuie să absorbi energia publicului, dar să blochezi reacțiile critice. Yin și Yang. Tensiune și relaxare. Autocontrol și libertate. Control și eliberare. Un organism complicat care se va bloca dacă schimbi și numai un șurub de reglare. La mine nu era problema de mici șuruburi de reglare. Îmi lipsea cel mai important lucru: credința că totul avea să fie bine în cele din urmă. Omenirea a inventat zei, a înființat religii și a creat întregi lumi fantastice ale lui

„dincoace" și „dincolo", pentru a se asigura de un singur lucru: că în cele din urmă totul va fi în regulă.

Am bălmăjit una sau două luni rămase din sezon. Nu am câștigat multe meciuri și cele pe care le-am câștigat au fost câștigate printr-un amestec confuz de sfidare și spirit de luptă. Când s-a terminat sezonul, am fost foarte fericită. Ratasem aproape opt luni din sezon, dar la încheiere s-a dovedit că fusese cel mai greu din carieră.

În retrospectivă, știu că fusesem prea ocupată cu ego-ul meu, că mă uitasem prea mult la puncte și la clasament, la ceea ce obținusem și acum nu-mi credeam ochilor, cum totul se răsturna. Mă simțeam tratată nedrept și mă întrebam când oare se adunase întreaga oștire a cerului impotriva mea. Mă învârteam atât de mult în jurul meu, încât astăzi mă întreb cum oare de nu amețeam, zi de zi. Uneori mă tem că blestemul omenirii este că cele mai nebunești lucruri în viață ni se întâmplă când suntem prea tineri pentru a le înțelege – și când ajungem să fim suficient de maturi, devenim prea înțelepți pentru poante din astea.

Î n ianuarie, anul următor, ne-am întors în Australia, chiar în țara în care, cu un an înainte, începuse întreaga nenorocire. Am făcut parte din echipa Germaniei la Cupa Hopman, o competiție unică de tenis, în care fiecare echipă este formată dintr-un bărbat și o femeie și în care se joacă două simple și un dublu mixt. Cupa Hopman a avut loc la Perth, singurul oraș mare pe care îl știu, al cărui cel mai apropiat vecin este la un zbor de cinci ore. În fiecare zi, la ora 14:00, apărea un vânt ciudat, suflând mereu din aceeași direcție, întotdeauna cu aceeași intensitate și după exact trei ore dispărea din nou. Localnicii îl numeau Fremantle. Nu știam că natura poate fi atât de precisă.

Tommy Haas și cu mine am format Team Germany. L-am văzut pentru prima dată cu puțin înainte de primul meu meci împotriva talentatei australience și numărul unu de astăzi din lume – Ashleigh Barty. Tocmai sosise din America cu câteva zile mai devreme.

Mi-a plăcut mult de Tommy. Se întâmpla să fie uneori sumbru în meciuri și distanțat în mass-media, dar când se relaxa era unul dintre cei mai amuzanți oameni din turneu. Nu era nevoie de multe pentru a destinde atmosfera și cel mai bun mod de a face acest lucru era să faci glume ascunse despre el. Dacă îi plăcea de tine și se prindea că nu vorbești serios, zâmbea brusc cu toată fața și arăta ca un ticălos mic de 12 ani care pune la cale o farsă tare. Mai lipsea doar să-și frece palmele.

Mai presus de toate, așteptam cu nerăbdare dublurile mixte cu el. Îmi imaginam cum ar urma să țipe la mine cu drag când aș face greșeli stupide.

N-am ajuns la asta. În primul meu meci din noul sezon, la mai puțin de trei luni de la revenirea mea după accidentare, meniscul meu de la genunchiul drept s-a rupt. O bucățică se desprinsese și se baricadase în articulație, astfel încât nu puteam nici să-l îndoi și nici să-mi îndrept genunchiul ca lumea și până la operația din Germania aveam să țopăi ca un pirat, pe un singur picior.

Există câteva fotografii destul de urâte în care stau așezată pe bancă, la marginea terenului și plâng, în timp ce doctorul mă tratează. Dar, sinceră să fiu, nu-mi amintesc exact ce îmi trecea prin cap în acel moment. De la diagnosticul de un an mai devreme, în Melbourne, văd fiecare detaliu al situației, fiecare copac de lângă fereastră, fiecare rid de pe fața medicului care îmi spune că am o fractură de stres. Îmi amintesc mirosurile și zgomotele, chiar îmi amintesc ce album ascultam în buclă în acea zi. Coloana sonoră a lui Eddie Vedder pentru „Into the Wild":

Such is the way of the world
You can never know
Just where to put all your faith

And how will it grow[17]

Un an mai târziu, în Perth, singura amintire pe care am luat-o cu mine a fost noua informație inutilă cu privire la vântul Fremantle – și convingerea că nici cei mai sălbatici cai din lume nu mă vor trage înapoi la recuperare. Mai bine mor înghețată, cu o sticlă de whisky în mână, pe trotuarul din Darmstadt.

În ciuda acestei atmosfere dramatice (desigur oarecum exagerate), ceea ce nu mi-a trecut nicio secundă prin cap a fost să agăț pantofii de tenis în cui. Acest sport a făcut parte din identitatea mea, din familia mea, din tradiția noastră. M-a făcut mai puternică și mai deosebită, mai încăpățânată și mai veselă, mai sensibilă și mai deschisă. L-am iubit așa cum a iubit Henry David Thoreau natura. Aici am ajuns să mă regăsesc, aici am venit când toate celelalte eșuaseră. Și, oricât de multe necazuri i-aș fi dorit în tot acest timp tatălui meu vitreg, tenisul, nu mi-am pierdut nici voința și nici credința că într-o zi îl voi face să mă iubească din nou.

Recuperarea nu era o opțiune, moartea prin înghețare pe trotuarele lui Darmstadt era o opțiune proastă, așa că trebuia găsită o a treia. Și această a treia opțiune s-a concretizat din aer și ceață (și relații) sub forma lui Rado, la aproximativ o săptămână după operația mea. Rado era bulgar și fizioterapeut și unul dintre cei mai amuzanți și mai ciudați oameni pe care i-am cunoscut. Lucrase cu frații Klitschko și cineva mă pusese în legătură cu el, spunându-mi: *Dacă vrei să faci recuperare care nu este recuperare, sună-l pe Rado.*

Și asta am făcut. Era scund, puternic și vanitos; brațele, picioarele, stomacul, spatele – totul era împachetat în mușchi mari și solizi. Se încrunta într-una și avea niște mâini uriașe. În vechea tradiție balcanică, încerca să-și dovedească bărbăția cu

---

17   „Așa este lumea făcută / Niciodată nu poți să știi / Unde să pui sămânța încrederii / Și nici cum va crește ea. (t.red.)

orice ocazie. Făcea întotdeauna exercițiile singur, mult mai bine decât le-aș fi putut face eu vreodată – cu sau fără o intervenție chirurgicală la genunchi. Umbla prin pădure cu mine, vorbind neîncetat, în timp ce încercam să identific ora exactă a morții mele. El mânca doar carne și mă întreba cel puțin o dată pe zi cu câți ani mai tânăr apreciam eu că ar fi decât era de fapt.

Era genul de macho foarte simpatic și îi iertam orice pentru că era atât de al naibii de amuzant. Întotdeauna știam dinainte când urma o glumă: fața i se lățea într-un zâmbet, trăgea adânc aer în piept, chicotea puțin pentru că deja se amuza de propria-i glumă și apoi începea să arunce bancuri, unul mai dubios ca altul. *În acele momente*, i-am spus mereu, *tu arăți de fapt cu zece până la 15 ani mai tânăr decât ești, Rado*. Și asta îl mulțumea mai mult decât orice cufăr cu aur depus la picioarele sale.

Într-o dimineață de luni m-am dus la Braunschweig ca să-l întâlnesc pentru prima dată. Îmi luasem cu mine haine pentru două-trei zile, cât urma să-i ia lui Rado până să-mi cunoască corpul, să-i găsească punctele slabe și să-mi conceapă un plan. Am stat o lună. În primele zece zile, în fiecare seară îmi spălam hainele cu săpun și șampon în chiuveta din camera de hotel și cu prima ocazie am fugit acasă și mi-am pregătit o geantă întreagă.

O zi tipică în Braunschweig începea la 7.30 dimineața cu micul dejun în cabinetul lui Rado. În tot timpul pe care l-am petrecut cu Rado, el a comandat sau gătit fiecare masă pentru mine. Dimineața primeam întotdeauna papaya și curmale. Papaya, deoarece are un conținut ridicat de antioxidanți și antiinflamatori și curmale, pentru a trece peste zi până la prânz. Curmalele au mult zahăr și Rado spunea mereu: nomazii călătoresc prin deșert cu nimic altceva decât cu apă și curmale, ce pot ei, putem și noi.

După micul dejun mă masa și îmi aducea corpul în echilibru înainte de începe, în cele din urmă, antrenamentul. Era sălbatic. La un moment dat, am lucrat patru până la cinci ore, șnur, trecând de la un exercițiu la altul. Rado era o sursă nesfârșită de metode de antrenament pe care nu le mai văzusem vreodată în viața mea. Nu credea în mai multe serii consecutive, dar mă lăsa să fac un exercițiu până când nu mai puteam continua și apoi săream direct la următorul. Totul mergea foarte repede și abia aveam timp să respir, darămite să mă plictisesc.

Programul se încheia când începeam să fiu morocănoasă – semn că îmi era foame. După prânz trăgeam un pui de somn, timp de o jumătate de oră, apoi ieșeam. La început am făcut un fel de *powerwalking* până am reușit în sfârșit să fac jogging din nou, apoi alergam prin parcurile și pădurile din Braunschweig, cu clame pe nas. *Etiopienii*, zicea Rado, *se antrenează pentru alergări cu clame prinse pe nas, astfel încât să poată respira oxigen doar prin gură, iar când venea competiția, își dădeau jos clemele și creierul lor era inundat de oxigen suplimentar.*

Mucii îmi umpleau nasul, saliva îmi curgea afară din gură, eram congestionată la față și mă gândeam în fiecare secundă *Asta e, nu mai pot, trebuie să mă opresc,* dar cumva tot am mers puțin mai departe. Rado continua să vorbească și să râdă de mine, ori de câte ori mucii îmi atârnau din nas. La sfârșitul zilei îmi mai făcea un masaj și tratament și, în cele din urmă, venea cina.

Acea lună cu Rado a fost un zumzet imens în capul meu, în sistemul meu, în viața mea. Parcă cineva mi-ar fi atașat un cablu electric la creier și altul la coloana vertebrală, ambele pompând în mod constant electricitate în corpul meu. Am fost inundată de energie vitală nouă, zi de zi. M-am întărit zi de zi. Am devenit mai încrezătoare în mine, am devenit mai răzbunătoare.

Rado se considera nu doar fizioterapeut, ci și sfătuitor. În fiecare zi îmi spunea să găsesc un scop mai înalt în talentul meu, o intenție a ceea ce voiam să realizez cu el. Cred că ar fi vrut să fiu o supereroină care să salveze lumea cu talentul ei, dar eu eram mai înclinată să fiu ticăloasa care și-a găsit scopul în răzbunare. Revenirea mea ar fi răzbunarea supremă pentru toți cei care m-au eliminat. Și nu numai asta: am vrut să provoc soarta la un duel. Îmi făcuse viața atât de dificilă în ultima vreme, dar acum se terminase. Vroiam să demonstrez că puteam să am din nou succes, în ciuda a orice. Chiar dacă întreaga lume a fabulelor și a Bibliei, Purgatoriul lui Dante, Mephisto al lui Goethe s-ar fi aliat împotriva mea - aș triumfa.

Rado m-a cărat prin biserici și m-a lăsat să stau în fața altarului, pentru a mă îmbiba de energia sfântă; m-a tri-mis la muzee, unde stateam în fața celor mai faimoase tablo-uri, încercând să mă conectez la energia lor. A trebuit să ascult Beethoven și Brahms, Bach și Mozart și să încerc să absorb energia muzicii. Totul era încărcat energetic, atât pozitiv, cât și negativ. Misiunea mea era să mă transform într-o figură de lumină a puterii și a voinței, care avea să se ridice din cenușă precum Phoenix.

Unele dintre metodele lui Rado erau cu siguranță neobiș-nuite, multe erau noi și altele pur și simplu ciudate. Dar ceea ce a reușit el, nu reușise nimeni în ultimul an. El a aprins din nou focul, mi-a revitalizat spiritele. Aveam din nou un obiectiv clar la care mă străduiam să ajung: vroiam să mă întorc cu orice preț în top 10. Motivul, răzbunarea, nu era unul sănătos și purta deja rădăcina ruinei, dar asta nu a fost vina lui Rado, ci a fost doar vina a mea.

Și, dintr-o dată, lucrurile au mers din nou în sus. 80 la sută din tenis are loc în capul tău. Un euro pentru fiecare dată când cineva mi-a azvârlit această frază în față – și pot să mă dau pe sănii de aur, pe munți de diamante. Viața se întâmplă în cap. Când ai o țintă, un scop pentru care trebuie să dai la o parte înfrângerile și adversitățile, pentru care vrei mereu să fii disciplinat la începutul zilei, te vei simți energic și puternic. În această perspectivă, adversitățile fac parte din drumul stâncos care trebuie depășit. Și așa, cred, ultimele rânduri ale poemului

lui Robert Frost „The Road not Taken" sunt unul dintre cele mai
înțelepte lucruri pe care le-a scris vreodată cineva despre viață:

Two roads diverged in a wood, and I –
I took the one less traveled by,
And that has made all the difference.[18]

La începutul poeziei este descris în detaliu că ambele căi din
pădure arată exact la fel; la final, însă, autorul se convinge pe
sine și restul lumii că a ales drumul cel mai puțin folosit și că
asta i-a hotărât viața. Perspectiva poate să facă diferența între o
viață care întâmpină obstacole în căutarea unei fericiri și o viață
care se împiedică fără rost de la nenorocire la suferință. Poate
fi diferența dintre „Lumea întreagă s-a aliat împotriva mea pen-
tru a mă da jos de pe tronul tenisului" și „Lumea îmi dă de furcă,
dar voi găsi o cale". Cu toții ne confruntăm cu suferințe, boli,
moarte, înfrângeri și vicisitudini, în cursul vieții. Perspectiva
poate fi frânghia salvatoare pentru marea speranță de îmbunătă-
țire și nu ar trebui să renunțăm vreodată la căutarea ei.

A m pierdut numeroase meciuri la întoarcerea în Top 10,
dar niciodată nu mi-am pierdut speranța. Și, când oame-
nilor din jurul meu le-a fost tot mai greu să înțeleagă de ce con-
tinuam, am continuat. Când le-am văzut îndoielile în priviri și
mi-am dat seama că mă credeau în pragul nebuniei, am conti-
nuat. Când nimeni nu mă mai avea în vedere și celelalte fete
germane au început să mă depășească, am continuat. Și când
aproape s-a sfârșit, când nu mai aveam aproape nimic de dat,
m-am ținut de voința mea – și dintr-o dată am început să câștig
din nou. Lucrurile se întorseseră.

---

18   „Două drumuri se despărțeau în pădure și eu am apucat pe cel mai puțin străbă-
        tut / Și asta a contat." (t.red.)

Am câştigat la Charleston şi Bad Gastein. Am câştigat la Sofia. Am fost în semifinalele Openului Franţei, în finala Fed Cup, semifinale, sferturi, nu mă mai opream. Oamenii au ieşit din umbră din nou, din nou am fost tratată preferenţial în restaurante. Am jucat din nou pe cele mai mari stadioane din lume. Dar nu m-a mai afectat. Euforia de la primele dăţi cedase loc cinismului atotcuprinzător. Deci aşa funcţionează lumea. Mi-am ţinut capul plecat şi, în timp ce Rio Reiser se ţinea de dragostea lui, eu m-am ţinut de răzbunarea mea. Rădăcina dezastrului meu.

Şi când am câştigat la Antwerp, la începutul anului 2015, şi numele meu a revenit la numărul 9, în ziua următoare de luni, parcă cineva ar fi tras ştecherul din mine. Se terminase. Am făcut-o. Sfârşitul filmului. Căderea obligatorie în genunchi, braţele întinse, privirea către cer, cvartetul de coarde care cântă pe fundal, mii de oameni care aplaudă.

Am clipit. M-am uitat în jur, mi-am întors capul, am ridicat privirea, am căutat cortina care ar fi trebuit să cadă, genericul: în rolul principal Andrea Petković, scenariu şi regia Andrea Petković – dar nu a apărut nimic şi mi-am dat seama: viaţa nu este un film. Pur şi simplu merge înainte. Ignoră faptul că îndrăgostiţii sunt prinşi într-un sărut în faţa altarului. Ignoră faptul că eroul sau eroina poveştii şi-a atins scopul. Ignoră faptul că tipul cel rău a murit.

Deci aici a fost problema campaniei mele de răzbunare, problema oricărei campanii de răzbunare. Nu poţi construi un acoperiş cu o singură grindă (cel puţin nu din câte ştiu eu). Când grinda a dispărut, acoperişul s-a prăbuşit. Odată cu dispariţia senzaţiei de răzbunare, voinţa şi motivaţia mea s-au dus şi ele pe copcă. Nu mai aveam pentru ce să lupt. Este, de asemenea, al naibii de obositor să construieşti aproape doi ani din viaţa ta pe voinţă pură şi sentimente negative. Capul meu încerca să se ţină de ele şi să mă forţeze, dar sufletul meu le părăsise demult.

Şi astfel a început un vârtej de presupuse decizii mai mici, care mă îngropau din ce în ce mai adânc într-o gaură – până când am ajuns în China, unde nu puteam să mă mai opresc din plâns.

Mă trezeam dimineaţa şi nu aveam chef să încep antrenamentul. Începusem să-mi neglijez rutina. Uitam să mănânc. Dacă mâncam, comandam ceva în camera mea. Nu ieşeam, rămâneam în camera de hotel, mă uitam la televizor, dar nu vedeam nimic. Eram mereu obosită. M-au controlat dacă nu cumva aveam febra glandulară a lui Pfeiffer, dar nu era nimic. Am încetat să mai răspund la telefonul mobil. Nu le răspundeam prietenilor mei. Am devenit plină de toane şi eram pusă pe certuri cu echipa mea. Am încetat să-mi mai ascult antrenorul. Îmi găseam scuze ca să nu merg la tratament. Eram mereu singură. Parcă cineva mi-ar fi subminat întreaga existenţă. Îmi epuizam corpul, îmi smulgeam inima şi îmi răpeam sufletul. Nu aveam trecut şi nici viitor în mine, doar momentul nesfârşit din prezent, care nu-mi aducea uşurare.

În tot acest timp aveam un vis recurent. Se făcea că mergeam printr-un deşert, mai degrabă cel din California, decât dunele de nisip clasice pe care le cunoaştem din filme şi basme. Era pietros şi arid, scorpionii îmi traversau calea şi vedeam turbine eoliene albe ca zăpada la orizont, care se roteau la nesfârşit în cercuri. În vis aveam un obiectiv clar către care alergam, dar pe drum uitam brusc care era acela. Mă opream şi încercam să-mi amintesc de el, ca de un cuvânt care-mi fusese pe vârful limbii, dar pe care tocmai îl uitasem. Mă holbam la morile de vânt, cerul se întuneca, părea că vine o furtună şi deveneam agitată. La un moment dat m-am trezit fără să-mi amintesc care ar fi putut fi acel scop.

Când a început criza de plâns, după un meci în China, eram aproape fericită. Măcar aveam cu ce să mă lupt. Nu am interpretat-o ca pe o abdicare, ci ca pe o rebeliune împotriva vidului. Am început să cercetez ce se întâmpla cu mine, de fapt. M-am uitat la filme, am citit cărți despre maturizare, am căutat interviuri despre crize și depresii. Am înțeles că timpul meu de tenismenă se apropia încet de sfârșit – și că nu cunoșteam altceva decât ambiție, voință și duritate. Renunțasem la cea mai frumoasă parte a tinereții mele, dar pentru ce? Pentru a trece prin viață cu sete de răzbunare și pentru a-i trage la răspundere pe toți cei care au greșit la un moment dat?

Nu. Acest sport, care îmi adusese atât de mult noroc și succes, nu merita asta.

Așa că am mai plâns o vreme și acasă, după care am rezervat un bilet de avion spre New York. Singurul loc din lume unde puteam să uit de tenis pentru o clipă. M-am plimbat zile întregi prin oraș cu cea mai bună prietenă a mea, Marie, am stat în jurul picturilor mele preferate, în MOMA, am băut whisky cu suc de lămâie și miere după-amiaza, am lăsat goana orașului să alunece peste mine și am început să scriu.

Pe aeroport, la întoarcerea spre Germania – Marie se dusese scurt la toaletă – mi-am luat portofelul în mână și m-am uitat în el. Era greu și legat în piele maro. Mai erau 70 de dolari, o bancnotă de 50 de dolari și o bancnotă de 20 de dolari. Pentru o clipă m-am gândit că îmi ajungeau să mă întorc în oraș și să rămân pentru totdeauna. Aici aș putea să supraviețuesc. *If you can make it here, you can make it anywhere.* Marie mi-a întrerupt gândurile cu un torent de cuvinte despre greva Lufthansa, care tocmai era în desfășurare. Părul îi atârna sălbatic pe față și obrajii îi erau îmbujorați. Era frumoasă. Mi-am amintit cum am petrecut de mici zile întregi pe terenul de tenis din Darmstadt, cum am jucat meciuri de peste zece seturi, eu cu un teren dublu, Marie cu un singur teren. Am simțit pe buze gustul înghețatei pe care ne-o dădea tatăl meu după aceste meciuri maraton și am simțit soarele din Darmstadt pe umerii mei goi. Și în acel moment iluminarea m-a lovit: puteam să joc tenis doar pentru dragostea de sport. Indiferent de puncte, bani și clasament.

Puteam să joc doar pentru că mi-a plăcut și pentru că a fost toată viața mea. Nu, nu pentru că a fost toată viața mea. Dar pentru că a fost esența vieții mele. Acea mică diferență – o nuanță, un sens – care ne face să credem în forțe superioare, deoarece nu se poate explica științific ce facem cu ea. Nu fusesem niciodată pricepută la fizică, dar mi-am amintit clar de o lecție: energia nu se pierde niciodată, este doar transformată. Și exact asta am vrut să fac cu relația mea complicată și pasională cu tenisul – să transform energia. În ceva mai înalt, mai frumos, mai bun. Fie ca soarta să fie de partea mea de data asta.

NEW YORK

ă durea capul. Chiar deasupra sprâncenei mele stângi – de parcă cineva îmi
bătea cu o bară metalică pe frunte la fiecare două secunde. Avionul vuia şi îmi sim
ţeam bătăturile de la mâini tot mai fragile şi mai crăpate, deşi
mi le dădeam cu cremă la fiecare câteva minute. New Yorkul
devenise complicat.

Mâinile mă mâncau de la crema cu care mă dădeam, apoi
se uscau iarăşi şi tot aşa – o bătălie fără sfârşit împotriva aerului uscat din avion – până când, în cele din urmă, m-am aşezat pe ele ca un băiat de şapte ani şi am aruncat stewardeselor
priviri încruntate.

Ascultam muzica din căşti şi mă uitam pe geam. Picături
minuscule de ploaie lăsau dungi pe ferestre în timp ce ne apropiam încet de coasta de est, peste Atlantic. Le urmăream cu
degetul arătător. Ultima dată – cam la această altitudine, dar în
direcţia opusă – pierdusem senzaţia de plutire pe care o asociam
întotdeauna cu New Yorkul, undeva între nori, în timp ce o fur
tună arunca avionul prin aer.

— Care este scopul călătoriei dumneavoastră?

Femeia de la biroul de imigrare arăta de parcă ar fi pus
întrebarea cel puţin o dată prea mult, în acea zi. Părul ei negru
era strâns într-o coadă de cal şi buzele i se boţeau când vorbea.

— Sunt în vizită la prieteni, i-am răspuns.

Ne-am uitat una la cealaltă. Pentru o clipă a fost mai mult
decât o simplă frază. Ceva din tonul meu mă trăda. Mina ei
s-a înmuiat.

— Cât timp intenţionaţi să rămâneţi în Statele Unite
ale Americii?

— Câteva săptămâni.

Ştampila de pe paşaport îmi răsuna încă în urechi în timp
ce mă îndreptam spre banda de bagaje.

Aerul New Yorkului mă lovea de fiecare dată în măduvă. Era sfârșitul lunii februarie și orașul nu se putea decide încă dacă dorea să înceapă primăvara. În gerul înghețat, soarele de iarnă strălucea între clădiri și punea totul într-o lumină gri deschis, surdă, asemănătoare visurilor.

Era după-amiaza devreme. Mi-am îndesat în pantaloni puloverul negru cu gât, pentru a-mi proteja rinichii, și m-am aruncat în cel mai apropiat taxi.

— Încotro?

— East Village, vă rog. 12th Street, între 2nd Avenue și 3rd Avenue.

Șoferul m-a privit o clipă în oglinda retrovizoare, apoi m-a lăsat în pace.

Vedeam clădirile din New Jersey zburând, copaci goi negri, taxiuri galbene. Ecranul din fața mea arăta din nou o scenă din spectacolul Jimmy Fallon, în care Fallon râdea teatral la fiecare propoziție a interlocutorului său.

Îmi plăceau aceste excursii în oraș. Un moment nesfârșit, cu încetinitorul, care îmi oferea indolența de care aveam nevoie pentru a mă cufunda în haosul și zgomotul care urmau să coboare asupra mea, imediat ce voi fi traversat unul dintre poduri sau unul dintre tuneluri. Oamenii, mulțimile, îngustimea, sirenele, străzile, luminile, șobolanii, gunoiul – toate acestea erau părți ale unui organism care alerga ca un taur împotriva matadorului său, împotriva logicii umanității care voia să fie fericită aici. Zgârie-norii mă priveau încăpățânați în timp ce taxiul își croia drum prin traficul intens al orei de vârf. Mi-am pus ochelarii de soare.

Patty era deja în stradă când taxiul a intrat pe 12th Street. Purta haina ei cenușie și o pălărie maro, de sub care i se revărsa părul blond. Arăta bine, mult mai tânără decât era, sportivă, suplă, energică. Mi-a scos bagajele din portbagaj și, cu un accent australian larg și cu o grosolănie tipică de New York, i-a aruncat șoferului că a venit pe o rută ocolită, fiindcă ar fi trebuit să ajung cu jumătate de oră înainte.

S-a uitat la mine. Eram puțin neajutorată, pentru că mă obișnuisem să-mi car singură propria geantă. Nimeni nu mă pregătise pentru femeile care nu numai că își purtau propriile genți, ci și pe cele ale prietenilor lor.

— Brudi![19]

Un cuvânt de argou german pe care i-l spusesem lui Patty când mă întrebase cum se spune „buddy" în germană. Mi s-a părut extrem de hilar pentru că habar nu avea, și iată-ne, ani mai târziu, că devenise porecla mea. Și mi se potrivea de minune.

— În sfârșit! Râdea cu toată fața, a lăsat bagajele și m-a îmbrățișat strâns. Sunt atât de fericită că m-am întors în sfârșit la New York. Chicago a fost absolut neplăcut și de prisos. Sasha a fost o bestie, bineînțeles, probabil la fel aș fi fost și eu în locul ei. Dar totuși – bine, ne-am despărțit și tot restul, sau mai bine zis: *eu* m-am despărțit, înțeleg – dar totuși: nu putem să ne purtăm ca niște oameni adulți civilizați? Ăsta e rahatul tău, acolo este rahatul meu, să ai o viață plăcută, îți doresc tot binele și la revedere. Dar nu, în schimb, ea trebuie să înceapă cu certurile astea copilărești, care în cele din urmă nu schimbă nimic. Hei, cum a fost zborul tău? Am bere la frigider. Ai chef de Mary's Fish Camp? Hai să mergem, mi-e poftă de un rulou de homar cu cartofii ăia mici prăjiți pe care îi are Mary. Așteaptă, sun și fac o rezervare la bar.

Un torent de cuvinte m-a lovit în timp ce coboram scările către apartamentul ei de la demisol, încercând să urmăresc firul ideilor.

Combinație între englezescul *buddy* (prieten) și nemțescul *Bruder* (frate). (n.red.)

O jumătate de oră mai târziu stăteam pe canapeaua lui Patty, proaspăt dușată și cu o sticlă de bere rece IPA în mână. Părul meu lăsase pete umede pe perna din spatele meu. Primele înghițituri de bere m-au relaxat. Durerea de cap a devenit suportabilă și a fost complet uitată la cea de-a doua bere. Între timp, Patty vorbea în continuare despre Carrie, femeia căsătorită cu care avea o aventură și din cauza căreia se despărțise de Sasha. Repeta poveștile pe care mi le spusese de mai multe ori la telefon și reușea, totuși, să adune aceeași intensitate. Ochii ei mari și albaștri străluceau și la fiecare câteva propoziții își punea mâna pe brațul meu, ca să se asigure că mai eram acolo.

Patty o cunoscuse pe Carrie în septembrie anul trecut. O prietenă din New York le făcuse cunoștință prin e-mail pentru că se gândea că ar avea multe să-și spună una alteia. Faptul că Patty era într-o relație stabilă cu Sasha, iar Carrie era căsătorită la acea vreme, nu părea s-o intereseze pe respectiva prietenă.

A fost una dintre acele seri din New York în care aerul zumzăia, deși nu se mișca. Sau poate tocmai de aia. Avusesem o zi lungă, plus o mahmureală din noaptea precedentă. Eram în drum spre hotelul meu când, ajungând în punctul cel mai înalt de pe podul Williamsburg, telefonul mobil a început să sune și să strălucească. Era Patty.

Suntem într-un bar, la un colț de tine. Vino și tu.
Primul mesaj.
Unde ești?
Al doilea.
Un minut mai târziu:
Brudi, unde ești, ce se întâmplă, de ce nu răspunzi?
Sunt obosită, vreau doar să dorm.
NU!!! Suntem la doar două străzi de tine, nu fi așa!
Chiar nu pot.
O BERE! PLĂTESC EU!

Care „noi"?

O prietenă. O să-ţi placă.

Ştiam că Patty nu avea să renunţe. Aşa că am făcut un duş, mi-am pus rochia scurtă din material de blugi şi cizmele militare negre şi am luat-o spre est. Pe strada din faţa hotelului meu din Lower East Side, o fată cu o fustă scurtă şi tocuri înalte se ghemuia pe trotuar. Capul îi atârna între picioare şi vomita. Doi dintre prietenii ei îi ţineau părul şi făceau feţe-feţe. Un grup de băieţi stăteau alături. Îşi arătau videoclipuri unul altuia pe celular şi tot izbucneau în râs. Mi-am reprimat un reflex de vomă. M-am oprit o clipă pe Avenue A şi mi-am ridicat privirea. Luna era plină pe trei sferturi şi albă ca alabastrul.

Carrie şi Patty stăteau una lângă cealaltă într-un separeu. Patty bea tequila cu gheaţă, Carrie un Old Fashioned. Feţele lor aproape se atingeau în timp ce vorbeau. Nu era atât de mult zgomot în bar cât să justifice apropierea. Când m-am aşezat, m-am simţit ca o intrusă. Părea că se întâmpla ceva foarte privat, la care fusesem chemată doar ca spectator.

Carrie zâmbi şi se întoarse pe jumătate spre mine. Corpul ei era încă îndreptat spre Patty, în timp ce mă întreba:

— Filmul preferat?

— „Kevin, singur acasă"?

Carrie izbucni în râs.

— Îmi place de ea, îi spuse lui Patty, care a rânjit cu mândrie la răspunsul meu aparent amuzant.

Un film pentru copii, care nu mai era treaba mea de multă vreme - dar o făcusem pe Carrie să râdă şi ieşise din carapace. În New York, oamenii întrebau în permanenţă despre mâncarea preferată, filmele preferate, cărţile preferate, porno-urile preferate. Asta ajuta la clasificarea celeilalte persoane şi, de asemenea, la testarea spontaneităţii sale.

Mii de fire minuscule invizibile erau inundate de electricitate în timp ce eu priveam un dans al vorbelor care nu era destinat ochilor mei. Şi am înţeles de ce fusesem chemată acolo. Eram semnalul de alarmă care îi amintea lui Patty că avea o iubită la Chicago, pe care eu o cunoşteam şi care-mi plăcea. Conversaţia a continuat în valuri, crescând şi scăzând în intensitate: când devenea dificilă, eram inclusă, când nu, eram din nou eliminată. Cuvintele rostite nu aveau sens. Pentru Patty şi Carrie, existau doar guri, ochi şi mâini care se atingeau întâmplător.

— Prietenul meu Peter pune azi muzică în Boom Boom Room de la Standard Hotel şi suntem pe lista de invitaţi. Ai chef?

Peter era ultima (singura) persoană pe care aveam chef să o văd, dar voiam şi mai puţin să fiu singura martoră la un rendez-vous care n-ar fi trebuit să aibe loc.

— Să dansăm? Da, absolut! Carrie se uită la Patty.

— Nu te-am mai văzut dansând până acum.

Când ai fi putut? Vă cunoaşteţi doar de două zile, m-am gândit eu, dar nu am spus nimic.

— Bine, o să chem un Uber. Patty îşi ridică mobilul.

Hotelul Standard se afla dincolo de Manhattan, în West Side. Era unul din hotelurile apărute în cartierul Meatpacking atunci când începuse să devină la modă. Arhitectura hotelului era fascinantă, un amestec de eclecticism şi minimalism. Întreaga faţadă era din sticlă şi puteai vedea peste râul Hudson, spre vest. La est se întindea o turmă de clădiri reflectorizante ale New Yorkului.

Hotelul avea o subtilă faimă sexuală. Poate că din cauza filmului *Shame* cu Michael Fassbender, ale cărui scene de sex fuseseră filmate aici. Sau poate era faţada de sticlă care permitea accesul voyeuristic la cele mai intime momente din zona interacţiunii umane. În bar se afla un jacuzzi care, conform informaţiilor mele, nu fusese curăţat niciodată. Toalete unisex cu chiuvete futuriste greu de utilizat – totul scăldat în lumină roşie. În timp ce urcam scările, se auzea Creature Comfort al lui Arcade Fire. Locul DJ-ului era gol când am intrat în bar.

— Unde este Peter? O întreb pe Patty. Nu ştiam, dar bănuiam că ieşise pe terasa de pe acoperiş să fumeze. În timp ce Patty şi Carrie comandau băuturi, m-am sprijinit cu spatele de bar şi m-am uitat în jur. În stânga mea era infamul *whirlpool*, singurul loc din cameră luminat puternic şi din care se ridicau aburi. Femei în sutiene şi bărbaţi fără tricouri se stropeau cu bere ca şi cum apa nu ar fi fost suficient de umedă. Cabina DJ-ului era într-o parte, în spatele meu, iar ringul de dans din faţa ei era gol. Era încă prea devreme pentru New York.

Publicul era format dintr-un un amestec sălbatic de turişti care găsiseră din întâmplare barul Hotelului Standard menţionat în Lonely Planet, la recomandările *cool*, bărbaţi gay îmbrăcaţi extravagant (organizatorii petrecerii erau homosexuali cunoscuţi), femei cu topuri scurte şi buze pufoase, care îşi ridicau constant sânii şi doi sau trei băieţi *indie*, îmbrăcaţi în negru, în pantaloni strâmţi, care stăteau la bar, bând bere şi uitându-se dispreţuitor la restul oamenilor, atunci când nu fumau ţigări răsucite de mână pe terasa de pe acoperiş. Patty şi Carrie s-au integrat rapid categoriei turiştilor *cool* şi au deschis ringul de dans, la o distanţă încă rezonabilă una de cealaltă.

Nu era locul meu acolo. Nici cu prietenele mele, nici cu restul oamenilor prezenţi. Am încercat să mă concentrez pe berea mea tot mai trezită, evitând să-l caut pe Peter, deşi nu mă puteam opri să mă gândesc la el.

— Peter!

Patty a sărit de gâtul unui tânăr în negru. Avea 30 de ani, dar arăta de 18. Ochii lui rătăceau, era nervos şi neliniştit. Poate că era pe cocaină, ne-a îmbrăţişat rapid, s-a prezentat lui Carrie şi a plecat. În timp ce mergea, s-a mai uitat scurt în jur după mine. M-am uitat în altă parte, dar i-am simţit privirea.

Peter arăta ca un zeu tânăr din mitologia greacă. Avea trăsături fine, aproape feminine, părul creţ şi castaniu, care strălucea în nuanţe de roşu în lumina apăsătoare şi, în ciuda stilului său de viață discutabil, nu părea să îmbătrânească. Izvorul lui de tinerețe era un amestec absurd de alcool ieftin, femei ușoare și consum interminabil de tutun.

Corpul său era al unui băiat de 18 ani, care întârziase puțin cu pubertatea: lung, subțire și neîndemânatic. Cu timpul reușise să dea fizicului său asexuat un aer demn, bărbătesc, iar restul compensase cu spirit și farmec. L-am iubit cu zelul unei călărețe neajutorate care încearcă să tempereze un cal imprevizibil. Nu te puteai baza pe el, era încăpățânat, căpos și trăia într-o lume fantastică de muzică și lumină. Putea fi rece ca un pește și în același moment să nu tânjească după nimic altceva decât dragoste. Plin de contradicții, se împiedicase în lumea mea și nu dădea nicun semn de a o părăsi vreodată. Genul de persoană care este întotdeauna acolo, dar niciodată pe deplin prezent.

Le-am apucat pe Patty și Carrie de subraț, una în stânga și una în dreapta și le-am târât pe terasa de pe acoperiș. Am urmărit cum dispare ultima pală roșiatică peste Hudson și m-am așezat în cel mai apropiat fotoliu alb de pluș. Am inspirat adânc. Aerul din septembrie se răcise puțin, m-am gândit. Patty a cuprins-o pe Carrie pe după mijloc.

Câteva luni și multe drame mai târziu, Patty și cu mine părăseam apartamentul ei din East Village și ne îndreptam spre West Village. Oboseala datorată diferenței de fus orar m-a prins din urmă. Am dispărut într-un magazin non-stop, mi-am cumpărat un pahar mare cu cafea neagră, am așteptat să se răcească și apoi am terminat-o dintr-o înghițitură. Patty vorbea la telefon. Mâinile au început să-mi tremure de la cofeină și am simțit o nevoie puternică să alerg până la epuizare. Am luat-o la dreapta pe Bleecker Street, am mai trecut de două străzi și, în cele din urmă, am ajuns în fața lui Mary's Fish Camp. Un minuscul restaurant de pește, o chichineață decorată foarte șic, care abia dacă avea spațiu pentru 20 de persoane. Cei mai renumiți critici de restaurante erau obișnuiții casei, dar evitau în mod deliberat să scrie despre el ca să își poată proteja mica oază. Într-o noapte, Patty era flămândă și beată după câteva pahare în barul de lesbiene de după colț, s-a oprit aici întâmplător și s-a împrietenit cu Mary, proprietara, care acum ne-a ieșit în întâmpinare. Era firavă și timidă, dar avea autoritatea cuiva care se afla în zona sa de confort. Întreaga echipă era formată din femei și locul avea o atmosferă latentă de plajă, ca și cum am fi fost în Cape Cod și nu în mijlocul orașului New York.

Ne-am așezat la barul cenușiu din aluminiu și Mary a adus stridii prăjite cu sos tartar și două *pale ale* mari. Flămândă, am apucat cea mai mare stridie. Patty și-a așezat mobilul pe masă. Începu să caute sms-uri vechi cu Carrie.

— Aici. Aici spunea că totul ar fi fost altfel, dacă nu ar fi trebuit să merg în Australia pentru o lună, uite, aici. Și aici mă întreabă dacă mai pot rezista până la sfârșitul verii. Aici și aici.

Degetele ei zburau peste ecran, abia puteam să o urmăresc.

— Peste vară. Ce înseamnă asta? Poate că are legătură cu finanțele lor. Știu că ea și soția ei ciudată – eu una aș trata-o pe Carrie mult mai bine! - dețin împreună niște acțiuni. Poate că expiră după vară.

Nu mă puteam abține să nu o admir pe Patty pentru optimismul ei. Sau pentru capacitatea ei de a se minți singură, în funcție de context.

— Au trecut exact patru săptămâni de când am vorbit ultima dată.

M-am uitat dintr-o parte la Patty, în timp ce butona pe mobil. Era pierdută într-o altă lume. În lumea a ce-ar-fi-fost-da-că-ar-fi-fost. În lumea în care călărește cu Carrie pe cai albi, ținându-se de mână, spre apus. În dreptul gurii i se iviseră niște brazde verticale adânci. Părea, brusc, foarte bătrână.

Am luat o înghițitură mare de *pale ale*.

Când soarele a coborât, atunci, pe terasa de pe acoperișul Hotelului Standard, Patty și Carrie se țineau de mână. Credeau că nu pot fi văzute în întuneric. Mâinile li se atingeau ușor, degetele mângâind palmele, apucând degetele mari, lăsându-le să plece și, în cele din urmă, îmbinându-le. Cursul natural al lucrurilor în acea seară.

În cele din urmă, Patty s-a întors spre mine și a dat drumul mâinii lui Carrie. A încercat un gest de nevinovăție, arătându-mi ambele palme. „Dans!" mi-a strigat ea, puțin cam strident, în timp ce se îndreptau spre interior. Era beată.

Cânta Madonna când le-am găsit pe cele două îmbrățișându-se pe ringul de dans. Mă unduiam ușor în ritmul muzicii și mă simțeam ca un uriaș care îi privește cu ochii de vultur pe cei doi iubiți cărora le-a fost interzisă dragostea. Ca să nu se întâmple nimic.

Patty m-a văzut și a venit spre mine. M-a înconjurat cu brațul și m-a tras către ea.

— Sunt o fată bună! Nu se va întâmpla nimic, promit!

Respirația ei mirosea a tequila și vorbea prea tare. Din nou mi-a arătat palmele. M-a lăsat să dansez, dar s-a mai întors o dată spre mine:

— Ai grijă puțin de mine, Brudi, da?

— Hei, cum te simți?

Peter apăruse lângă mine de nicăieri. Se uita la mine, solicitant, timid, tandru, toate la un loc. Eram la o distanță bună unul de celălalt, dar simțeam că era în mine, era parte din mine.

Nu-mi plăcea această apropiere. Nu-mi plăcea felul în care îmi mirosea stările, cum străpungea stratul meu exterior îngrijit, precum un astronaut atmosfera, pe drumul său spre Lună. M-am îndepărtat mai mult și mi-am luat timp să-i răspund.

— Cred că va trebui să am grijă un pic de Patty azi, am spus în cele din urmă, ridicând din umeri și încercând să par nonșalantă. A ignorat faptul că nu i-am răspuns la întrebare.

Stătea lângă mine un pic stingher, neștiind ce să facă în continuare. Ne-am uitat la ringul de dans și am suportat stoic și curajos tensiunea dintre noi.

Patty ne-a salvat. S-a împiedicat de noi, dansând, învârtindu-se în jurul lui Peter, în rolul femeii heterosexuale, smucindu-și șoldurile în fața coapsei lui și alunecându-și mâinile în sus și în jos pe pieptul său subțire. Îi deschise primii doi nasturi ai cămășii și își vârî mâna dreaptă înăuntru, în dreptul inimii. Pielea care se vedea de sub cămașă era albă ca zăpada. Se uită adânc în ochii lui. Fețele li s-au apropiat, apoi amândoi au izbucnit în râs și Patty a dispărut din nou în mulțimea întunecată de pe ringul de dans, care se umfla ca un colos agitat, în fundal.

Peter s-a uitat la mine. S-a apropiat, iar eu am dat înapoi. S-a oprit, mâna dreaptă a dat la o parte o șuviță de păr inexistentă de pe față și sprâncenele i s-au strâns, formând o cută pe frunte. Ezitant, am făcut un pas spre el, un dans paradoxal al dezgustului. A riscat. Într-o clipită, avea brațul în jurul meu și m-a tras spre el.

Mi-am băgat fața în scobitura gâtului său, exact acolo unde gâtul se îndoaie până la claviculă și am aspirat mirosul lui Peter. Un amestec de alcool, țigări și ceva îngrozitor de dulce, care trebuia să fie esența sa, m-a ars în terminațiile nervoase. Îi simțeam pielea de găină – și pentru o clipă peretele meu de protecție s-a prăbușit și l-a târât pe Peter cu el în prăpastie. Momentul părea în același timp să dureze pentru totdeauna, dar și să se încheie într-o clipă.

Mi-am revenit. Am ieșit din îmbrățișare cu pielea strălucitoare. Am văzut pata roșie de pe gâtul său, unde fusese fața mea, și ochii lui sticloși. Trebuie să merg la baie, am mormăit jenată, de parcă s-ar fi întâmplat ceva care ar fi trebuit uitat.

Chiuvetele se aflau în mijlocul toaletei unisex și oglinzi monumentale gigantice se înălțau deasupra lor în lumina slabă. Robinetul era o singură tijă netedă care ieșea din oglindă.

L-am smucit până când apa a fost suficient de rece cât să-mi
rănească pielea. Mi-am pus mâinile sub apă până când au deve-
nit roșii și aspre și nu le-am mai simțit. Când m-am uitat în
oglindă, o fantomă obosită se uita la mine, cu cercuri adânci
sub ochi și o pată uscată peste colțul drept al gurii. Mi-am legat
părul înapoi într-o coadă de cal, am inspirat adânc și am făcut
drumul înapoi la ringul de dans. Peter era încă în același loc
cu un prieten care semăna cu el, îmbrăcat și el în întregime în
negru. Distanța dintre noi revenise:

— Unde este Patty? Mi-am lăsat ochii să alunece peste
mulțime. Peter a arătat în direcția cabinei DJ-ului. În spatele ei,
în cel mai întunecat colț al barului, am văzut două figuri înghe-
țate într-un sărut pasional. Patty și Carrie. Eșuasem grandios în
misiunea mea.

Și acum Patty stătea cu mine în Mary's Fish Camp și mân-
cam pâine și homar tocat cu maioneză. Iarna se apropia
de sfârșit și Carrie se întorsese probabil la soția ei. Nu o sunase
pe Patty de exact o lună. Întrucât nu aveam prieteni în comun,
intrase practic în pământ.

Am plătit nota de plată și ne-am îndreptat spre East
Village. Patty devenea din ce în ce mai calmă, fluxul nervos al
vorbirii și atingerea constantă a telefonului său mobil au făcut
loc tăcerii și unei priviri profund triste. Eram prea obosită ca să
o înveselesc, așa că am mers în tăcere o vreme bună. Se întune-
case, iar luminile de neon și panourile publicitare luminate cli-
peau spre noi la fiecare colț. Am sărit peste gunoiul care zăcea
ici și colo pe trotuar și am urmărit cum doi șobolani dispăreau
în întuneric:

— Mai bem încă una, acum! Am luat-o de mână pe Patty,
plină de avânt. Eram la intersecția dintre Houston Street și
Avenue A.

— Ce? S-a uitat ea la mine, tulburată. Ai jet-lag.

— Nimic pe care să nu-l poată vindeca Mezcal. Haide! Suntem în New York Fucking City! Cel mai bun oraş din lume!

Patty râse:

— Bine, o băutură, dar cu siguranţă nu beau Mezcal, nu eşti normală?

— Nu fi aşa, fii altfel. Haide, Caitlin şi sora ei sunt şi ele acolo.

Cincisprezece minute şi două Mezcal mai târziu stăteam în Allie's Bar, energice ca o celulă solară în deşert. Am cântat imnul naţional american cu versuri fictive pentru a amuza mica mulţime şi am povestit cu voce tare de parcă aş fi fost într-un stand-up comedy. Prietena mea Caitlin şi sora ei Leslie m-au susţinut râzând dând din cap către ceilalţi. Patty juca biliard cu nişte bărbaţi beţi, care o subestimau pentru că era femeie şi îşi pierduse norocul pe măsură ce trecea seara. Tonomatul cânta melodii vechi ale Lorettei Lynn - iar sufletul meu, care întotdeauna avea nevoie de puţin mai mult timp ca să traverseze Atlanticul, a intrat în zbor pe uşă, la un moment dat, în timpul duetului lui Loretta cu Jack White despre gin fizz şi dragoste şi s-a contopit cu corpul meu, care îl aşteptase mai mult ca de obicei.

Eram bete, fără speranţă. M-am întrebat dacă eram atât de *high* pentru a evita o cădere în abis.

— Mă duc să fumez, vii? Caitlin ţinea în mână un pachet de Marlboro Light. Tocmai ţinusem un discurs pasionat despre dragoste, un subiect despre care nu ştiam absolut nimic, motiv pentru care argumentam cu şi mai multă pasiune:

— Mă duc la baie pentru o clipă şi apoi vin. Mi-am înşfăcat jacheta, am mai luat o înghiţitură de bere şi am dispărut. O scurtă ameţeală m-a năpădit când am încercat să trag apa fără să ating prea mult toaleta murdară - probabil că ar trebui să o iau puţin mai încet cu băutul pentru următoarele câteva ore.

Între timp era miezul nopții. Afișajul telefonului meu s-a luminat. Hotărâtă să părăsesc toaleta în căutarea aerului proaspăt și a gândurilor clare, am continuat să-mi verific telefonul și, când am deschis ușa, m-am lovit de Peter.

— Peter, ce faci aici? Mi-ai scris?

Îi trimisesem în aeroport mesajul obligatoriu „Sunt în New York".

— Nu, dar mă gândeam că ești aici, a răspuns el.

Apoi, ezitând:

Și bunul meu prieten Bobby sărbătorește aici plecarea lui. Se duce la Berlin.

— Sunt aici de puțin mai mult timp, prietene, și îi cam cunosc pe toți. Și pot să spun, cu o probabilitate care e la limita certitudinii, că astăzi nu există niciun Bobby printre băutorii din Allie's Bar.

— Ești beată, m-a privit Peter cu reproș.

— Ce mai face prietena ta?, i-am răspuns eu. Avea dreptate, eram beată. Prea beată și prea relaxată pentru a mai avea tact.

— Hei, e *cool*, e absolut *cool*, ți-ar plăcea, a spus el, vizibil enervat.

— Sunt sigură de asta, am spus, sperând că tonul meu iritat se pierde în zgomotul barului.

Am văzut pe fața lui tot ce nu voia să spună, iar el pe a mea tot ce nu voiam eu să spun; iar cuvintele rostite nu s-au înțeles între ele. Am ieșit afară, Peter s-a dus la bar.

Caitlin - aceeași Caitlin, pe care o știam ca fondatoare a „racquet magazine", stătea sub lumina slabă a unui stâlp de iluminat și fuma. Părul îi cădea peste față, paltonul albastru avea o pată albă pe umărul stâng. Vorbea despre fiul ei, Henry, de patru ani, filosofa despre tenis, vorbea despre George Saunders. Mă uitam la ea și dădeam din cap, aprobând tot ceea ce spunea, bucuroasă că nu trebuia să iau cuvântul sau să vorbesc singură.

Tineri jerpeliți și cu inele pe toate degetele, fete cu părul scurt, băieți cu părul lung, artiști cu pete pe blugii negri, muzicieni cu priviri goale și tipe înalte cu ochii fardați cu negru treceau pe lângă noi, alții opreau și trăgeau din țigări. Întrebau despre cocaină prin cuvinte, întrebau despre apropiere din priviri. New York-ul te însingura. Priveam cum luminile stradale schimbau culoarea părului lui Caitlin, în funcție de cum își înclina capul.

— E Carrie!

Patty apăruse brusc în prag, țipând către noi. Ridica telefonul mobil ca pe un trofeu.

„**E**ste Carrie! La naiba! Ce ar trebui să fac?"

Telefonul ei mobil strălucea și vibra.

M-am uitat la Caitlin, care doar a dat din umeri.

— Ce. Dracu. Ar. Trebui. Să. Fac? Patty sublinia fiecare cuvânt ca și cum ar fi fost o propoziție separată.

— Răspunde!

— Da, răspunde!

— Haide!

Patty a apăsat pe afișaj frenetic, și-a dres vocea și a spus cu voce schimbată.

— Bună. Apoi a dispărut în întuneric, cu telefonul lipit de ureche.

Când a reapărut, douăzeci de minute mai târziu, fața îi era îmbujorată de emoție și ochii îi străluceau.

— Carrie este la Standard. Mă duc acolo.

— Um, poftim? Ce faci?

— Mă duc acolo. Trebuie s-o văd.

— Patty. Crezi că este o idee bună?

— Nu știu, dar trebuie să fac asta acum.

Vedeam pe fața ei cum credea sincer că nu are de ales; de parcă sabia lui Damocles ar fi căzut peste ea. Mi-a dat cheia apartamentului ei, mi-a spus că nu știe dacă va veni acasă în

233

seara aia și a plecat. Când s-a urcat în taxi, se auzea „Seasons in the Sun" de Terry Jacks în fundal.

Mi-am luat rămas bun de la Caitlin, i-am făcut semn lui Peter prin fereastră, care mi-a aruncat o privire goală și am pornit-o spre cele douăsprezece cvartale, până la apartamentul lui Patty. Pe drum m-am oprit la un non-stop și am cumpărat apă, migdale în ciocolată neagră și colțunași de legume congelate.

Când am ajuns la apartament am scos cei doisprezece colțunași din ambalajul din plastic, i-am pus pe o farfurie și i-am băgat în cuptorul cu microunde pentru câteva minute.

Mâncam în picioare, în bucătărie. Găluștele erau fade și aveau gust de vechi. M-am gândit la Patty și Carrie, cum s-au reunit și cum s-au despărțit. M-am gândit la energia dintre oameni care nu dispare niciodată, dar continuă să se transforme. De la aventură la iubire, la prietenie și înapoi. M-am gândit la Caitlin și la fiul ei, Henry, și că, una peste alta, situația era ok. M-am gândit la tenisul meu. Și m-am gândit la Peter. M-am întrebat unde mă va duce această cale.

Când am terminat de gândit, am pus pe telefon o melodie Rolling Stones care nu se auzea bine. Mick Jagger cânta într-una că *ea* semăna cu un curcubeu. Nu eram sigură dacă era de bine sau de rău.

A doua zi dimineață, devreme, m-am trezit cu o durere de cap care mi-a amintit că mi se păruse o idee bună să beau Mezcal cu o seară înainte; Patty nu venise acasă. Mi-am făcut un ceai verde, am făcut un duș și am trimis un mesaj tuturor prietenilor mei din New York, pentru a vedea cine avea chef să-și piardă ziua cu mine prin cafenele. Treptat au sosit refuzurile. *Trebuie să lucrez. Trebuie să am grijă de fiul surorii mele. Sunt bolnav. Sunt mahmur.* Cei care nu au răspuns, probabil că încă dormeau, era și ăsta un răspuns.

Mi-am terminat ceaiul verde, care era deja rece, și am simțit brusc nevoia puternică de a ieși afară să alerg. Fără destinație, scop sau plan. Am aruncat pe mine o geacă și am ieșit pe ușă. Era vânt și întunecat. Mi-am strâns haina pe corp și am început să alerg spre sud-vest. Din când în când mă opream să-mi cumpăr o cafea sau o brioșă cu afine, sau mă duceam în locuri care nu mă interesau cu adevărat. Magazine întunecate care vând cărți ezoterice despre numerologie și lună, bețe parfumate, accesorii pentru vrăjitoare și penisuri de broaște țestoase. Oamenii cu care mă întâlneam pe drum aveau pălării și glugi trase peste față, mergeau repede și priveau în jos. Majoritatea aveau căști și erau prinși în propria lor lume. Nimeni nu se uita le cei din jur.

Arhitectura a început să se schimbe. Clădirile deveneau mai mari și mai grandioase, aveau portari în fața lor și bărbați în costume își croiau drum printre grupuri de turiști care se opreau la fiecare câțiva metri și se uitau la telefoanele lor mobile. Am continuat să merg. Am vizitat muzee și cafenele, l-am citit pe George Saunders și m-am uitat afară prin ferestre. M-am oprit la un „Diner" cu aer vetust și am comandat cheeseburger și milkshake-uri. Lângă mine stătea o femeie foarte bătrână, cu cercei mari de perle, mâncând supă de roșii. Am plătit nota de plată și am pornit din nou.

Vântul se întețise. Geaca mea era prea scurtă pentru o asemenea vreme, frigul se strecura în mine și înghețul se așeza pe organele mele. Priveam în pământ și rătăceam fără țintă prin New York, când brusc umbrele clădirilor din fața mea s-au curățat. M-am uitat în sus și am văzut un parc vizavi. În dreapta era o clădire piramidală, Museum of Jewish Heritage, iar dincolo de muzeu și de parc, East River se întâlnea cu râul Hudson. Am traversat strada și am fugit direct prin parc spre apă. Vântul îmi biciuia picături mici pe față.

Stăteam lângă balustradă. Mâinile mele treceau peste metalul rece și neted, periind apa deoparte. De aici puteam să văd bine statuia Libertății. Era mai mică decât ți-ai fi imaginat-o, nu atât de măreață pe cât de semnificativă, iar priveliștea m-a făcut nostalgică, melancolică, tristă. Statuia era cenușie, apa cenușie, cerul cenușiu. Și, totuși, era reconfortant faptul că se afla acolo, un monument al istoriei care arăta atât de deprimant când stăteai în fața lui, pe cât de măreț îți rămânea în memorie. Am apucat o pungă de plastic luată de vânt prin parc, am împăturit-o ca să pot ședea pe ea, m-am așezat pe o bancă și am continuat să mă uit la Ellis Island, la apă și la Statuia Libertății.

New York era echivalentul meu sufletesc. Era zgomotos și plin de energie, singur nu puteai să-l stăpânești. Era singur și te însingura, se aștepta la individualism, dar trezea dorul de familie și apropiere. Era o unică și uriașă contradicție în sine, care nu putea fi nicicând împăcată. Vântul sufla, cerul devenea din ce în ce mai negru, Statuia Libertății dispăru în umbre întunecate și o oboseală năucitoare se lăsă peste mine. Pleoapele îmi erau din ce în ce mai grele și, în ciuda frigului și a umezelii și a ceții, pluteam brusc într-o stare care rătăcea înainte și înapoi, între visul de veghe și somn.

Eram într-un tren care mergea de la New York la Washington D.C. În fața mea stătea un tânăr cu pielea albă ca zăpada, care dormea. Afară, copacii de pe coasta de est zburau. Pielea lui era atât de albă, cum numai în vis poate fi. Capul lui se sprijinea de tetieră, stătea la un unghi perfect de 90 de grade, ambele mâini pe cotierele de lângă el. Pielea mâinilor lui era atât de albă și delicată, încât se vedeau clar venele albastre de dedesubt. Era un străin și l-am iubit; i-am iubit inocența, tandrețea, paloarea feței sale, blândețea trăsăturilor. O relaxare profundă m-a cuprins, am devenit foarte calmă, zâmbeam. Am întins mâna spre el – dar înainte să-l pot atinge, o voce puternică mi-a răsunat în cap.

— Doamnă. Doamnă! Nu puteți dormi aici!

Am deschis ochii. Un ofițer de poliție stătea în fața mea și privea sceptic. În parc se făcuse întuneric.

— Mergeți acasă.

M-am ridicat în picioare.

— Bine. Mulțumesc. Am spus.

Am mers înapoi prin parc, prin districtul financiar, prin Chinatown, peste Strada Houston, urmând Strada Bowery - până când am ajuns pe 12th Street, între 2nd Avenue și 3rd Avenue și apoi am ajuns acasă. Pentru moment.

Le mulțumesc părinților mei pentru curajul de a fi plecat și pentru tăria de a fi rămas, dar mai ales pentru iubirea lor nețărmurită pentru mine și pentru sora mea. Sunt mândră de voi.

Îi mulțumesc surorii mele. Singura persoană căreia i-aș da totul și încă mai mult.

Îi mulțumesc lui Jesse pentru dragostea lui și pentru faptul că e convins că aș fi Hemingway. Asta poate pentru că nu vorbește limba germană.

Le mulțumesc tuturor persoanelor care apar în această carte, pentru inspirație, și le cer scuze dacă memoria m-a mai înșelat uneori.

Îi mulțumesc agentei mele, Barbara Wenner, pentru expresia sceptică a chipului ei, de fiecare dată când ratez ținta, și pentru infinita ei răbdare cu mine și ideile mele sucite.

Îi mulțumesc redactorului meu, Stephanie Kratz, pentru munca minunată și editurii mele, KiWi, care mi-a dat de la bun început sentimentul că are încredere în mine ca autoare, o diferență plăcută față de debutul carierei mele în tenis.

Le mulțumesc adversarelor și prietenelor mele, toate femei puternice, care m-au provocat ani în șir, care m-au motivat și m-au obligat să fiu mai bună.

Îi mulțumesc sportului meu, fără de care nu aș fi acolo unde sunt. Tu și cu mine, noi doi am reușit cu adevărat – cine ar fi crezut asta vreodată?

Le dedic această carte celor două patrii ale mele. Țării în care am crescut – Germania, și țării care, atunci când am părăsit-o, se numea încă Iugoslavia.

239